높은 곳에 오르다

登高

바람 세고 하늘 높은데 원숭이 울음소리 애절하고

강가 물 맑고 모래 흰데 새 맴돌며 난다

끝없이 나무들에 낙엽이 우수수 떨어지고

그치지 않는 장강은 출렁출렁 밀려온다

風急天高猿嘯哀

渚淸沙白鳥飛廻

無邊落木蕭蕭下

不盡長江滾滾來

KB251514

Fantastic Oriental Heroes

장담 신무협 판타지 소설

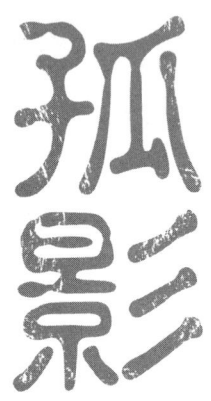

장담 新무협 판타지소설

초판 1쇄 찍은 날 § 2005년 5월 20일
초판 1쇄 펴낸 날 § 2005년 5월 30일

지은이 § 장담
펴낸이 § 서경석

편집장 § 문혜영
편집책임 § 서지현
편집 § 장상수 · 최하나

펴낸곳 § 도서출판 청어람
등록번호 § 제1081-1-89호
등록일자 § 1999. 5. 31
어람번호 § 제2-0601호

주소 § 경기도 부천시 원미구 심곡1동 350-1 남성B/D 3F (우) 420-011
전화 § 032-656-4452 팩스 § 032-656-4453
E-mail § eoram99@chollian.net

ⓒ 장담, 2005

ISBN 89-5831-517-2 04810
ISBN 89-5831-514-8 (세트)

※ 파본은 본사나 구입하신 서점에서 교환하여 드립니다.
※ 저자와 협의하여 인지를 붙이지 않습니다.

孤影

Fantastic Oriental Heroes

고영

장담 신무협 판타지 소설

■ 수주혈전(隆州血戰) 편

3

도서출판
청어람

목차

孤影 第一章

1

진한 석양빛을 받아서인지 붉게 물든 얼굴로 한 걸음 한 걸음 다가
오는 육정기를 바라보던 만거경의 표정에 어느새 냉기는 사라지고, 차
마 먹을 수 없는 땡감을 억지로 씹어 삼켜야 하는 떫은 표정만이 남아
있었다.

자신이 주관하는 행사를 종남의 제자들에게 들키자 그들을 추살키
위해 하루 종일 쫓았다.

앞서 쫓던 수하들의 주검만이 아직 놈들이 잡히지 않았음을 보여주
었고, 다른 쪽에서 쫓던 추적조들로부터 놈들이 홍문 쪽으로 달아난 것
같다는 연락을 받았다. 그래서 겨우 먼저 자리잡고 기다리고 있었는데,
웬 육정기란 말인가!

"육정기……. 마개가 왜 이 자리에 서 있단 말인가?"

"내가 왜 이 자리에 있는지는 네놈이 알 거 없고, 어쩔래? 순순히 비

킨다면 용서해 줄 정도의 아량은 있다만."

"흥! 아무리 육정기라도 혼자서 우리 모두를 물리칠 수는 없을 터, 결과는 변함없을 것이다."

"그래? 역시 대가리가 나쁘면 손발이 고생한다더니, 네놈 손발이 불쌍하구나."

육정기의 이죽거림에 만거경의 얼굴이 붉게 타 들어갔다.

그가 언제 이런 수모를 당해봤던가.

도병에 얹혀져 있던 오른손의 힘줄이 불끈 돋아났다.

그때 육정기가 뒤도 안 돌아보고 소리쳤다.

"위 형님! 이놈들이 장절 위경리 따위는 안 무섭다고 한번 해보자는데요!"

순간, 만거경의 오른손에서 스르르 힘이 빠져나갔다.

'뭐야? 장절? 장절 위경리!'

"뭐라고? 어떤 놈이야!!"

"그 이름도 살벌한 구유혈도 만가지 누구겠수?"

"이런 싸가지없는!!"

위경리의 신형이 마차를 차더니 그대로 허공을 날아 만거경을 덮쳐갔다.

"네놈이 감히 이 어르신을 우습게 생각했다는 거냐!"

그렇지 않아도 육정기가 무게 잡는 걸 보고 배가 아파오던 차다.

오늘 하루 종일 재미는 혼자 보는 것 같았다.

그렇다면 저놈이라도…….

"누, 누가 언제……!"

만거경이 어이없다는 듯 눈을 휘둥그레 뜨고 위경리가 날아오는 것을 보았다. 그런데 육정기의 옆으로 내려설 줄 알았던 위경리가 그대로 자신에게 날아오는 게 아닌가!

"이, 이런!"

번개처럼 도를 잡아가는 만거경의 얼굴이 다급함으로 물들었다.

재빨리 신형을 뒤로 물리며 도를 잡아 빼고, 삼적세(三適勢)로 휘둘러 위경리의 허리 다리 어깨를 쳤다.

한편, 쌍장 가득 현고진기를 몰아넣고 만거경을 향해 날아 내리던 위경리의 표정이 괴이하게 일그러졌다.

좌장에 현고진기를 집중시키면서 고통이 밀려오자 그제야 왼쪽 어깨가 좋지 않다는 것이 떠오른 것이다.

'젠장! 멋지게 패줄려고 했는데.'

일단 휘둘러 베어오는 만거경의 넉 자 거도를 향해 일장을 내치고, 방향이 틀어진 도세 사이로 힘이 반밖에 실리지 않은 좌장을 뿌려냈다.

파팡! 쩡!

좌장으로 뿌려낸 장력이 다시 급하게 방향을 튼 도세와 부딪쳤다.

그런데 부딪친 기세에 주르륵 뒤로 물러나는 만거경의 표정이 조금 기이해졌다.

'별거 아니잖아?'

불끈. 도를 잡은 손에 힘이 들어간다.

이 정도라면 해볼 만하다는 생각이 든 것이다.

도를 중단으로 올리고 위경리를 노려봤다. 살짝 일그러진 표정이 역시 자신의 생각이 틀리지 않았다는 것을 보여준다.

"위경리도 별거 아니군! 타앗!!"

한마디, 속을 뒤틀리게 하는 소리와 함께 만거경이 도에 붉은 도기를 가득 피워 올리고 달려들자 위경리의 눈꼬리가 한껏 올라갔다.

패주기만 하고 말려 했는데, 저놈은 '죽여줍쇼' 한다.

날려오는 도기를 향해 신형을 날리는 위경리가 마음을 굳게 먹었다. 감히 장절을 우습게 아는 놈은 죽어도 싸다.

후웅!

우장에서 피어나는 묵기가 회오리치듯 맴돌며 붉은 도기를 감싸간다.

위경리의 우장에서 피어오른 묵기는 최근 종리율을 물리치며 정리한 현고기령(玄高氣靈)의 절기였다.

진고영과 다니며 나름대로 듣고, 보고, 궁리하면서 만들어낸 현고팔장의 정화인 것이다.

만거경은 자신의 도기를 감싸는 묵기를 갈기갈기 흩뜨리려 도를 팔방으로 휘둘러 갔다. 구유팔상혈(九幽八霜血)을 펼친 것이다. 이 정도면…….

한데, 묵기는 조금도 흩트러지지 않고 여전했다.

오히려 구유팔상혈의 도세마저 묵기에 먹혀 버린다.

만거경은 손에 느껴지는 감각이 마치 끈적끈적한 아교의 늪을 휘젓는 것처럼 느껴졌다. 안색이 창백해진 채 몸을 비틀며 묵기로부터 도를 빼내려 이를 악물었다.

하지만 도를 못 쓰는 만거경은 이미 구유혈도가 아니었다.

잠깐이었지만 고수들에게 그 정도면 목숨이 몇 번은 천당과 지옥을 오르내리는 시간이다.

도세를 제압한 위경리의 신형이 미끄러지듯 만거경의 품 안으로 달려들었다.

12

"헉!"

만거경의 입에서 다급한 경악이 터지고 신형이 좌우로 흔들리며 뒤로 물러나기 위해 안간힘을 쓰지만, 도를 타고 올라오는 묵기의 끈적끈적함이 놓아주지를 않았다.

쾅!

"커억!"

굉음이 만거경의 가슴에서 터지고, 그 충격에 만거경의 몸이 거세게 흔들리며 입에선 피가 뿜어져 나왔다.

좌장이 작렬한 것이다. 비록 반 정도의 힘이었지만, 그 정도만으로도 충격을 주기는 충분한 힘이었다.

충격으로 만거경이 제정신을 못 차리는 사이, 또다시 위경리의 우장에 서린 묵기가 꿈틀거리며 움직인다.

우우웅!! 콰쾅!

도를 거슬러 올라간 묵기, 현고기령이 연달아 만거경의 몸을 거세게 두드리자 만거경의 몸이 이 장여를 훌훌 날아갔다.

아마 죽지는 않아도 당분간 무공을 쓰기는 힘들 것이다.

만거경이 비록 형인 구유동주 만자경의 후광으로 차지한 자리라지만 그래도 구유마동의 아홉 개 동굴, 구동 중 세 번째 귀랑동(鬼狼洞)의 주인이다. 위경리에게 이리 쉽사리 당할 정도로 약한 무위가 아닌 것이다.

좌장의 위력만을 생각하고 위경리를 얕본 것이 한순간에 승부를 갈라 버렸다.

"홍! 어디서!"

그렇게 만거경을 단숨에 물리친 위경리의 어깨가 으쓱 올라가고 득

의만만한 웃음을 지으며 돌아서려는 찰나, 위경리가 뭘 봤는지 인상을 찌푸렸다.

만거경의 수하들 모두가 마치 약속이라도 한 듯이 무기를 빼어 들고 소리없이 달려들고 있었다. 자신들의 수장이 무너졌는데 자신들만 성하게 돌아가면 어떤 벌을 받을지 그들은 알고 있는 것이다.

앞서 달려드는 자가 기다란 협봉장검을 치켜 세운 것을 필두로 좌우로 벌려 달려드는 그들의 기세에는 한바탕 전쟁을 치르겠다는 각오가 피어오르고 있었다.

"엇? 저놈들이!!"

"저희가 맡죠!"

육정기가 뜻밖이라는 듯 놀라 소리치자, 마차에 있던 백리웅천의 신형이 먼저 날아갔다. 싸움이라면 마다할 그가 아니었다. 오죽하면 냉혈무광일까.

뒤질세라 염이상과 사마정이 몸을 날린다. 한데 우형욱만은 진고영 옆에 앉아 움직이지를 않는다.

"우가야, 싸우기 좋아하는 네가 웬일이냐?"

육정기가 알 수 없다는 듯 고개를 갸웃거리자, 우형욱의 얼굴이 일그러지며 뒤쪽을 가리켰다.

"위 노선배가… 쓸데없이 나서지 말고… 저놈들 지키라고……."

"…어쩔 수 없군. 오늘은 참아라."

기다란 협봉장검을 들고 덤벼들던 자를 백리웅천의 장검이 후려쳐 가고, 옆쪽에서 달려들던 넓은 도를 든 자를 염이상의 도가 마주쳐 갔다.

쩌정!! 따랑!

검이 튕기고 도가 부러져 나간다. 늑대 무리 속에 뛰어든 호랑이마냥 휘두르고 찔러드는 검과 도에선 검기, 도기가 시퍼렇게 피어오른다.

"으악!"

"크으윽!!"

사방에서 비명이 터진다. 피가 튀어 오른다.

몸이 튕겨지며 굴러가는 곳에는 기다란 핏빛 비단이 펼쳐진다.

백리웅천의 검이 허공에 폭풍을 일으킬 때마다 두세 명의 무사들이 분분히 뒤로 물러난다. 검풍에 스치기만 해도 옷이 베어지고 살갗이 일어나는 것이다. 소름이 돋을 일이다.

겨우 몸을 추스르며 몸을 일으키던 만거경은 한 사발의 선지피를 뱉어내며 경악에 찬 얼굴로 장내를 훑어봤다.

가망이 없다. 도를 휘두르는 놈은 마치 도살장의 백정처럼 한 칼에 한 명씩 베어내고 있고, 춤을 추듯 검을 놀리는 놈도 바느질하는 여인네마냥 수하들의 목에 검을 쑤셔 꼬치 꿰듯 하고 있다.

순식간에 일곱이 쓰러졌고, 나머지도 덮쳐 가던 기세를 찾아볼 수 없다. 저자들이 누구길래 귀랑동 백귀혈랑 이십 인이 제대로 대항조차 못해보고 뒤로 물러나기만 해야 한단 말인가.

게다가… 마차 쪽엔 되돌아간 위경리를 비롯해 아직도 움직이지 않은 자들이 또 있다.

어찌할지 잠시 망설이고 있을 때, 천천히 싸움터를 향해 걸어가며 육정기가 검을 뽑는 게 보인다.

창백한 표정을 한 만거경의 몸이 부르르 떨렸다.

"무, 물러서!"

추적해 온 놈들을 죽이는 것도 중요하지만, 이곳에서 몰살당할 수는 없다. 그것은 자신도 자신이지만 구유동주인 형님의 위신을 뒤흔드는 일인 것이다.

그 말이 나오기만을 기다렸다는 듯, 정신없이 뒤로 물러서는 수하들을 바라보던 만거경이 힘겹게 앞으로 나섰다.

"대체 그대들이 왜 우리의 행사를 막는가? 진정 구유마동과 적이 되겠단 말인가?"

"적반하장도 유분수지, 우리는 그냥 지나가려 했는데 네놈이 막았잖아!!"

육정기가 되지도 않는 문자까지 쓰며 소리치자 만거경은 할 말을 잃었다. 사실이 그러했던 것이다.

움켜쥔 두 손이 부들부들 떨리지만 이미 상황은 물 건너간 것 같다.

"좋소! 그럼… 물러가도 되겠소?"

만거경의 말에 육정기는 힐끗 뒤를 바라보며 전음을 날렸다.

"저놈 잡아가는 게 쫄따구 잡아가는 것보다 낫지 않겠수?"

"구유마동하고 평생 싸울 일 있냐? 선물은 적당한 게 좋은 법이지. 그놈은 그냥 보내줘라. 컴컴해지기 전에 형문에 들어가야잖냐. 아니면 저놈들 다 죽이고 니가 묻어주고 오던가."

귓속을 울리는 전음에 '내가 미쳤수?' 하는 표정으로 위경리를 쏘아보고는 빙그레 웃으며 만거경을 보았다.

"우린 말이지…… 가는 사람 안 잡고 오는 사람 안 말리는 주의라서… 니 맘대로 하시게. 그리고 시신은 다 가져가게. 혹시 아나? 살았을지."

“으음… 좋소! 한데 저들도 풀어주시오.”

만거경이 마차 쪽을 가리키며 말하자 육정기의 고개가 가로저어졌다.

“저들은 내 소관이 아니거든. 이미 선물로 포장까지 해놓은 상태라……”

“으으… 두고 봅시다. 임제동, 귀환한다! 시신을 챙겨라!”

소태 씹는 표정을 한 만거경의 명령에 부동주 임제동이 고개를 숙여 보이고는 시신을 수거한 수하들과 함께 뒤로 몸을 날렸다. 그런 그들의 표정에는 지옥에서 살아 나왔다는 안도의 표정이 어려 있었다.

한편, 마차 안에서 싸움을 지켜보던 청연자는 놀란 마음을 진정키 어려웠다.

저놈들의 추적을 받으면서 얼마나 고생했던가. 제자가 세 명이나 죽었고 자신과 운효는 중상을 입었다. 비록 적들을 십여 명 베었다지만 너무 큰 피해였다. 그런데 저들은…….

‘아무래도 돌아가면 제자들의 수련에 온 힘을 기울여야겠구나. 더 이상 헛되이 목숨을 잃어선 안 되겠지.’

한바탕 싸움이 끝나고 다시 출발한 마차는 붉은 석양이 어둠에 집어 삼켜질 무렵 형문의 남문을 통과할 수 있었다.

2

하남에서 동남쪽으로 달려 호북 안휘의 경계를 짓는 거대한 산맥군,

중원의 대동맥이라 할 수 있는 대별산맥의 주산 대별산에도 가을은 여지없이 찾아오고, 머물다 떠날 날만을 기다리고 있었다.

거대한 전각군 삼십여 채가 대별산 천당봉 아랫자락을 가득 메우고 있는 곳, 강북의 중추 무림련 밀영전 후원에 위치한 별원에선 동방설리와 황보명이 모락모락 김이 피어오르는 찻잔을 앞에 두고 마주 앉아 있었다.

"네가 직접 가겠단 말이냐? 너무 위험하지 않겠느냐."

"외숙, 적들의 전력은 현재 밝혀진 것만 해도 본 련이 모든 힘을 쏟아야만 상대할 수 있을 정도예요. 하지만 문제는… 후우… 외숙도 알다시피 그게 당장 가능하지가 않다는 거죠."

"그건……. 음… 나도 그게 안타깝긴 하다만, 그렇다고 전혀 불가능한 것만도 아니지 않느냐?"

"항상 모든 것에는 때가 있는 법이죠. 때가 맞으면 작은 힘으로도 행할 수가 있고, 안 맞으면 그 몇 배의 힘을 기울여도 장담할 수 없는 상황이 비일비재하죠. 지금이 바로 그런 상황이에요. 이미 대계는 시작되었어요, 외숙."

"으음… 하지만 너무 위험해. 차라리 제갈 대군사가 가는 게 낫지 않을까?"

"대군사는… 이곳의 일을 통괄하는 것만도 벅차하지요. 그리고 그분들은 저와 만나길 원하고 있을 거예요."

동방설리의 입가에 가느다란 미소가 떠올랐다.

그녀는 황보명이 진정 자신을 염려해서 그런다는 걸 충분히 알고 있는 것이다. 하지만 어쩌랴! 군사 직을 허락할 때부터 이미 목숨은 자신의 것이 아닌 것을.

찻잔을 들어 차를 한 모금 입에 담은 동방설리의 눈에 아련한 형상이 떠올랐다.

"외숙도 알다시피, 지금 그분들의 힘이 우리에겐 절대적으로 필요한 상황이에요. 할 수만 있다면 어떤 조건이라도 들어주고 끌어들일 생각이에요."

"내 어찌 그걸 모르겠느냐!"

쾅!

탁자를 치며 일어나는 황보명의 얼굴에는 참을 수 없는 노화가 그대로 들어나 있었다.

"구파의 망할 노친네들은 자파의 안전만을 생각하고 있으니…… 어린 너보다도 못한 자들이다! 그들이 조금만 더 생각한다면 작금의 상황이 간단치 않다는 것을 모르지는 않을 터. 후우, 생각만 하면 울화가 치밀어 오르는구나."

동방설리의 얼굴 위로 씁쓸한 표정이 살랑이는 바람결에 스쳐 지나가고,

"소녀도 생각하고 있는 게 있답니다."

소리없이 찻물을 삼킨 그녀의 얼굴이 서서히 굳어져 갔다.

"사람들은 자신의 옷에 불이 붙어야 불이 뜨거운 줄을 알지요."

동방설리의 변하는 표정을 바라보던 황보명이 안타까운 마음으로 천당봉을 넘어 날아가는 기러기를 쳐다보았다.

"한 가지만 말하마. 진고영이라는 사람…… 이용만 할 생각이라면 말리고 싶은 게 이 외숙의 마음이다. 그를 다른 사람과 같이 생각하지 않았으면 한단다. 내가 아는 그 사람은 나 따위와는 비교조차 할 수 없는 사람이란다."

동방설리의 맑은 두 눈 깊숙한 곳에서 거센 떨림이 일다 고요히 가라앉고,

"죄송해요……. 외숙, 저도 앞날이 어찌 변할지 장담을 드릴 순 없군요."

앙증맞은 붉은 입술이 새하얗고 가지런한 이에 지그시 깨물리고 있었다.

'인연이 안 된다면 어쩔 수 없잖아요…….'

다음날 아침, 마차 한 대를 호위하며 일단의 무리들이 새벽 찬바람을 가슴에 안고 은밀히 무림련 후문을 빠져나갔다. 그리고 호위 무사들 중에는 영문도 모르고 합류한 임수행도 끼어 있었다.

3

"우하하하하!!"

기분 좋은 대소가 대전을 뒤흔들었다.

"그래, 장무담이 당하고 상관욱이 당했다? 거기다 서너 명의 다른 고수들까지 말이지?"

"그렇사옵니다, 궁주시여."

"오랜만에 묵은 체증이 쑥 내려가는 기분이군. 후후후."

"천은산장은 그 일을 최대한 비밀에 부치고 있습니다. 하나, 오래 숨길 수는 없을 것입니다."

태사의에 앉아 있던 혈의인의 얼굴에서 서서히 웃음이 가시고 두 눈에서 번뜩이는 혈광이 쏟아졌다.

"흠! 대단한 놈들이야……. 비록 적이지만 칭찬하지 않을 수 없군. 덕분에 기분은 좋다만 그렇다고 그냥 놔둘 수는 없는 일. 놈들에 대한 대책은?"

혈광이 자신을 향하자 혈뇌자 문인호용은 온몸이 조여드는 고통에 얼굴이 일그러졌다.

"놈들은… 호북에 들어섰습니다. 멋모르고 달려들었던 구유마동의 아이들이 놈들에게 당했다는 연락이 조금 전에 올라왔사옵니다, 궁주시여."

"어차피 그까짓 것들에게 당할 놈들은 아니지."

"혈사령주(血邪令主)께서 이미 놈들을 찾아가고 계십니다."

"혈사령주가?"

"송구스럽게도 본 궁에 장무담을 능가할 분은 궁주님뿐입니다. 두 분의 혈노께서도 장무담과 비등하긴 하나 능가한다 장담할 수는 없사옵니다. 그렇다고 놈들을 그냥 놔두는 것도 너무 위험 부담이 크니 이참에 령주께서 놈들을 제거할 수 있다면 일석삼조라는 게 속하의 생각이옵니다."

"일석삼조……. 강력한 적도 제거하고 천은산장의 기세도 꺾는다? 또 하나는 뭔가?"

"동방설리가 움직였다는 연락이 있사옵니다. 잘하면 무림련의 머리 하나를 자를 수 있을 것이옵니다."

"우하하하!! 좋다! 언제쯤 만날 거라 생각하는가?"

"이삼 일 정도면 만나리라 예상하고 있사옵니다."

"좋아!! 꼭 그놈들을 죽여서 본 궁의 위엄을 보이고 산장의 콧대를 꺾어라, 문인 호용!"

"존! 명! 피의 주재자께 영광을!!"

핏빛 안개가 자욱이 퍼져 나가는 대전에서 연이은 광소가 터져 나오고, 도검난무 강호에 서서히 암운이 드리워지기 시작했다.

4

철썩! 철썩!

바람이 거세지자 장강의 파도가 심술을 부리는지 지나는 배들을 춤추게 만들어 배를 타고 여행하는 여행자들의 위장을 뒤집어놓고 있었다.

그렇게 구름 짙고 바람이 심하게 불던 날, 무창의 사산포구에 도착한 운룡상단의 상선에서 한 명의 나이를 짐작키 어려운 노인과 철립을 깊게 눌러쓴 네 명이 인상을 있는 대로 찡그리며 내리고 있었다.

"켈켈! 앞으로 바람 부는 날 나더러 배를 타란 놈은 사지를 찢어 죽여 버릴 게야!"

얼굴이 온통 주름으로 뒤덮인 노인이 소리를 지르며 인상을 써대자 주위의 사람들이 겁에 질려 슬금슬금 뒤로 물러났다.

그걸 보고 히죽 웃던 노인은 뒤에 서 있는 네 명의 철립인을 쳐다보고는 고개를 저었다.

"네놈들도 뱃속은 어쩔 수 없는 사람인가 보구나!! 켈켈켈!!"

쇠를 긁는 듯한 기분 나쁜 웃음을 흘리며 귀신같은 형상의 노인이 북문 쪽으로 걸음을 옮기자, 네 명의 철립인도 유령처럼 뒤따라갔다.

"가자꾸나. 케케케… 장가를 묵사발 냈다는 놈이 어떤 놈인지 빨리 얼굴을 보고 싶구나. 켈켈."

孤影 第二章

1

형문에서 종남의 사람들에게 잡은 자들마저 넘겨주고 헤어지고 난 후, 하루를 쉬고 떠난 지 이틀 만에 마침내 마차를 포기해야 했다.

산을 넘는 거야 관도로 가니 그렇다지만, 강을 건널 때는 마차를 태울 만큼 큰 배가 그리 많지 않았다. 두세 시진을 하염없이 기다리는 것도 한두 번, 사람들의 눈치를 더 이상 견디지 못한 위경리는 결국 마차를 과감히(?) 포기해야만 했던 것이다.

수주로 가는 길은 그만큼 크고 작은 강이 자주 길목을 가로막았다.

수주에는 사마정의 외가인 설한보(雪寒堡)가 있었다. 강호의 대문파는 아니었지만, 수주에서만 삼백 년의 가업을 이어온 전통의 명문이었다. 게다가 설한보주인 설상검협(雪霜劍俠) 이호당이 바로 사현 중 한 사람이었다. 그런 이유로 형주에서 무림련에 서신을 보낼 때 회합의

장소로 수주 설한보를 지목했다. 무림련과도 가깝고 사마의 세력이 가까운 곳에 없어 그나마 안전하다 할 수 있는 곳이었기 때문이다.

 싸늘한 바람에 안개와 같은 구름이 옅게 끼어 있는 것이, 겨울이라면 마치 금방이라도 눈발이 날릴 것만 같은 날씨였다.
 다행히 약속 날짜에 그리 늦지는 않을 것 같다. 중간에 소소한 일이 있었지만, 많은 시간을 빼앗기지 않았기에 오히려 하루 이틀은 넉넉할 듯했다.
 굽이굽이 흐르는 강물을 따라 십 리를 내려가면 수주로 가는 관도가 이어진다 했다.
 배 위에 몸을 싣고 뿌연 하늘을 바라보던 진고영은 문득 어릴 적 살았던 과풍곡이 떠올랐다.
 그곳의 하늘은 사시사철 황사 바람으로 인해 저렇게 뿌옜었지. 저 깊은 기억 속에서 삭풍이 몰아치면 온 세상이 누렇게 변하던 고향이 생각나자 어머니의 모습이 아련하게 떠오른다. 그리고…… 가물가물 두어 번밖에 보지 못했던 아버지의 모습도.
 머리를 가볍게 흔들며 상념을 지우려 하자 어머니의 얼굴에 또 다른 얼굴이 하나 겹쳐 보인다.
 '이런, 후우…….'
 손을 뻗어 스쳐 가는 강물에 넣어봤다. 차가운 강물이 손을 적시고, 팔목을 적시고, 가슴으로 기어오른다.
 '미망에 빠진 나를 하늘에 계신 어머니가 얼마나 원망하실까…….'
 끊어지지 않는 상념이 십 리 뱃길을 가는 동안 이어지고, 마침내 백여 장 앞에 선착장이 보이자 사람들이 하나둘 몸을 일으킨다.

진고영도 천천히 일어서며 뱃머리로 다가갔다.

그때, 뱃머리로 다가가던 진고영의 눈에 선착장에 한 사람이 서 있는 게 보였다.

빙굴에서 부는 바람이 이리 차가울까? 한줄기 온몸을 얼릴 듯한 찬바람이 가슴을 스쳐 간다. 선착장의 한쪽에 서서 진고영 쪽을 쳐다보고 있는 한 백발의 노인. 고수다, 그것도 절정의 고수.

느껴지는 기운으로는 음한지공을 익힌 듯하다.

진고영이 멈칫하자 위경리가 배에서 내리기 위해 앞으로 나섰다. 한데 모르는 사람인지 보고서도 아무런 반응이 없다.

"위 노형님, 오른쪽에 서 있는 노인을 혹 모르십니까?"

뱃머리에서 뛰어내릴까, 날아 내릴까 쓸데없는 고민을 하고 있던 위경리가 한 소리 전음에 뭔 소리냐는 듯 진고영을 돌아보았다. 그러다 진고영의 눈빛이 심상치 않음을 알고 앞을 자세히 살펴보았다.

그리고 한순간, 위경리의 낯빛이 귀신을 본 듯 해쓱해졌다.

"맙소사! 저자가 아직 살아 있었다니……. 아우, 저자는 죽었다고 소문난 빙혼마령수(氷魂魔靈手) 역수양이란 자일세. 과거 혈천오사(血天五邪)라 불리웠던 자들 중 한 사람이네. 오사는 모두 죽은 걸로 알고 있거늘……."

위경리의 전음을 들은 진고영의 눈빛에서 이채가 번뜩였다.

장절 위경리의 낯빛을 바꿀 정도의 고수.

그도 들어보았다. 우문 사부께서 말해 준 이름 중 하나다. 삼십삼천 중 오사에 이름이 올라 있는 전대의 고수. 모두 죽은 걸로 알려진 그런 고수가 이런 외진 곳에 나타난 것이다. 대체 무슨 일로…….

하선을 하며 노인의 거동을 느껴보았다.

고요히 가라앉은 기운이 미동도 없다. 한데 배를 탈 기색도 없다. 왜 일까?

무언가 무겁게 흐르는 기운이 느껴졌는지, 다른 사람들도 입을 닫고 긴장한 채 진고영과 위경리의 뒤만 따르고 있었다.

그렇게 백발의 노인, 역수양의 곁을 지나려 할 때였다.

"오랜만이군! 너무 오래되서 잊을 뻔했어."

어깨를 움찔거린 위경리가 고개를 돌려 역수양을 쳐다보았다.

"돌아가신 줄 알았습니다만…… 삼십 년 만에 뵙는군요."

"가고는 싶은데 받아주질 않는군."

무표정하니 위경리에게 답하던 역수양의 차가운 눈이 진고영을 향했다.

"네가 진고영이란 아이냐?"

역수양은 자신을 알고 왔다. 아무래도 그냥 지나치기는 틀린 듯하다.

"이런 곳에서 역수양 노선배를 뵙게 되다니 영광이오."

심유한 눈으로 역수양을 바라보며 답하는 진고영의 말에,

"역수양? 맙소사……. 빙혼마령수 역수양이라니!"

백발노인의 기운을 어느 정도는 느끼고 있던 육정기가 대경하며 소리쳤다.

머릿결을 날리는 바람이 한겨울의 바람보다 더 차갑게 사람들의 가슴속을 뚫고 지나갔다.

"전서를 받고 이틀을 달려 오늘 아침에야 도착했다, 너를 만나기 위해서."

"영광이긴 합니다만 어인 일이신지……."

"나는 혈사령주라는 지위를 갖고 있다."

진고영의 두 눈이 깊게 가라앉았다.

혈사령주라면……

"역 노선배 같은 분이 혈왕의 수하라니……. 믿기지 않는 일이군요."

"역시 알고 있었군. 아직 본 궁을 아는 자는 거의 없거늘……."

혈자가 들어가고, 역수양 정도의 고수를 거느릴 자는 혈왕밖에 없을 거라 생각하고 넘겨짚은 게 맞았다.

참으로 놀랄 일이다. 천은산장의 고수들도 끝이 없더니 혈왕의 수하들은 또 얼마나 된단 말인가.

역수양은 오른손을 위로 쳐들었다. 그러자 이십여 장 앞에 있는 숲속 나무에서 붉은 그림자들이 유령처럼 내려섰다. 그 열 명의 그림자로 인해 숲이 온통 핏빛 안개에 휩싸여 버렸다.

"혈사령이라 하지. 이십 년 동안 내가 키운 아이들이야. 너희가 도제 장무담을 쓰러뜨렸다는 말을 들었다. 너희에게 그리 부족하지는 않을 것이야."

"싸우자 하면 마다하지 않겠소만, 노선배께선 말년에 길을 잘못 찾으신 것 같군요."

역수양의 차가운 눈동자에서 전신을 얼려 버릴 것 같은 한기가 쏟아져 나왔다.

"후후후… 명부에 한 발을 들여놓고 사는 게 강호의 삶이거늘, 너 또한 무엇이 다를까."

말을 마치고 천천히 걸음을 옮기는 역수양의 뒤쪽으로 핏빛 그림자들이 드리워지기 시작했다. 그것은 마치 붉은 피안개가 스멀스멀 밀려오는 것만 같았다.

열 명의 핏빛 그림자. 열 명의 혈사령.

그 공포가 마침내 강호에 나온 것이다.

싸움은 역수양의 오른손이 좌우로 흔들리며 시작됐다.

한 명의 혈사령이 혈광이 번뜩이는 장력을 앞세우고 진고영을 향해 몸을 날린 것이다.

붉은 폭풍이 몰아친다. 핏빛 섬광이 휘몰아치며 날아온다. 혈사령의 운신은 가히 빠름, 그것이었다.

찰나간에 닥쳐오는 수영에는 어른거리는 혈광이 회오리치고 있었다.

옆에 있던 육정기가 앞으로 나서 이를 악물며 검을 잡아가고, 번쩍! 섬광을 자르는 발도에 이어 사자양단세(獅仔兩斷勢)로 삼검을 쳐내며 혈사령의 가슴을 찔러간다.

콰쾅!!

주르르륵……

육정기가 삼 보를 물러나며 놀란 눈을 부릅뜨고 혈사령을 쳐다봤다.

"뭐야?"

가슴을 적중당하고 튕겨져 날아 내려서는 혈사령이 멀쩡한 것이다. 가슴 부위의 옷은 찢어져 있지만 속에서 피가 흘러나오지는 않는다. 신형을 바로잡는 것이 그다지 충격을 받은 것 같지도 않았다.

게다가 육정기의 손은 마치 쇠 벽을 친 것마냥 찡 하니 울린다. 도대체 어찌 이런 일이……

놈의 입가로 가느다란 조소가 피어오른다. 환장할 일이었다.

육정기가 다시 검을 앞세우고 신형을 날리려 하자, 이번에는 백리웅천이 먼저 한 걸음 앞으로 나서며 애검 잠풍검을 뽑아 들었다.

"육 선배님, 이번엔 제가 한번 해보지요."

먼저 쉽게 나서지 않는 성격인 백리웅천이 대답도 듣지 않고 한걸음에 일 장을 좁히며 혈사령들을 향해 다가가자, 역수양의 입가에도 차디찬 웃음이 걸렸다.

"먼저 나서지 않아도 모두 죽여줄 것이다."

"글쎄, 길고 짧은 건 대봐야 알겠지. 오옷!!"

일성 기합과 함께 백리웅천의 신형이 걸어가던 그대로 허공으로 솟구치며 조소를 머금고 있는 혈사령을 향해 떨어져 내린다.

푸르스름한 기운이 잠풍검을 중심으로 휘돌며 강기를 형성했다. 그렇게 송곳 같은 형상으로 만들어진 강기가 혈사령의 머리를 그대로 뚫어버릴 듯 뻗어나가자 혈사령의 조소가 사라지고, 혈광을 머금은 쌍수를 머리 위로 들어올린 채 검강을 향해 마주쳐 갔다.

그걸 바라보던 위경리가 한 소리 내질렀다.

"뭐야? 저놈들!! 지들이 무슨 금강불괴라도 되는 줄 아나? 검강을 육신으로 막게? 가만! 그런데 저놈이 언제부터 저렇게 검강을 지 맘대로 썼지?"

쩌저정!!

콰릉!!

검강과 혈광이 부딪치자 붉은 번갯불이 번쩍이고, 충격으로 튕겨져 오른 백리웅천이 다시 허공에서 몸을 뒤집으며 푸른 검강이 두 자나 뻗치는 잠풍검을 내리그어 갔다.

쾅!!

끼기기긱!! 따당!

괴이한 소음이 일고, 혈광과 부딪친 백리웅천의 신형이 홀홀 날아 제자리로 돌아왔다.

표정이 살짝 일그러진 백리웅천이 믿을 수 없다는 듯 고개를 저었다. 그런 그의 입에선 가는 선혈마저 보였다.

"젠장! 저놈 몸뚱이는 쇠보다도 더 단단한데요. 기껏해야 생채기밖에 못 내다니."

그답지 않은 투덜거림이었지만 누구도 웃을 수가 없었다.

검강에 정통으로 그어지고도 그저 못에 긁힌 정도의 가벼운 찰과상만 입었다. 괴물 같은 놈들이다.

한데, 미처 놀라운 표정을 지우기도 전에 그런 괴물 같은 놈들이 일제히 앞으로 몸을 날리고 있다.

위경리가 쌍장에 묵기를 머금고 덮쳐 오는 혈사령 중 한 놈을 향해 마주쳐 간다.

육정기도 청망검을 움켜쥐고 신형을 날리고, 침중한 안색을 한 염이상과 사마정 우형욱도 각자의 무기를 빼어 들고 놈들이 다가오기를 기다렸다.

강기를 쓸 줄 아는 고수, 백리웅천도 놈들을 어찌하지 못했다. 그보다 약한 자신들로서는 감당하기 힘든 놈들. 최악의 상황이다.

"제 옆에서 일단 방어에 치중하십시오."

진고영의 전음이 세 사람의 귓전을 울리자 그나마 마음이 가라앉았다. 하지만 그렇다고 손 놓고 있을 수는 없는 일. 자신들이 가진 모든 공력을 끌어올리고 다가오는 놈들을 뚫어져라 처다본다.

아마 눈빛만으로 사람을 죽일 수 있다면 혈사령들은 이 세 사람의 눈빛에 죽어버렸을 것이다.

쩌정!! 콰르릉!!

따당!!

튀어나간 세 사람이 일제히 혈사령과 부딪치며 굉음이 일었다. 나머지가 일곱, 거기다 역수양은 고요히 서서 상황을 쳐다만 보고 있다.

일곱 중 세 명이 진고영 쪽으로 날아온다. 붉은 혈수에 혈광을 가득 담고 눈에선 광기를 번뜩이며.

진고영이 한걸음에 일 장을 미끄러지며 곤을 뽑아 들었다. 시커먼 묵광이 손을 타고 곤으로 흘러내린다. 나선으로 감아 내려가는 묵광이 쭉 세 자나 늘어나고, 혈사령들을 향해 휘둘러 가는 곤이 일곱 개의 곤영을 만들어냈다.

쾅!!

한순간에 터진 굉음과 함께 세 혈사령의 몸이 달려들던 것보다 더 빠르게 튕겨진다. 재빨리 신형을 일으키는 혈사령들의 눈에 처음으로 놀라움 비슷한 눈빛이 떠올랐다.

세 명이 튕겨지자 다른 네 명이 달려든다. 마치 연수 합격이라도 연마한 것마냥 조금의 머뭇거림도 없다.

진고영의 손이 비틀리고 곤이 좌우로 흔들리자 묵기가 사방으로 쓸려 나갔다. 군마벽파(群馬霹破), 다수를 상대하는 관천곤의 여덟 번째 초식이 펼쳐진 것이다.

연이어 관풍뇌동(關風雷動)이 펼쳐지고, 한순간 번갯불이 곤의 끝에서 번쩍 쏘아져 나간다.

콰르릉!

짜자자작!!

퍼퍽!!

"크읍!"

처음으로 혈사령의 입에서 낮은 신음이 터졌다. 제아무리 단단한 몸이라도 견딜 수 없었나 보다.

신음을 흘리던 혈사령의 입에서 가는 핏줄기가 새어 나온다. 한데 보통 피보다 훨씬 검붉은 피다.

검붉은 피, 쇠보다 단단한 몸……. 언젠가 사부님께 들어본 적이 있는 것 같은데 생각이 나지 않는다.

혈사령들이 일제히 패퇴당하고 물러선 그들의 입에서 피마저 보이자 역수양의 빙벽 같던 두 눈이 격하게 흔들리고 절로 감탄이 터져 나왔다.

"대단하구나! 장무담이 당했다더니 헛소문이 아니었구나! 하나, 결과는 변함없을 것이다!"

"글쎄올시다."

나직하게 답한 진고영의 신형이 혈사령들을 향해 주욱 늘어난다. 이형환위와 같은 구절미보의 구전질풍보(九轉疾風步).

손에 들린 관천곤이 빙글 작은 원을 그리고, 그 원이 혈사령들에 다가감에 따라 점점 커지더니 전면에 서 있던 세 명을 뒤덮는다. 낙일망휴(落日網休)였다.

세 혈사령이 몸을 피하려 하지만, 그물에 갇힌 물고기마냥 퍼덕거릴 뿐 쉬이 움직여지지 않자 얼굴에 당황하는 표정이 떠올랐다. 혈수를 들어 막아가지만 한 번 꺾인 기세로 인해 제 위력이 실리지 않는다.

검강조차 두려워 않는 그들이 곤의 위력에 절로 반응하는 것이다.

움직이지 못하는 혈사령을 향해 번개의 칼날이 곤의 끝에서 튀어나 간다. 류동수혼(流動狩魂)에 이은 전유동참(電流動斬), 연이은 관천뇌 곤의 절기가 줄기줄기 연환세로 펼쳐지고, 이 장여를 가득 메운 관천 곤에서 번개의 우박이 떨어져 세 혈사령의 전신을 난도질할 듯이 쓸어 갔다.

콰르르르!!

콰콰쾅!!

훌훌 날아가는 세 혈사령의 입에서 검붉은 핏줄기가 뿜어진다. 그들 도 사람인 이상 연이은 충격을 견디지 못하는 것이다.

그걸 바라본 진고영이 다시 쇄도하려 할 때였다. 뒤쪽에서 놀란 외 침이 터졌다.

"조심해라!"

'아차!'

위경리의 고함에 진고영의 신형이 그대로 뒤로 날아갔다. 우형욱 등 이 다른 혈사령들에게 공격받고 있는 것이다.

초식으로야 뒤질 게 없지만 놈들의 몸은 일반 검강으로도 어찌하지 못하는 불괴의 신체, 계속되는 부딪침에 충격이 쌓이면 우형욱 등은 견 디지 못할 것이다.

단 두어 번의 부딪침에 사마정의 안색이 창백해졌다.

염이상 역시 빠르게 도를 휘둘러대지만 베어지지 않으니 절로 기세 가 사그라져 간다.

우형욱의 창은 이미 끝이 무뎌져 있다. 놈들의 혈수와 부딪치며 창 대가 손상되어 버린 것이다. 제일 다급한 건 우형욱이다.

"우 형! 뒤로!"

일갈과 함께 진고영의 곤이 허공에서 내려쳐진다.

후우웅!!

낙뢰절지(落雷折地), 대지를 갈라 버릴 듯 내려쳐지는 무지막지한 곤의 위세를 혈사령이 신형을 비틀며 혈장을 펼쳐 내 막아간다.

쿠르릉…….

혈장의 위력에 곤의 방향이 비틀리자, 진고영의 신형이 혈사령의 몸으로 파고들며 양유미가수의 내력이 실린 좌수를 혈사령의 가슴에 적중시켰다.

쩌엉!

쇠종을 친 듯한 공명음과 함께 튕겨져 나가는 혈사령의 두 눈에 고통의 빛이 떠오른다. 불가에 기반을 둔 양유미가수의 공능이 마기를 뒤흔들어 버린 것이다.

"괜찮습니까?"

우형욱을 돌아보는 진고영의 눈에 미안함이 자리하고 있다. 옆에 있어라 해놓고 기회를 버릴 수 없어 그만 방치한 상황이 되어버렸다. 물론 우형욱 등은 전혀 그런 생각을 갖지 않았지만.

"괜찮습니다, 대형. 일단 저 괴물들이나 때려잡으세요!"

우형욱이 호기롭게 소리치며 사마정 등을 몰아붙이고 있는 혈사령을 가리켰다.

진고영은 재빨리 주위를 둘러보았다.

위경라나 육정기, 백리웅천은 밀리지 않고 잘 싸우고 있다.

놈들의 단단한 몸도 계속 충격이 가해지면 언젠가는 깨질 것이다. 단지 그때까지 버틸 수 있느냐가 문제이긴 하지만, 그들은 실전에 관한 한 누구 못지않은 고수들이다. 절정의 고수가 괜히 고수라 불리는 게 아닌 것이다. 오히려 그런 고수들을 상대로 밀리지 않고 싸우는 혈사령들이 대단해 보였다.

그렇게 상황을 판단하고 움직이려 할 때였다. 사마정 쪽으로 몸을 날리려던 진고영의 신형이 우뚝 제자리에 서버렸다.

역수양, 그가 천천히 진고영을 향해 다가오고 있는 것이다.

양손에 하얗게 내린 서리는 그가 자신의 독문절기 빙령공(氷靈功)을 끌어올렸다는 것을 말해 준다. 그것은 진고영을 자신의 아래로 생각하지 않는다는 뜻이기도 했다.

역수양의 주위로 하얀 서리가 번져 가고 있다.

진고영의 신형이 그런 역수양을 향해 먼저 움직였다.

관천곤을 중단으로 향하고 처음부터 관천조양(貫天朝陽)을 펼쳐 질러간다. 태양을 꿰뚫을 듯이 묵광이 덩어리가 되어 날아오자 역수양의 눈썹이 꿈틀거렸다. 옆에서 볼 때보다 더 강력한 위력인 것이다.

방심을 생각할 수도 없는 가공할 기세에 역수양의 양손이 크게 원을 그리며 묵광을 잡아간다.

하얀 서리와 시커먼 묵광이 일 장을 격하고 부딪쳤다.

치지지지!!

쿠르르르…….

회오리치는 기운이 땅거죽을 뒤집고, 하얗고 시커먼 기운이 뒤엉켜 아름답게까지 보인다. 하지만 그것은 공포스런 아름다움이었다.

쿠구궁!!

폭죽처럼 두 기운이 퍼져 나가자 주위에서 싸우던 사람들이 분분히 몸을 피했다. 휩쓸리면 견딜 수 없다는 것을 알고 있는 것이다.

그런데 역수양의 신형이 주춤 뒤로 두 걸음 밀려나는 데 반해 진고영의 신형은 일 장 이상 튕겨진다.

"약은 수작!"

역수양의 입에서 대갈이 터져 나왔다. 진고영의 신형이 튕겨진 그대로 사마정 등을 공격하던 혈사령에게 날아가는 것이 아닌가.

혈사령을 향해 날아가는 진고영의 좌수가 은은한 황금빛으로 물들고, 한가운데서 붉은 불꽃이 일렁인다.

'오래 끌면 위험하다.'

머리 속에서 다급한 경고음이 울렸다.

그렇다. 사마정 등은 혈사령을 상대하기에는 아직 부족하다. 놈들의 몸에 충격을 주기 위해선 강기를 쓸 수 있어야 하는데, 아직 저들은 그 정도의 무위는 아닌 것이다.

아름다운 불꽃이 일렁이는 좌수를 한 명의 혈사령을 향해 내쳤다. 놈이 마주쳐 온다. 일단 우수의 곤으로 혈광을 번뜩이는 혈수를 걷어내고, 좌수로 놈의 가슴에 불꽃을 심어버렸다.

놈의 눈에서 두려움에 찬 공포의 빛이 떠오르고 있다.

쩍!

"크억!!"

단 일 수에 혈사령의 입에서 비명이 터져 나오고, 튕겨져 나가는 그의 입에서 피분수가 솟구쳤다. 내부가 부서졌다는 반증이다.

마공의 절대상극 수천제마인이 마침내 펼쳐진 것이다.

"놈!"

다시 다른 혈사령을 향해 신형을 날리는 진고영을 향해 역수양이 날아가는 기세를 살려 쌍장에서 하얀 서리를 뿜어낸다.

하지만 진고영은 이미 공포에 빠져 뒤로 물러나는 또 다른 혈사령의 머리에 불꽃을 심어버렸다.

"꺼어어!"

기괴한 신음과 함께 그 자리에 주저앉는 혈사령의 두 눈에서 검붉은 핏물이 흘러나오고, 진고영의 신형은 본래부터 돌아서 있었던 것마냥 돌아서 역수양을 맞이해 갔다.

가히 믿을 수 없을 만큼 빠른 운신(運身), 구절미보 중의 전질보(轉迭步)였다. 신형을 날린 진고영이 굳어진 안색으로 몰려오는 빙혼마수를 향해 관천곤을 들어 내친다.

고오오!

쩌저저저!

두 가닥 기운이 마주치고, 서로의 힘을 이기지 못한 기운이 소용돌이처럼 서로를 감아든다.

콰아아아!!

빙혼마공의 위력은 명불허전이다. 그가 하늘로 불리웠던 이유가 다름이 아니었다. 진고영은 두 혈사령을 눕히는 대가로 약간의 공력 손실을 입었고, 역수양은 그 기회를 놓치지 않으려 하고 있다.

콰르릉!!

두 거대한 기운이 마침내 서로를 휘감고, 돌고 돌다 충돌했다.

진고영의 신형이 충격으로 세 걸음 물러나고, 역수양 역시 세 걸음 물러나서 망연한 눈으로 진고영을 응시했다.

"참으로 놀랍고 어이가 없구나."

기회를 잡았다 생각했다. 저 어린 놈이 약은 수를 써서 혈사령 둘을 눕혔지만, 상태로 보아 약간의 손실을 입은 듯했다. 거기에 자신은 급습이나 다름없는 공격을, 빙혼마공을 잔뜩 끌어올린 채 전력을 다해 펼쳤다.

한데…… 결과는 비슷하다. 놈이나 자신이나 손실이 비슷한 것이다.

오기가 치솟아오른다. 자신이 저 어린 놈보다 떨어질 거라고는 생각해 보지도 않았다. 그런데 결과는 그게 아니지 않는가.

역수양의 전신에서 뿌연 서리가 뿜어져 나오자, 그의 주위로 새하얀 서리가 번져 간다. 지금껏 단 세 번밖에 펼쳐 보지 않은 빙혼마수의 정화 빙혼마령공을 끌어올린 것이다.

진고영도 진한 긴장감이 몰려오는 것을 느꼈다.

묘한 느낌이다. 전신을 치달리는 기운이 잔잔한 흥분으로 끌어오른다. 그러한 느낌을 담아 진고영은 관천곤을 세웠다.

역수양이 쌍장을 가슴 위로 끌어올리고 신형을 날려 덮쳐 온다.

그러자 관천곤을 천천히 내려쳤다.

넉 자에 달하는 곤강이 부르르 떨고 있다.

역수양의 쌍장이 앞으로 향하고 하얀 수강이 세상을 얼려 버릴 것 같은 빙기를 머금고 몰려온다.

관천곤을 흔들었다. 똬리를 틀고 몸부림치던 곤강이 허공을 찢어버리며 역수양을 향해 밀려갔다.

빙혼마령강과 관천곤강이 중간에서 부딪치자,

쩌쩌쩌!!

대기가 찢어지고 바닥에 있던 머리만한 바위들이 가루로 부서져 버렸다.

빙혼마령강이 곤의 기운을 서서히 누르고 밀려온다.

그러자 곤에서 소리없이 둥근 곤강이 형성되고 쏘아져 나갔다.

허공에 구멍이 뚫린다, 시커먼 구멍이.

그 사이로 아무런 소리도 없이 나아가는 곤강에 빙혼마령공의 새하얀 서리가 산산이 흩어져 버린다.

"이익!"

역수양의 하얗던 얼굴이 더욱 하얘졌다.

이제는 신형을 날리고 자시고 할 겨를이 없다. 기세의 싸움이 되어 버린 것이다.

소리없이 밀려오는 곤의 강기가 점점 커져 가고, 자신의 빙혼마령강의 기운이 흩어지고 있다. 이를 악물고 전신공력을 끌어올리지만 한 번 기울어진 기세를 되돌리기는 역부족이다.

그때, 역수양의 두 눈에 밀려오던 곤강이 어느 순간에 사라지고 오직 정체를 알 수 없는 엄청난 기운이 전신을 덮쳐 오는 것이 느껴졌다.

진고영이 끝내기로 작정하고 무리를 해서 무음관천(無音貫天)에 이어 부동관천(不動貫天)을 연이어 펼쳐 낸 것이다.

고오오오…….

하늘이 돌고 땅이 뒤집힌다.

방원 오 장여의 대기가 두 사람을 중심으로 휘돈다.

콰우우웅!

"크으윽!"

쥐어짜는 신음과 함께 역수양의 신형이 주르륵 이 장을 밀려나서야 세워졌다. 흐트러진 백발, 입가를 흐르는 핏물. 적지 않은 충격으로 인한 내상이 역수양의 냉막하던 모습을 엉망으로 만들어 버렸다.

"무섭구나, 무서워……."

할 말을 잃은 역수양이 망연한 눈빛으로 진고영을 쳐다봤다.

안색이 창백해지긴 했지만 자신과 비할 바가 아니다.

한데 질리게도 그런 진고영이 뒤로 몸을 날리는 게 보인다.

혈사령을 향해서였다.

"피, 피해!"

뒤늦게 소리를 질러본다.

진고영의 좌수가 올라가고 금빛이 섞인 붉은 불꽃이 피어난다. 그리고 터지는 비명!

"끄으어억!"

또 한 명의 혈사령이 거꾸러진다.

"모두…… 물러서……!"

역수양이 남은 힘을 쥐어짜 소리 지르자 그제야 혈사령들이 뒤로 정신없이 물러섰다.

역수양도 뒤로 오 장여를 물러서서 혈사령들을 슬쩍 쳐다봤다.

쓰러진 세 명은 이미 가망이 없다. 일곱 중 셋은 전신이 말이 아니다. 수십 차례 가격을 당해서인지 전신에 긁힌 흔적이 새겨져 있고, 붉었던 안색도 붉은 기가 많이 사라져 있다. 내부가 많이 흔들렸다는 말이다.

더 이상의 싸움은 의미가 없다, 저 진고영이라는 어린 놈이 건재한 이상은.

진고영은 한 번 더 수천제마인을 펼치자 머리가 묵직해짐을 느꼈다. 연이은 수천제마인의 시전은 그에게 아직도 많은 부담을 안겨주는 것이다. 적어도 십단공을 완성해야 한다. 그래야 부담없이 수천제마인을 펼칠 수 있을 것이다.

위경리를 바라보니 행색이 말이 아니다.

왼쪽 어깨는 괜찮을지……. 걱정이 된다.

육정기는 아직도 황소 같은 숨을 뿜어내고 있다. 그만큼 격렬하게 청망검을 휘둘러 댔다.

백리웅천도 본래의 의연하던 모습을 찾아볼 수 없다. 최근에서야 깨달음으로 익힌 검강을 수십 번 사용했으니 그나마 쓰러지지 않은 것이 다행일 지경이었다.

우형욱과 사마정 염이상은 입가에 피를 물고 손에 검, 도를 움켜쥐고 아직도 긴장을 풀지 못하고 있다. 이런 험한 싸움은 아마 그들 평생에 처음이었을 것이다.

어쨌든 큰 부상자가 없는 게 다행이다.

역수양을 바라보자 경악에 찬 눈이 아직도 흔들리고 있다.

어찌 그렇지 않을 건가. 평생 혈왕에게 진 것을 빼곤 이처럼 참담한 패배를 경험해 보지 못한 역수양으로선 그저 지금의 상황이 현실 같지가 않았다.

어찌할 건가. 죽음을 무릅쓰고 계속한다면 한둘은 죽일 수 있을 것이다. 하지만……

"오늘은…… 그만 물러가지만……. 다음에는 쉽지 않을 것이다."

입술을 씹으며 말을 뱉어내는 역수양의 볼이 부르르 떨렸다. 자존심이 상하는 것이다.

진고영도 더 이상의 싸움은 이익이 안 된다는 것을 안다. 그렇기에 아쉽지만 저들을 보내줄 수밖에 없다는 것이 안타까웠다.

만일 역수양이 혈사령으로 하여금 자신의 발을 묶게 하고 본인이 다른 사람을 공격한다면? 그리하면 생각하기도 싫은 결과가 나올 것이다. 발이 묶인 사이 최소한 두세 명은 죽일 능력이 역수양에게 있음이니…….

"진 아우, 저자를 그냥 보내줄 건가?"

위경리의 전음에 진고영은 속으로 한숨을 내쉬었다.

"후우… 노형님, 무리를 하면 저들을 처리할 수는 있지만, 아마 우리 중 두어 명의 희생은 감수해야 할 겁니다. 그래서는 아무런 의미가 없습니다. 저자는 그걸 알고 물러나겠다는 겁니다."

"하아……. 아깝군."

역수양은 한 번 더 진고영을 쳐다보고 천천히 신형을 돌렸다. 그리고는 숲 속으로 미끄러지듯 들어가 버리고, 혈사령들도 그를 따라 숲 속으로 사라져 갔다. 그런 그들에게선 나타날 때 보였던 핏빛 안개가 희미하게만 남아 있었다.

역수양을 비롯한 혈사령들이 사라지자 잠시 더 그렇게 서 있던 진고영이 천천히 제자리에 주저앉았다.

그러자 위경리와 다른 사람도 서 있던 자리에서 주저앉아 내기를 다스렸다. 모두가 적지 않은 내상들을 입은 것이다.

그렇게 두 시진이 흐르고 하늘의 희뿌연 구름이 회색으로 물들어 갈 때, 한 사람 한 사람 몸을 일으켰다.

진고영은 손에 들린 관천곤을 바라보았다.

또 세 치가 줄어들었다. 피식 웃음이 나온다.

세 치에 장무담, 두 치에 상관욱, 그리고 또 세 치에 역수양인가?

관천곤이 줄어들고 하늘이 무너진다. 묘한 역학 관계다. 더 이상 줄어들지는 않아야 할 텐데…….

"가세들. 아무래도 심상치 않아. 놈들이 우리만 노렸다고는 못 보지 않겠는가?"

위경리가 미간을 찌푸리며 말하자 육정기가 고개를 끄덕였다.

"맞습니다. 위 형님도 거기까지 생각하고 있는데 그 마귀 같은 놈들은 오죽하겠습니까?"

"육가… 너 지금……!"

눈을 치켜뜨는 위경리를 힐끗 일견한 육정기가 서둘러 사태를 진정시켰다.

"아따, 형님도! 형님 머리가 그놈들 모사만큼 잘 돌아간다, 이 말입니다."

"그, 그래?"

그러자 옆에서 쳐다보던 우형욱이 한마디 덧붙이고,

"원래 위 노선배님 잔머리야 천하가 알아주는……."

딱!

"윽!"

결국은 다 나아가던 왼쪽 눈이 다시 시퍼렇게 멍들었다.

'씨이…… 나만 미워하는 게 분명해.'

"출발하죠. 아무래도 위 노형님 말대로 저들이 동방 소저 일행을 노릴 공산이 큽니다. 대책을 세우긴 했겠지만 놈들의 힘을 제대로 평가하지 않았다면 많은 피가 수주를 물들일 겁니다."

웃음을 참으려 재빨리 입을 놀리는 진고영의 말에 각자의 무기를 챙긴 사람들이 비장한 얼굴로 수주를 향해 발걸음을 옮겼다. 진고영의 말대로 이런 놈들이 다른 곳에 또 나타난다면 수주는 피의 바다가 될 것이다.

孤影 第三章

1

두두두두.

쿠르르르.

한 대의 마차가 가을이 저물어가는 능선령을 넘어 치달려간다.

가을을 보내는 아쉬움으로 바람에 휘날린 낙엽이 춤을 추고, 겨울을 지나기 위해 북녘에서 날아오는 나그네 새들은 차가운 북풍이 몰아쳐 내려옴을 어리석은 인간들에게 알려주며 지나가고 있었다.

차가운 바람이 제법 매섭게 불어온다.

떨어지는 붉고 노란 낙엽들 사이로 치달리는 마차의 자그마한 창문이 열리자 뽀얀 얼굴에 가득 수심을 담은 여인이 보인다.

무엇이 그리 그녀의 작은 가슴에 짙은 먹구름을 끼게 했을까?

세상의 험난함과는 아무런 상관도 없을 것 같은 여인의 가슴속 깊은 곳에서 한숨이 새어 나왔다.

'하아… 세상은 저리도 아름다운데 나는 누군가를 해치기 위해 길을 가고 있구나……. 하나, 되돌려 생각하면 무엇 하랴. 이미 수레바퀴는 구르기 시작했거늘.'

저 높은 하늘을 날아가는 나그네들이 마치 그녀의 어리석음을 비웃는 것만 같다.

동방설리는 고개를 돌려 서쪽 하늘을 바라다봤다.

이백 리 떨어진 융중산 자락에다 초막을 짓고 살았던 제갈량은 어떤 마음이었을까? 그도 죽기 전에 자신으로 인해 죽어간 수많은 사람들을 생각하며 후회를 했을까?

그녀의 상념은 나 몰라라 마차 바퀴는 여전히 굴러만 가고 있었다.

마차의 앞쪽에서 호위 무사단을 지휘하던 정찬용의 입에 다섯 치 길이의 철소가 물리고, 가느다란 피리 음이 이십 여장 앞쪽을 질주하는 무혼단을 향해 울렸다.

―삐이이……. 삐(속도를 늦추어라).

무림련에서 긴급 이동 시 사용하는 신호음이었다. 이십여 가지의 신호음은 직선으로 백 장 밖까지 울리기에 긴급 이동 시나 비밀을 요하는 작전 시 사용되는 아주 중요한 통신 수단이었다. 옆쪽으로는 퍼지지 않아 전면으로는 멀리 가고, 신호를 모르면 무슨 뜻인지 알 수도 없어 최소한의 비밀을 지킬 수가 있는 것이다.

이백 장 앞쪽부터 고갯길이 굽이친다. 꺾어진 고갯길을 마차가 빠른 속도로 내려간다는 것은 매우 위험한 일이기에 속도를 늦췄다. 하지만 그렇기 때문에 경계에 만전을 기해야 했다.

정찬용은 다시 철소를 불었다.

─삐 비 삐이이(사주 경계를 철저히 하라)·······.

마차를 중심으로 십 장 앞에서부터 이 열로 열여섯의 무사가 척후를
맡고, 마차의 십여 장 뒤쪽에서 또다시 열여섯의 무사가 후방을 맡고
있다. 그리고 마차를 둘러싸고 여덟 명. 무혼단 호위 무사의 합이 사십
이었다.

마차에는 마부석에 둘, 안에는 동방 군사를 포함해 다섯, 황보명이
야 정찬용도 잘 안다. 셋은 동방설리를 위해 운현산장에서 특별히 파
견되었다는 자들, 한데 마부석의 임수행은 이번 일에 의외로 합류한 자
이다.

아마도 연락 임무로 쓰려는 건가 보다.

구대문파의 정예들로 이루어진 호위 무사단을 이끄는 무혼단 부단
주 정찬용은 화산의 제자로, 같은 항렬에서도 다섯 손가락에 들어간다
는 고수였다. 그는 지금 자신이 맡은 임무가 한심하기만 했다. 비록 부
군사라 하지만, 한 여인을 호위하기 위해 사십 명의 무혼단 무사가 한
꺼번에 나왔다는 것이 못마땅한 것이다.

쥐 죽은 듯 고개 숙이고 있는 마도인들이 무서워 이토록 많은 무사
들을 동원하다니······. 그것도 무림련 삼대무단 중 일 단인 무혼단.
하지만 어쩌랴, 명령은 명령이니.

'겁 많은 여인은 어쩔 수가 없군.'

마차의 옆쪽에서 그리 빠르지 않은 걸음으로 나아가던 정찬용이 마
차를 보지도 않고 입을 열었다.

"부군사, 두 시진 정도만 더 내려가면 조양입니다. 거기서 수주까지
는 이틀 거리. 조양에서 쉬고 아침에 출발하시지요."

"알았어요. 그리하도록 하세요."

'이틀……. 무사히 갈 수 있다면 그렇겠죠.'

동방설리의 어둡게 가라앉은 두 눈이 맞은편에 앉아 말없이 눈을 감고 있는 황보명을 바라보다 햇빛조차 없어 어둡게까지 보이는 산 능선을 향해 돌려졌다.

'소녀의 죄는 나중에라도 용서해 달라 않겠어요.'

눈을 잘게 떨던 그녀가 밖에 있던 임수행을 불렀다.

"임 조장님, 잠시 안으로 좀 들어오세요."

"예? 예."

생각지 못한 부름에 임수행은 후다닥 마차의 안으로 들어왔다.

"임수행이 부군사를 뵈옵니다."

"임 조장께서 해주셔야 할 일이 있어요."

"명만 내리십시오."

동방설리가 소매 속에서 하나의 청색 봉투를 꺼냈다.

"조영에 도착 즉시 이 서신을 가지고 설한보로 먼저 떠나세요. 밤길을 달려서라도 최대한 빨리 도착해야 합니다."

"알겠습니다. 최대한 빨리. 설한보 도착."

낮은 목소리로 복창하는 임수행을 바라보던 동방설리가 쓴웃음을 지었다.

"진고영이라는 분을 만나셨다 들었습니다."

"예? 예. 저번 임무 수행 시 그분께 목숨을 구원받았습니다."

"서신을 그분께 전해주시면 됩니다. 무슨 일이 있어도……."

"복명!"

서신을 깊숙이 집어넣은 임수행이 밖으로 나가자 동방설리는 흔들리는 눈빛을 감추려 고개를 다시 창밖으로 돌렸다.

능선령의 양 옆 칠부 능선을 수십의 인영이 수풀을 헤치며 달려간다. 질끈 동여맨 머리, 산길을 달리기 좋게 날렵한 경장을 한 무인들의 얼굴에는 비장감마저 흐른다. 때로는 마차에서 십 리를 벗어나기도 하고, 때로는 십 리 안쪽으로 조심스럽게 다가가기도 하면서, 계곡을 건너뛰고 능선을 타기도 하며 나아갔다.

남쪽 능선에서 비룡대의 선두를 달리던 당인문은 굳은 표정으로 뒤따라오는 사람들을 보았다.

비밀리에 본가에서 파견된 형제들이 보인다. 이번 일은 침체된 당문에 새로운 전기를 마련해 줄 것이다. 위험한 만큼 가치가 있는 일이다. 동방설리의 의견을 받아들인 것도 그러한 이유에서였다. 다만 형제들의 희생이 많지 않기만을 바랄 뿐이다.

비호대 역시 반대편에서 달리며 자신과 같은 생각일 것이다. 팽가도 마찬가지로 수십여 년간 침체되어 있었으니 그녀의 계획을 받아들일 수밖에 없었으리라.

이를 지그시 깨문 당인문은 우거진 나무 사이로 저 멀리서 달려가고 있는 마차를 보았다. 저기에 자신들의 오십 년 숙원을 해결해 줄지 모를 여인이 실려 있다.

살면 영광이 기다릴 것이요, 죽으면 아무도 모르게 묻혀 버릴 것이다.

그렇게 무림련 군사 직속 호위단에 비밀리에 합류한 사람들이 비장한 마음으로 달리고 있었다.

2

함박눈이라도 내릴 것처럼 잔뜩 찌푸려졌던 하늘이 열리고, 슬쩍 얼굴을 내민 태양을 향해 숲 속의 새들이 비상한다. 관도 변에서 알콩달콩 지저귀며 놀고 있는데, 웬 무식한 인간들이 시끄럽게 다가오는 것이다.

"아, 이놈아! 도대체 몇 번이나 말해 줘야 제대로 할 거냐?"

"노선배님이 중간을 한 번 빼먹는 바람에 뒤엉켜서 그런 거… 잖아요……."

우형욱이 빽 소리치다 누그러뜨렸다. 아쉬운 것은 자신이다. 이런 기회가 또 언제 있으랴. 그저 조금만 성질을 죽이면 콩고물이 아니라 떡 조각이 떨어질 판인데……. 참자, 참어.

"잘 들어! 이번에도 제대로 못하면 국물도 없어!"

"알았다니까요."

한 번 손을 잘못 놀리는 바람에 절기 하나를 도둑맞는 기분이다.

포구를 떠나며 앞으로 절대 심부름 같은 건 시킬 생각도 하지 말라는 우형욱의 엄포 아닌 엄포에, 위경리는 속이 쓰렸지만 미안하다는 사과까지 했다.

한데, 길을 빠르게 달려가다 보니 우가 놈의 신법이 마음에 들지 않는다. 너 때문에 늦는다는 둥 여태 무공을 헛배웠다는 둥 하다가 '노선배님처럼 고절한 신법을 못 배워서 그렇지요' 라는 말에 우쭐해서 한마디 해버렸다.

"너는 가르쳐 줘도 어차피 못 배울 거다!"

단순히 그 한마디였다. 그런데…….

"가르쳐나 주고 그런 말 하시라구요! 아까우면 아깝다고 하실 것이지 쓸데없는 핑계는. 좌우간 노선배님이 자린고비라는 건 세상이 다 아는…….''

"야, 이놈아! 내가 왜 자린고비여!"

"그럼 아까워하지 말고 하나 갈쳐 줘봐요!"

"그, 그거 하고…….''

"놔둬요, 놔둬! 에휴, 내복에 뭐. 그래도 친조부처럼 생각돼서 온갖 심부름도 다 하고 그랬는데……. 에이! 없는 복 억지로 받을 수도 없는 거지, 뭐. 매일 두들겨 맞지나 않으면 다행이다 생각해야지."

처연한 음성으로 시퍼런 눈자위를 문지르는 우형욱이 어쩐지 쪼끔 가여워 보이기도 한다. 솔직히 자신이 가끔, 아니, 자주 때리기도 했고.

'하나 가르쳐 줄까? 아는 신법이 하나인 것도 아니고 꼭 수류보가 아니어도 저놈 창법에 맞는 게 있긴 한데…….'

이상한 기분에 주위를 둘러보자 육정기가 고리눈을 뜨고 있다. 게다가 다른 놈들도 너무한다는 눈으로 쳐다보고 있다. 에라이.

"알았다, 이놈아! 내가 뭐 그렇게 정이 없는 사람인 줄 아냐? 가르쳐 준다, 가르쳐 줘!"

자신이 수류보를 익히기 전까지 줄곧 써먹었던 풍산보(風散步)를 가르쳐 주기로 했다. 신법과 보법을 겸하고 있는 절기였다. 아마 저놈의 창법과는 잘 어울릴 것이다.

'그래! 맘먹은 거, 이 위경리가 아낌없이 쏜다, 쏴!'

그렇게 시작된 풍산보 배우기가 한 시진을 넘길 무렵, 하도 오랜만에 운용법을 말하다 보니 그만 깜박 한 구절을 빼먹었다. 그러자 발이 뒤틀리고 넘어지기가 일쑤다. 온갖 구박을 주다 두 시진이 지나고 나서야 한 구절이 빠진 걸 알았다.

그리고 그때부터 전세가 역전되어 버린 것이다.

'썩을, 무공 가르쳐 주고 구박받는 게 나 말고 또 있을까.'

수주를 백오십 리 남기고 초진이라는 마을에 들어서자 어둠이 깔리기 시작했다.

작은 마을인지라 객점이 있을까 걱정했지만 다행스럽게도 허름한 객점이 하나 있었다.

한낮의 격전 이후 간단히 운기요상만을 하고 내쳐 달렸다. 그 바람에 지친 몸을 쉬게 할 수 있다는 것이 그들에게는 무엇보다 반가웠다.

식사를 마치고 모두가 방에 들어가 쉴 때, 우형욱은 뒤뜰로 나가 조금도 쉬지 않고 몸을 움직여 댔다. 위경리에게 배운 풍산보를 몸에 익을 때까지 연습하고 있는 것이다. 조금이라도 더 익숙해져야 다른 사람에게 폐를 끼치지 않을 거라는 생각인 것이다.

"훅, 훅! 거 되게 지랄맞은 신법이네. 신법과 보법을 겸해서 좋기는 한데, 너무 방정맞은 것 같단 말이야. 하긴 위 노선배의 무공이 그렇지 뭐."

벌컥!

창문이 부서질 듯이 열렸다.

"뭐야! 이놈아, 배우기 싫으면 하지 마! 누가 너더러 배우라고 떠밀더냐!"

참 기특하다고 생각했다. 많이 피곤할 텐데 쉬지도 않고 연습하는 게 꼭 어릴 적 자신을 보는 것 같다(?). 그래서 다른 것도 가르쳐 줄 게 없나 생각하고 있었다. 그런데… 뭐? 지랄? 방정맞아?

"아, 그만큼 변화무쌍하다, 그 말이지요! 말을 좀 잘 알아들으시라구요!"

"어? 그게 어떻게…… 에잉!"

쾅!

창문을 거세게 닫은 위경리가 고개를 갸웃거렸다.

'이상하네? 분명 언뜻 듣기로는 그런 뜻이 아닌 것 같았는데…….'

"진 아우, 우가가 한 말이 분명 나를 놀리는 말 맞지?"

"그럴 리가요. 우 형이 노형님의 절기를 배우고 얼마나 기뻐하고 있는데요."

"그, 그런가?"

'선의의 거짓말은 약이 될 수도 있는 것이니, 죄송합니다.'

빙그레 웃음을 머금는 진고영을 바라보던 위경리가 정색을 하더니 물었다.

"그런데, 진 아우."

"예, 노형님."

"그 시뻘건 놈들 말이야. 대체 뭘까? 이야기책에 나오는 강시도 아니고, 그렇다고 그 많은 놈들이 금강불괴의 무공을 익혔다고 보기도 그렇고 말이지."

"저도 그 생각을 해봤습니다. 전에 사부님께서 그와 비슷한 것에 대해 하신 말씀이 있었습니다."

"그래? 그럼 차근차근 생각하면 기억이 날 수도 있겠군."

진고영은 지그시 눈을 감고 기억의 창고를 더듬어갔다. 워낙 많은 것을 들었기에 헝클어져 있는 실타래를 풀어가는 것이 쉽지가 않았다. 하지만······.

"검붉은 피, 불괴의 단단한 신체, 피부에서 뿜어내는 핏빛 안개······. 아!!"

"뭐야? 생각났는가?"

진고영의 표정이 굳어가자 위경리는 자신도 모르게 가슴이 싸늘히 식어갔다. 대체 뭐길래 진 아우의 얼굴이 놀라 굳는단 말인가?

"혈사귀혼마령(血邪鬼魂魔靈)!"

"응? 그게 뭔데?"

"그 마물들은 반인반혼체(半人半魂體)입니다. 과거 혈왕궁에서 만들다 실패했다는, 살아 있는 인간이긴 하지만 혼을 반은 저당 잡힌 마물들을 말합니다. 혈왕궁이 무너지고 그 제련법조차 사라져 세상에 한 번도 나오지 않은지라 저도 잊고 있었습니다. 간단히 천음마인과 비슷하다 생각하시면 됩니다. 물론 천음마인보다 약하긴 하지만, 그만큼 제련하기가 쉽다는 장점이 있다 했습니다."

"맙소사! 그놈들이 어쩐지 사람 같지 않아 보이더라니."

위경리의 입이 쩍 벌어지고 눈이 휘둥그레 커졌다. 한 놈도 상대하기가 만만찮았는데 혹시라도 더 있다면······.

"우리가 본 놈들 말고 더 있을까?"

"소제의 생각으로는 있다고 해도 그리 많지는 않을 것 같습니다. 역수양이 영주였으니 말입니다. 혈사귀혼마령은 자신의 주인만을 따른다 했습니다. 주인이 없으면 다른 자는 통제할 수가 없을 것이고, 그렇다면 또 다른 주인과 마령들이 있어야 하는데, 아무리 혈왕궁이라도 짧은 시간에 그리 많은 마령을 만들 수는 없을 테니까요."

무엇을 생각했는지 진고영의 눈 깊은 곳에서 이채가 번뜩였다.

"역수양은 이십 년이 걸렸다고 했지요?"

"음……. 우형도 그렇게 들었네."

"저의 추측이 맞는다면 혈왕궁은 이십칠, 팔 년 전에 열렸습니다. 혈 궁시가 외조부의 손에 들어온 그때쯤 말입니다."

"하긴 더 있었다면 지금까지 가만있지 않았겠지."

그렇다. 아마 강호가 뒤집어져도 확실히 뒤집어졌을 것이다. 하지만 진고영과 위경리도 미처 모르는 게 있었다. 하긴 알 리가 없지만.

그것은 혈사귀혼마령이 완성된 지 이제 겨우 보름이 됐다는 것이 다.

그들을 처음으로 끌고 나온 역수양은 천하에 무서울 게 없었을 것이 다. 그래서 장무담을 꺾은 진고영 일행을 충분히 죽일 수 있을 거라 생 각했을 테고.

한데 자신은 거의 죽음 직전까지 간 데다 혈사령으로 불리는 혈사귀 혼마령을 셋 잃고, 셋은 반병신이 되어버렸다.

그가 황급히 물러간 것도 이해가 가는 일이었다. 아마 더 잃는다면 혈왕이 먼저 자신을 죽이려 할 거라 생각했을지도 모른다.

"어쨌든 한 가지는 확실해졌군요. 그간 증거가 없어 추측만 했습니 다만, 혈왕이 혈왕궁의 궁주라는 게 말입니다."

진고영의 말을 듣던 위경리의 어깨가 부르르 떨렸다.

혈왕이 혈왕궁의 궁주일지 모른다는 것과 궁주가 확실하다는 것은 천지 차이였다. 그것은 혈왕이 단순히 무공만이 아니라 모든 것을 얻 었다는 말과 같았다.

김이 오르는 찻잔을 들어 반쯤 담긴 따뜻한 찻물을 목구멍으로 들이 부어도 한기가 가시지 않는다.

위경리는 고개를 돌려 진고영을 돌아보고서야 어깨에서 일던 잔떨림이 서서히 멎어갔다.

'진 아우가 있는데 쓸데없는 걱정은.'

진고영은 위경리뿐 아니라 모두에게 어느새 믿음, 그 자체가 되어 있었다.

믿는다는 것, 그것은 사람에게 몇 배의 힘을 주기도 하고 불가능을 가능으로 뒤바꿀 수 있는 힘이 있다.

지금까지 단 몇 번에 불과했지만, 어려운 싸움에 모두가 무사할 수 있었던 것도 그러한 믿음이 있었기 때문이다.

"후우……. 지금 걱정한다고 혈왕이 부처가 될 것도 아니고, 그만 아우도 좀 쉬게나. 우형도 몸 좀 눕혀야겠네. 어째 옛날 같지가……!"

떨리는 가슴을 가라앉힌 위경리가 침상으로 몸을 눕히려 할 때였다.

무엇 때문인지 밖이 소란스러워졌다. 밖에서 나는 소리가 한 명이 내는 소리가 아닌 것 같다. 짜증이 이는 한편 궁금함이 위경리를 가만 놔두지 않는다.

창문을 빠끔히 열고 밖을 보는 위경리의 눈에 네 사람이 보였다.

'저것들은 잠도 없나?'

사마정과 염이상이 보인다. 그리고 한쪽에 서서 그들을 바라보는 백리웅천까지.

우형욱의 노력이 그들을 편히 쉬게 놔두지 않았던 것이다.

처음 봤을 때는 분명 한두 수 아래였다. 그러다 어느 순간 돌아보니 옆에 나란히 서 있는 게 아닌가. 그런데도 자신들이 쉬려 할 때 우형욱은 저렇게 잠을 줄여가며 수련에 온 힘을 쏟고 있다.

젊은 열정은 그들을 가만있게 하지 않았다. 선의의 경쟁심이 불타오르는 것이다.

각기 자리를 잡고 이전의 싸움에서부터 한낮의 힘들었던 싸움까지를 떠올린다. 진고영이 아니었다면 자신들은 죽었을 것이다.

검을 빼어 들고 도를 무릎 위에 놓고, 그때의 다급했던 상황을 떠올린다. 이리 했어야 했는데, 저리 했어야 했는데…….

옆에서 세 사람을 바라보던 백리웅천의 눈이 잔잔한 감동으로 물결친다.

자신도 저들과 같이 열정에 휩싸여 수련에 미쳤을 때가 있었다. 그러다 벽에 부딪쳤고, 잠시 머무른다는 것이 이들과 같이 다닐 때까지 가버렸다. 그리고 진고영을 만나 벽에 금이 가면서부터 다시 그 옛날의 열정이 살아나고 있는 것이다.

저들도 언젠가는 자신이 만났던 벽을 만나겠지. 하지만 저런 열정이 있는 한 오래가지 않아 그 벽을 허물 수 있으리라.

'내가 이들을 만난 것은, 나의 인생에 있어 두 번 찾아오지 않을 행운인 것 같구나.'

잠시 더 세 사람을 바라보던 백리웅천은 몸을 돌려 방으로 들어갔다.

"그놈들……. 에구, 이 늙은이는 삭신이 쑤셔서 그만 쉬어야겠다."

"그러십시오, 노형님. 어깨도 아직 완전치 않은데."

창문을 닫고 다시 몸을 눕히던 위경리가 슬쩍, 걱정스런 눈빛으로 자신을 바라보는 진고영을 쳐다보고는 입가에 작은 미소를 배어 물고 눈을 감았다.

'우흐흐흐……. 걱정해 주는 말 한마디에 이렇게 즐거울 줄이야.'

3

삼라만상을 깨우며 찬란하게 떠올라야 할 태양이 뿌옇다 못해 어두운 회색 빛 구름에 갇혀 대기를 더욱 음울하게 가라앉히고 있는 새벽.

"후우. 이제 반쯤 왔나?"

조양에 도착하자마자 몰래 일행을 빠져나온 임수행은 밤새의 울음소리를 벗 삼아 쉬지 않고 달려야 했다. 왠지 그래야 할 것 같았다. 상관인 군사의 명도 명이지만, 서신을 건네받을 때 보았던 동방설리의 흔들리던 눈빛이 자꾸만 생각이 났던 것이다.

무슨 생각을 하고 있는 걸까.

왜 그렇게 다그치며 쉬지도 못 하게 하고 떠나게 했을까.

이런 저런 생각을 하며 달리다 보니 어느덧 새벽이 오고 있었다.

진고영을 만난다. 자신을 구해주었고 경외심을 품게 만들었던 사람. 언제고 다시 만나고 싶었던 사람을 만나러 간다는 것이 임수행의 마음을 들뜨게 했다.

"가자! 까짓것 쓰러지기밖에 더 하겠나!"

관도의 끝, 지평선 너머에서 빨리 오라며 빙그레 웃고 있는 진고영이 보이는 것만 같다.

달리자. 숨이 턱까지 차다 못해 머리끝에서 김이 오를 때까지 달리는 거다.

어스름한 빛이 산야를 희미하게 비추자 남서쪽 산의 능선으로 언뜻 붉은 그림자가 몰려가는 게 보이더니 스쳐 지나간다.

단풍잎이 막바지 절정을 마감하고 새벽바람에 휩쓸려 떨어지는 건가?

'이제 겨울이 올 때가 얼마 남지 않았구나. 밀영각의 대원들에게 겨울은 반갑지 않은 손님인데……'

임수행의 발걸음은 속도가 줄기는커녕 점점 빨라지고 있었다.

'이대로면 정오가 되기 전에 도착할지도 모르겠군.'

4

짙은 구름이 낮게 깔려 비라도 오지 않을까 했더니 찬바람 속에 눈이 흩어져 날린다. 겨울도 아직 오지 않았는데 때 이른 첫눈이었다.

눈이라 하기엔, 드문드문 떨어지다 바람에 휘말리는 것이 사람의 가슴만 을씨년스럽게 휘젓고 스쳐 간다.

관도를 지나는 사람들은 옷깃 사이로 파고드는 눈발 때문에 잔뜩 어깨를 움츠리고 종종걸음으로 각자 갈 길을 빠르게 걷고 있었다.

석종문은 지나가는 사람들에는 눈길도 주지 않고 앞만 바라보고 있었다. 한 시진 전 보주의 명으로 나와서 지금까지 서 있었지만, 그가 모셔야 할 사람들은 아직 보이지 않는다. 대체 오기는 오는 걸까?

뒤에 늘어선 수하들도 조금은 답답한지 자세가 흐트러지고 있었다.

거기다 이제는 때 이른 첫눈이 날리기 시작한다. 평년보다 보름 이상은 빠른 것 같다. 그때였다.

저 멀리 굽어진 관도 쪽에서 빠른 속도로 다가오는 사람들이 보인다. 결코 일반인의 걸음은 아니다. 무인들이 신법을 펼쳐 달리는 것 같다.

'그들인가?'

의문에 앞서 몸이 먼저 반응했다.

석종문은 천천히 다가오는 사람들을 향해 걸어가며 그들의 모습을 살펴봤다.

일곱 명, 중노인도 있지만 젊은 자들이 대부분이다. 그중 한 사람, 석종문이 사 년 전 보았던 잘생긴 얼굴이 보인다. 척산미검으로 불리는 사마정이었다. 석종문의 입가로 안도의 미소가 떠올랐다.

이제는 더 서 있지 않아도 되는 것이다.

"진 대형, 저기 보이는 장원이 설한보입니다. 이제야 다 왔군요. 아! 마중 나온 사람들인가 봅니다."

사마정의 말에 다가오는 사람들을 보았다. 멀리 떨어져 있지만 잘 다듬어진 몸, 절도있는 몸놀림이 설한보가 왜 수주의 터줏대감으로 삼백 년을 이어왔는지를 보여주는 것 같다.

"보위대주 석종문이 삼가 사마 공자를 뵈오이다!"

"오랜만이오, 석 대주. 사 년 만이던가요?"

"기억해 주시니 영광입니다. 가시지요! 보주께서 기다리십니다."

일행이 안으로 들어가자 설상전 앞에 나와 있던 이호당이 빙그레 웃음을 지으며 마주 나왔다.

"사마정이 외숙을 뵙습니다."

"그래, 오랜만이구나! 어른께서는 건강하시겠지? 물론 네 아비야 두말할 필요 없을 것이고."

"이리 걱정해 주시니 건강하시지 않을 도리가 없지요. 어머님께서 항상 외숙 걱정을 하셨는데, 아직 생각은 없으십니까?"

"이놈이…… 이제 컸다고 외숙을 놀리는 게냐?"

"그럴 리가요? 저는 단지 외로우실까 봐……."

"됐다. 내가 네 속을 왜 모르겠느냐? 하하하. 그건 그렇고, 저분들을 소개시켜 주지 않을 생각이냐?"

"참나, 외숙도. 눈비가 내리는데 들어가서 인사하시지요."

"엉? 그렇군. 내가 너무 실례를 한 것 같구나. 누추하지만 들어가시지요. 설한보가 인색하다는 말을 들을 뻔했습니다."

설상전을 가리키며 들어가자는 말에 위경리의 눈이 설상전을 한 번 훑어봤다.

"우와! 이렇게 큰 건물이 누추하면 우리 집은 집도 아니겠네."

"참나, 형님은 어째 그리 쓸데없이 입을 놀린다요? 이 보주 무안하게스리."

육정기의 핀잔에 위경리의 얼굴이 육정기에게 디밀어졌다.

"뭐, 내가 못할 말 했나? 어? 진 아우, 같이 가세!"

이호당도 뒤에서 들리는 말을 귀가 있으니 들을 수밖에 없었다. 하지만 저들은 조카가 데려온 손님들, 게다가 한마디 해주기에는 이호당의 성격이 그리 깐깐하지도 않았다.

"하하하! 죄송합니다. 제가 좀 겸손한 사람이라서."

진고영을 따라 들어가던 위경리는 어이없는 눈으로 돌아서 들어가는 이호당을 쳐다봤다.

'저, 저, 저것도 만만찮은 놈이네.'

이호당을 따라 안으로 들어가자 설상전의 내부는 화려하지 않으면서도 고전적인 미를 살려 아름답게 치장되어 있고, 탁자엔 이미 찻잔이 준비되어 있어 새삼 그의 치밀함을 알 수 있었다.

이호당이 전서구로 받은 서신에는 사마정이 몇몇의 일행과 함께 무림련의 동방 군사를 설한보에서 만나기로 약조했다는 간단한 내용만이 적혀 있었다. 사마정이 함께 동행하고, 무림련의 부군사 동방설리를 만난다는 것은 저 중에 무림명숙이 있다는 말. 소홀히 대할 수 없는 것이다.

일행이 누구누구인지 알지 못하는 이호당은 궁금하기 짝이 없었다.

모두가 자리에 앉자 사마정이 일어나 일행을 소개했다.

"아시다시피 이분이 저의 외숙 되시는 설한보주 이호당 어른이십니다."

"이호당입니다."

이호당이 일어나 인사를 하자 모두가 분분히 마주 인사를 했다.

"이분은 장절이라 불리시는 현수 위경리 노선배이십니다."

"위경리요."

"아!"

이호당의 눈이 크게 떠졌다. 이제 잘해야 사십 초반 정도로 보이는 사람이 칠절 중 장절 위경리라니!

"이거 제가 큰 실례를 했습니다. 너무 믿어지지 않게 젊어 보이시다 보니, 하하하."

"다른 사람들도 가끔 그러니 괜찮소. 젊은 게 죄지. 큼!"

속으로는,

'역시, 만만한 놈이 아니야……'

"그리고 여기 이분은 마개라 불리시는 육정기 선배십니다."

"어이구! 이거 오늘 이 필부의 눈이 호강하는 것 같습니다."

"여기 이분은 대풍운보의 백리웅천 형입니다. 그리고 저 사람은 의제인 염이상 아우, 그리고 저분은 진고영, 진 공자십니다."

정신없이 인사를 하는 이호당은 놀라움을 금할 수 없었다. 백리웅천이라면 그도 들어봤다. 염이상이야 사마정의 의제로 섬서사호 중 하나이니 당연히 알고.

이들 일행의 면면은 하나같이 강호의 명숙, 아니면 새로운 용호들이다. 과연 무림련의 군사를 만나 무언가를 논의해 볼 만한 사람들이다. 우형욱이나 진고영은 처음 들어봤다. 한데 진 공자? 조카보다 나이도 어린 것 같은데……

이호당의 고개가 갸우뚱 기울어졌다가 제자리로 돌아왔다.

"이렇게 유명하신 분들이 본 보를 방문해 주시어 감사할 따름입니다. 더구나 무림련과의 회동이라니 이 모의 어깨가 무거워지는 것 같습니다. 마침 점심때도 됐고, 식사를 차리라 했으니 식사를 하시며 이야기 나누시지요."

"호오! 그거 오늘 들은 말 중 제일 반가운 말이오."

위경리의 호들갑에 우형욱이 이호당을 바라보았다.

"저… 이 보주님, 물론 오리 양념 구이도 있겠지요?"

"예? 하하하. 원하신다면 준비시키지요."

우형욱이 마치 '나 잘했죠?' 하는 눈으로 위경리를 쳐다보자, 위경리는 흐뭇하게 웃으며 고개를 끄덕였다.

'자식! 역시 가르친 보람이 있구먼.'

식사는 화기애애한 분위기로 시작됐다.

육정기가 좋아하는 수주 특산 도화주가 나왔고, 특히 오리 양념 구이는 위경리의 입을 찢어지게 매울 만큼 맛있게 구워져 오랜만에 위경리의 얼굴에서 웃음이 가시지 않을 정도였다.

이호당과 육정기가 정신없이 술을 주고받을 때, 진고영은 여전히 소채에 약간의 고기를 섞어 담백하게 무친 요리에만 손을 뻗고 있었다. 지금까지 먹어본 요리 중 가장 입맛에 맞아 저들이 왜 저렇게 말도 없이 식사에만 열중하는지를 이해할 수 있을 정도였다.

동방설리의 행로에 대한 것도 첩검단이 알아보고 있으니, 오랜만에 느긋이 기다리며 식사를 해보는 것도 긴장된 기분을 푸는 데 괜찮다는 생각이 들었다.

그렇게 정신없이 먹고, 마시고, 떠들고―물론 육정기와 이호당이 거의 모든 말을 했지만―그렇게 참으로 오랜만에 모든 근심을 잊을 정도로 음식을 탐하고 있을 때였다.

"아이! 눈이 오려면 눈만 오던가? 이게 뭐야. 다 젖어버렸잖아."

어디선가 들어본 악마의 속삭임이 들리는 순간, 이호당을 뺀 모두의 동작이 약속이라도 한 듯 멈춰 버렸다. 술을 입에 털어 넣던 육정기도, 입 안 가득 오리 구이를 물고 있던 위경리도. 다만 사마정만이 젓가락으로 죄없는 오리 대가리를 콕콕 쑤시고 있을 뿐이었다. 설마 하는 표정으로…….

어리둥절한 이호당이 막 입을 열려 할 때였다.

"어맛! 정말 모두 계시네! 정말 반가워요! 저예요! 호호호호!!"

"푸억!"

"끄윽!!"

"쿨룩! 쿨룩!"

콕콕……. 푹!

육정기의 입에서 술 방울이 안개처럼 퍼져 나가고, 위경리의 입에 물려 있던 오리 고기가 술 안개를 뚫고 날아간다.

우형욱은 목에 사레가 들렸는지 뻘겋게 변한 얼굴로 연신 목을 잡고 쿨룩거리고, 사마정은 창백한 안색으로 오리 대가리에 젓가락을 쑤셔 박았다.

맙소사! 서문설영! 그녀다! 공포의 마공을 하루 종일 전개해도 지치지 않는 마녀!

"호호호! 이렇게 다시 만나다니 정말 반가워요! 어쩜 이런 우연히 있어요? 이 숙부! 바로 이분들이에요. 유 숙부를 구해주신 분들이에요."

"호! 그래? 이거 조카의 말이 아니었다면 내가 큰 실수를 할 뻔했구나. 이호당이 감사의 인사를 드리겠소이다. 그리고 이 아이는 의제인 서문초백의 딸이외다."

이호당이 포권을 취하며 인사하는 사이 서문설영은 백리웅천을 바라봤다.

"아이! 오시는 줄 알았으면 제가 마중 갔을 텐데……."

서문설영의 말이 이어지자 백리웅천의 아래로 가루가 된 젓가락이 흩어져 날아가고, 도를 어찌나 세게 움켜쥐었는지 핏줄이 툭툭 튀어나온 염이상의 손 위에 쌓여갔다.

진정 공포스런 마공이다.

"호호호호!! 우 소협, 상화 동생이 우 소협에게 마음 있는 거 아세요? 저번에 제갈세가에 갔더니……."

일각을 끊이지 않고 말하던 서문설영이 우형욱을 바라본다. 그러자 우형욱의 막혔던 기도가 놀라서 뚫려 버렸다. 한데 무슨 소리지? 제갈 상화가 왜 나를?

"눈이 슬퍼 보인다나 어쨌다나. 아무튼 제갈세가 쪽으로 갈 일이 있으면 꼭 들러보세요. 알았죠? 나야 뭐…… 사마 공자님처럼 잘생긴 사람을 좋아하지만. 호호호호!!"

부르르……. 사마정의 젓가락이 탁자를 뚫고 아래로 삐져 나오고, 찡 하니 울리는 코에서는 금방이라도 코피가 쏟아질 듯하다.

'안 돼…….'

눈빛 한 번에 고수들이 하나씩 쓰러진다. 말 한마디에 혈도를 잡힌 것처럼 움직이지를 못한다.

기도가 뚫린 우형욱이 눈알만 돌려 사방을 살폈다. 모두가 공포에 질려 있다.

'아! 오직 진 대형만이 여전히 식사를 하고 있구나. 과연! 저번에도 그러더니 역시! 진 대형이구나.'

그랬다! 위경리나 육정기마저 안색이 질려 있는데 진고영만은 무심히 식사를 하고 있다. 젓가락은 흔들림없이 요리를 집어가고, 표정도 변하지 않은 채 입에 넣는다.

위경리의 입에서 날아간 오리 고기로 버무려진 소채를 눈을 반쯤 감은 채.

72

'삶도 아니며 죽음도 아니니, 죽어도 산 것이요 살아도 죽은 것이다. 비어도 빈 것이 아니요 차 있어도 모든 것이 아니니, 빈 것이 찬 것이요 찬 것이 빈 것이다……'

조용히 오리 고기 소채(?)를 씹고 있는 진고영의 머리 속에서는 끊임없이 수천제마력의 법문이 굴러가고 있었다.

그렇게 절대마공에 휘둘리고 있던 사람들을 구공마녀의 손아귀에서 구해준 사람은 뜻밖에도 먼 길을 달려온 임수행이었다.

"보주께 아룁니다!"

석종문이 빠른 걸음으로 다가와 식사를 하고 있는 이호당에게 허리를 숙였다.

"석 대주, 무슨 일인가?"

"무림련에서 임수행이란 자가 찾아와 진고영이란 분을 만나고자 청하고 있습니다."

벌떡!

진고영이 일어섰다.

"제가 진고영입니다만, 분명 임수행이라 하셨습니까?"

"그렇습니다."

"안내해 주시겠습니까? 그 사람이 있는 곳으로 말입니다!"

미처 대답도 듣지 않고 앞서 나가는 진고영을 쳐다보던 석종문이 이호당을 다시 쳐다보더니 진고영을 따라갔다.

'거참, 성질깨나 급한 사람이군.'

그가 어찌 알까, 절호의 탈출 기회를 놓칠 진고영이 아니라는 것을…….

"진 아우, 같이 가세!!"

위경리가 소리 지르며 쫓아가자 다른 사람들도 부리나케 일어나더니 정신없이 뒤따라갔다.

"대체 임수행이란 사람이 누구기에……?"

식탁 주위에 남아 있던 이호당이 서문설영을 바라보자 그녀 역시 모르겠다는 듯 고개를 저었다.

"글쎄요. 꽤 유명한 분인가 보죠? 숙부님, 저희도 가봐요, 네?"

살았다는 표정으로 석종문을 따라간 사람들은 지칠 대로 지친 안색으로 앉아 있는 젊은 무사를 보고 그가 임수행이라는 사람인 걸 알 수 있었다. 저 사람이 누구길래 진고영이 그리 서둘렀을까?

게다가 굳어져 있는 얼굴은 또 뭔가.

"오랜만이오, 임 형."

"아! 진 공을 뵙습니다!"

"동방 군사가 보내셨소?"

어떻게 알았냐는 듯 임수행의 눈이 휘둥그레졌다.

"그렇습니다. 부군사께서 최대한 빨리 전하라 하셔서 어젯밤부터 한시도 쉬지 않고 달려왔습니다."

임수행의 지친 표정에 해냈다는 안도의 웃음이 떠올랐다. 그것을 본 진고영이 작은 웃음을 매달고 고개를 끄덕이며 손을 내밀었다.

"어이구, 제가 그만……."

임수행은 가슴속 깊이 넣어두었던 서신을 진고영의 손에 올려놓고, 새삼 진고영의 얼굴을 다시 보았다. 자신 같은 사람은 발끝도 못 따라갈 사람이다. 그런데 자신의 수고를 알아주고 미소를 짓는다.

'이 참에 확! 무림련을 나와 버릴까?'

서신을 개봉하고 읽어가던 진고영의 얼굴이 굳어간다.

무슨 내용이기에······. 성질 급한 육정기가 참지 못하고 입을 열었다.

"진 아우, 뭔데 그러나?"

굳어진 진고영의 두 눈이 무겁게 가라앉자 마치 천 장 만 장 무저동 같이 깊어만 보인다.

"이곳에 못 올지도 모른다 하는군요. 정보가 이미 혈왕에게 들어간 것 같다고 합니다. 출발은 했는데 놈들 역시 움직이고 있어서 어찌 될지 장담을 못한다 합니다."

"이런! 시뻘건 놈들이 그냥 물러간 게 그럼······?"

"아무래도······."

그 이상은 말을 할 수 없었다. 절절히 미안함을 담고 꼭 만나고 싶었다는 글을 읽어주면 또 무슨 상상들을 할지 모른다.

진고영과 위경리의 말을 듣고 있던 임수행이 망연자실 입만 벌리고 상황을 지켜보다 무언가 머리를 스치는 생각에 웅얼거리며 입을 열었다.

"시뻘건 놈들이라면····· 혹시 내가 본 게······."

"임 형! 오던 중에 본 사람들이 있었소?"

"아니, 저··· 새벽에 흐릿하니 산속에 붉은 그림자들이 몰려가는 것 같아서 단풍이 지는가 생각했는데, 말씀을 듣고 보니 꼭 사람들 같기도 하고 말이죠."

고개를 갸웃거리며 긴가민가 확신을 못 갖는 임수행의 머리를 향해 위경리의 손이 날아갔다.

딱!

"에라이! 그래, 사람인지 단풍인지를 구별도 못한단 말이냐!"

"그럼 어떻게 합니까! 최대한 빨리 이곳에 오는 게 목적이라 정신없이 달리는데, 언제 쫓아가서 확인한단 말입니까!"

한 대 맞은 분풀이라도 하려는 듯 임수행이 크게 소리치자 위경리는 할 말이 없었다. 말뜻이 옳기도 했고, 방정맞게 손이 나간 것이 미안했던 것이다.

"좌우간 노선배님 손 조심 안 하면 언젠가는 경을 칠 겁니다."

임수행의 심정을 우형욱 말고 누가 알랴. 하지만 위경리의 째려보는 눈빛에 우형욱은 황급히 고개를 돌려야만 했다.

때마침 진고영이 말을 이었기에 망정이지, 휴우…….

"일행은 지금 어디쯤 오고 있습니까?"

"예? 예. 아마 조양을 아침에 출발했으니 지금 속도라면 모레쯤 도착할 거고 그렇다면……."

"갑시다. 아마 속도를 늦추고 우리를 기다릴 겁니다. 빨리 가면 저녁 무렵에 만날 수 있을 것 같군요."

진고영은 임수행의 말을 끊고 사람들을 둘러보았다. 사마정을 뺀 모두가 자신만 쳐다보고 있었다. 그 눈들 속에는 마침내 시작이냐는 듯 비장한 결의가 담겨 있었다.

그렇게 모두가 눈에 힘을 주고 있을 때, 정청의 옆문을 통해 사마정이 들어왔다. 한데 그의 표정으로 보아 또 뭔가 일이 있는 듯 보였다.

"산장에서 전서가 왔습니다. 비검단을 출발시켰다 합니다."

"그런데 왜 인상이 똥 씹은 표정이냐?"

모두의 시선이 위경리를 향한다. '나이를 어디로 먹었길래 말투가 저러나' 하는 뜻을 담고서.

"련아가…… 그 말썽꾸러기가 합류했답니다. 그것도 몰래……. 엉

덩이를 때려서라도 돌려보내라는데, 제가 그 아이한테는 좀 약하거든
요."

"너, 약점 잡힌 거 있구나?"

눈치 하나는 귀신같은 위경리였다.

차마 말은 못하고 고개를 푹 숙이는 사마정을 향해 마녀의 목소리가
들려왔다.

"호호호! 사마 공자, 걱정 마세요! 제가 사마련 아가씨는 책임질 테
니까요!"

그렇다! 서문설영이라면 아마 하루 종일이라도 잡아놓을 수 있을 것
이다. 번쩍, 고개를 드는 사마정은 처음으로 서문설영이 예쁘게 보였
다. 사실 그녀는 어디 내놔도 꿀리지 않을 미녀였다, 얼굴이나 몸매나.

한데, 아가씨? 묘한 어감이었다.

"험, 험. 참으로 고맙소. 그럼 련아를 서문 소저가 좀 돌봐주시오."

"호호호호홍! 걱정 마시라니까요!"

서문설영의 간드러진 웃음소리에 천장의 용조차 부르르 몸을 떨 때,
염이상이 팔뚝을 긁더니 절실한 표정으로 진고영을 바라보며 재촉했
다.

"가시죠, 진 대형! 급할 것 같은데."

"사마 형도 왔으니 출발합시다. 이 보주님, 식사 감사했습니다. 그
럼 나중에."

이호당은 모로 꼬고 있던 머리를 세우고 고개를 끄덕였다.

"그러시구려. 일이 급하신 듯한데."

'그거참, 겉모습은 젊어 보이는데 위 선배의 아우라면…… 실수할
뻔했군.'

급한 걸음으로 대전을 나서자 내리던 눈이 멈추고, 안개비가 자욱이 내리고 있었다. 인상을 찡그리며 하늘을 올려다보던 위경리가 이상하다는 듯 여전히 팔을 긁고 있는 염이상을 쳐다봤다.

"근데 너. 왜 그렇게 긁어대냐? 못 먹을 거 먹었어?"

"아니요. 저는 닭살이 돋으면 팔이 가려워지거든요."

안개비를 뚫고 빠른 속도로 나아가는 우형욱은 신이 났다. 얼마 전만 해도 이렇게 빨리 달린다는 건 생각도 못했다. 그의 최대 약점이 경공이었는데, 비록 반도 못 익혔지만 이제는 다른 사람과 어깨를 나란히 하고 달릴 수 있는 것이다.

오직 임수행만이 지친 표정을 지으며 달리고 있었다. 경공 하나만큼은 자신이 있는 그였지만 너무 지쳐 버렸다. 빨리 가야 하는데, 마음만 급할 뿐이다. 그때 손 하나가 자신의 손을 잡아왔다. 흠칫, 쳐다보니 진고영이 미소를 지으며 자신의 손을 잡고 있었다. 그리고 전신으로 청량한 기운이 쏟아져 들어왔다. 그러자 언제 지쳤냐는 듯 기운이 솟고 자신도 모르게 웃음이 떠올랐다.

'그래! 까짓것 사문을 버리는 것도 아니고, 나와 버리자!'

孤影 第四章

1

정찬용은 느린 행보가 답답했지만, 동방설리가 자신보다 상관이기에 뭐라 말도 못하고 속만 끓을 뿐이었다.

'젠장! 내 다시는 여인의 호위를 안 맡을 것이다.'

뭐가 그리 할 일이 많은지, 아침에 일어나서부터 진시가 넘어가도록 방에 박혀 있다가 사시가 반 흘러서야 방에서 나왔다.

본래 여자들의 치장 시간이 많다는 건 알고 있었지만, 이건 해도 너무한다. 누군지 모를 자들과 회담 약속을 해놓고 이제는 천하태평인 것이다. 회담 상대가 불쌍해 보일 지경이었다.

그리고 가는 도중에도 이런 저런 일로 지체를 하더니, 정오가 훌쩍 넘어 신시가 되었는데 이제 겨우 오십 리를 이동했다.

안 되겠는지 조금은 짜증이 난 투로 정찬용이 입을 열었다.

"부군사! 이러다 노숙을 하게 될지도 모르겠습니다. 조금 빨리 가도록 하지요?"

"후. 저도 그러고 싶은데, 이틀간 마차를 탔더니 허리가 아파서 도저히 빨리는 못 가겠어요. 미안해요, 정 부단주."

정찬용도 이제는 '에라, 모르겠다' 포기를 해버렸다. 노숙이야 무인들에게 다반사이니 별일 아니고, 힘든 건 당신일 테니 알아서 하라는 심정이었다. 정찬용은 오히려 고소한 마음이 들 지경이었다.

그렇게 다시 십여 리를 가자 낮은 구릉 지대에 펼쳐진 송림이 보였다. 송림 사이로 난 관도도 평탄해 보이고, 군데군데 넓은 평지도 보인다.

송림 숲길로 들어가자 한 마리 산비둘기가 푸드득 날아간다. 쪼로롱 쪼로롱 노래 부르던 방울새도 노래를 멈추고 인간들을 피해 숲 안쪽으로 날아가 버렸다.

이백여 장을 전진하자 멀리서 산새들의 노래 부르는 소리가 들린다. 한두 군데가 아니다.

'이놈의 숲 속에는 새들도 많군.'

그때 마차 안에서 눈을 감고 생각에 잠겼던 동방설리의 눈이 가늘게 뜨이고, 앞쪽에 앉아 있던 중년인이 낮은 목소리로 입을 열었다.

"시작되려나 봅니다, 소장주."

"그런가요?"

동방설리는 조금 전과 다르게 눈빛을 발한 채 허리를 세운 세 명의 중년인을 바라보았다.

운현산장의 비밀 호위들, 운현대선생의 곁을 떠나지 않는 십 인 중 세 명이 대선생의 명으로 동방설리를 지키기 위해 온 것이다.

"혈정곡이나 구유마동, 흑곡의 무리는 대충 파악이 됐어요. 하지만

82

문제는 신월문의 고수들과 다른 한 곳의 움직임을 미처 알아내지 못했다는 거예요. 그들이 나타날 때까지 세 분께선 움직여서는 안 됩니다."

"알고 있소이다. 우리의 목적은 오직 소장주를 지키는 것이오."

"외숙부."

여전히 마차에 등을 기대고 있던 황보명이 눈을 떴다.

"말해라. 하나, 나더러 이곳을 떠나라는 말만은 말거라."

"외숙부……."

"어차피 도검이 난무하는 게 강호다. 강호에 발을 디딘 이상 제명을 바란다는 건 우스운 일이지."

말을 맺고 다시 눈을 감아버리는 황보명을 안타까운 눈으로 바라보던 동방설리는 지그시 입술을 깨물었다.

"알겠어요. 대신 제 곁을 떠나서도 안 됩니다."

"당연히 그러할 것이다."

황보명이 굳은 목소리로 답할 때, 밖에서 정찬용의 목소리가 들려왔다.

"공지에서 잠시 쉬었다가 간다!"

쉬었다 간다는 전언에 공지로 들어서던 척후조 조원 상대영은 왠지 등골을 타고 도는 오싹한 긴장감에 몸을 부르르 떨었다.

'뭐지? 왜 이렇게 기분이……. 새? 새소리가 들리지 않는다. 그 많던 새소리가…….'

"사주 경계!! 모두 조심하고 경계를……."

휘이익! 픽!!

"컥!"

소리를 지르던 상대영의 목에 하나의 화살이 파육음을 내며 꽂혔다.

그게 신호였던가!

휘휘휘휙!!

따다다당!!

척후조를 향해 화살이 빗발친다. 병장기를 휘둘러 막아가는 무혼단
원들의 눈에 당황의 빛이 떠올랐다.

단순한 화살이 아니다. 진기가 실려 있는 화살이었다. 튕겨져 나가
는 화살이 오히려 동료의 몸에 박혀드는 것이다.

"억!"

"아악!"

눈에 화살을 맞은 무사가 화살대를 잡고 무너지고, 옆구리에 동료의
검에 비껴진 화살이 박혀든다. 아비규환이다. 순식간에 다섯이 쓰러졌
다. 그중 둘은 화살대를 꺾고 다시 일어서지만, 재차 날아오는 화살에
이마가 뚫려 버렸다.

"엄폐물을 찾아 피해! 뭐 하는 거냐! 어서!"

척후조를 맡은 무혼단 제삼조 조장 전춘우가 소리를 지르자, 그때서
야 분분히 몸을 날려 소나무를 방패로 삼고 뒤로 숨었지만, 이미 쓰러
진 무사가 여섯, 부상을 입은 무사가 넷이다. 단 한 번의 공격에 반수
이상이 무너졌다. 다행히 화살 비는 바로 멈췄다.

하지만……. 하늘에서 갈색 비가 쏟아지고 있다. 소나무 위에서 갈
의인들이 도검을 움켜쥐고 날아 내리고 있는 것이다.

"상방위! 적이다!"

날아가던 정찬용이 놀라 소리 지르며 땅을 차고 갈의인을 향해 검을
찔러간다. 하지만 미처 갈의인의 가슴에 검을 쑤셔 넣기도 전에 갈의
인의 쇠꼬챙이 같은 첨검이 한 단원의 정수리에 꽂혀 버렸다.

비명도 지르지 못하고 눈을 하얗게 뒤집어 까며 쓰러지는 단원을 바라보는 정찬용은 미칠 것 같은 분노에 사로잡혀 고함을 질러댔다.

"으아아아! 감히 네놈들이!"

어둠에 묻혀 두더쥐처럼 살아가는 놈들이 감히 대무림련의 무사들을 잔살(殘殺)하다니. 죽이리라! 모두 죽이리라!

검광이 넘실대는 검을 미친 듯이 휘둘러대는 정찬용의 검에선 이미 냉정은 찾아볼 수가 없었다.

일검에 갈의인의 허리를 베어버리고, 일검에 목을 꿰어버린다. 살기가 충만한 검이 검광에 휩싸여 무자비하게 적들의 몸을 헤집어 버린다. 그야말로 광기였다!

그때! 한 자루의 박도가 허공에서 떨어져 내린다. 머리 꼭대기가 서늘한 기운에 휩싸이자 정찬용은 자신도 모르게 땅바닥을 딩굴었다. 비참한 뇌려타곤이었다. 하지만 지금은 사는 게 우선이다.

두 바퀴를 굴러 박도의 도세에서 벗어난 정찬용의 눈이 그때서야 조금 가라앉았다.

'이런! 내가 지금 이게 무슨 꼴인가!'

"모두 침착하게 대응하라! 하늘, 땅, 모두에 적이 있다 생각하고 움직여라!"

눈에 일던 홍분이 완전히 가라앉자 정찬용의 눈에 냉정한 빛이 다시 찾아왔다. 역시 무혼단의 부단주다. 화산의 장로가 될 날이 얼마 남지 않은 중진 고수가 바로 정찬용인 것이다.

주위를 돌아봤다.

쓰러져 움직이지 못하는 단원이 십여 명이다. 적들은 겨우 대여섯만이 쓰러져 있을 뿐 사방이 고전이다. 후방에 있던 이조장 휘하 무사들이 합세하기 위해 달려오고 있는 게 보였다.

"뒤에도 있다!! 조심해라!!"

정찬용의 일갈에 달려오던 이조장 장만청이 달리던 기세 그대로 몸을 뒤집으며 뒤쪽을 바라보았다.

뒤쪽의 숲 속에서 흑의를 입은 자들이 쏟아져 나오고 있었다. 수십 명은 됨 직한 흑의인들의 기세가 예사롭지가 않다. 장만청의 뒷골에 섬뜩한 느낌이 번쩍였다.

'속임수?'

"마차를 지켜라!! 놈들이 마차를 노린다!"

달려오려는 수하들을 큰 소리로 제지시킨 장만청은 재빨리 뒤돌아 정찬용 쪽을 보고, 몸은 마차를 향해 날렸다. 다가오는 속도로 보아 하나하나가 만만찮은 놈들이다. 이를 악물고 검을 세웠다.

'이놈들, 내가 바로 장만청이다! 대점창의 회풍수객 장만청이란 말이다!'

아무런 소리 없이 다가오던 흑의인이 쇄겸도를 휘둘러온다. 막아가던 수하의 검이 갈고리 같은 쇄겸에 걸리고, 뒤따라오던 다른 놈이 검이 막힌 수하의 목을 대감도로 쳐온다.

"놈!!"

일갈과 함께 장만청의 검이 대감도를 후려쳐 버렸다.

차창!

힘이 보통이 아니다. 빙글, 검으로 대감도를 감아버리고 분광검 일식으로 놈의 목에 검을 꽂아버렸다.

비명도 못 지르고 쓰러지는 놈을 타고 넘어, 한 자루 대검을 휘두르는 자의 허리를 베어가던 장만청은 문득 자신의 허리로 예리한 기운이 파고드는 걸 느꼈다.

휘리릭! 번운신(翻運身)으로 몸을 한 바퀴 돌리며 검을 쭉 뻗어 시야에 들어온 흑의인의 가슴에 검광을 박아버리자, 놈이 눈을 까뒤집고 쓰러지는 게 보인다. 한데 놈이 검을 움켜쥐고 놓아주지를 않는다.

'이익!'

손에 수갑을 차고 있어선지 검이 쉽게 빠지지 않는다.

"흐흐으…… . 같이 죽자고…… ."

쓰러지는 놈이 마지막 유언과 같은 음울한 음성으로 중얼거리며 쳐다보자 장만청은 혼신의 내력을 검에 주입했다. 아직 검기를 마음대로 다루진 못하지만 한순간 폭출시킬 수는 있는 것이다.

발출된 검기에 놈의 손가락이 잘려 나가고 피가 튄다. 그런데 놈이 괴상한 웃음을 짓고 있다.

아차! 또 있다는 걸 잊었다! 이건 실전이다. 비무가 아닌 것이다!

등을 파고드는 예리한 감촉에 순간적으로 신형을 비틀어보지만 이미 제법 깊게 파고들었다.

"크으읍!"

안으로 삼키는 신음을 내지른 장만청은 철판교를 펼쳐 몸을 눕히고 주우욱, 지면과 수평으로 일 장을 물러난 다음, 손바닥으로 땅을 치며 신형을 바로 세웠다.

등을 타고 격렬한 고통이 치달린다. 하지만 지금은 이따위 고통이 문제가 아니다. 자신의 등을 일검에 그어버린 놈이 마차를 향해 몸을 날리는 게 보인다. 주위에는 수하들이 흑의인과 뒤엉켜 널브러져 있고, 사방에선 고함과 검광, 도광이 난무한다.

온갖 기병들이 춤을 추고, 그때마다 수하들이 당황해서 물러서다 뒤에서 휘두르는 무기에 사지가 끊어져 쓰러지고 있는 것이다.

등줄기의 검상으로 발을 움직일 때마다 극렬한 고통이 머리를 헤집고 있다. 소나무 하나에 등을 기대고 서서 사방을 쓸어봤다.

이십여 장 저쪽에서 정찬용이 온몸에 피를 뒤집어쓰고 악귀처럼 날뛰고 있는 게 보인다.

툴툴, 헛웃음이 나온다.

상상도 못했던 상황이 닥치자, 무림련 삼 단의 하나로 자부심에 가득 차 있던 무혼단의 무사들이 짚단처럼 쓰러지고 있다. 이미 이십여 명은 목이 뚫리고, 허리가 끊어지고, 머리에 검을 꽂고, 공포에 질린 표정으로 그렇게 쓰러져 있다.

살아 있는 사람들의 상황도 크게 다르지가 않다.

'얼마나 버틸 수 있을까. 과연 살 수는 있는 걸까?'

온통 피로 적셔진 대지 위로 또 날아 내리는 놈들이 있다. 붉은 혈의, 혈정곡의 놈들이다. 대체 얼마나 많은 놈들이 온 것일까.

"이놈!!"

송림을 울리는 고함에 장만청은 고개를 돌려 보았다.

순간 정찬용을 향해 달려드는 칠팔 명의 갈의인들이 보인다. 정찬용의 검이 검광을 뿜어내자, 그중 세 명이 피분수와 함께 훌훌 나가떨어진다. 그리고 놈들의 칼이 휘둘러지더니 하나의 팔이 허공으로 튀어 올랐다.

제기랄, 정찬용의 팔이다. 다시 갈의인 하나가 반쯤 잘라진 목을 움켜쥐며 뒤로 쓰러지고 있다. 그러자 정찬용의 몸이 비틀거린다. 오른쪽 다리가 반쯤 잘라진 채 묘한 각도로 꺾여져 있는 것이다.

그리고… 번쩍이는 일도에 정찬용의 목이 허공으로 튕겨지고, 빙글 빙글 돌다 땅바닥으로 떨어져 굴러간다.

절망이다, 부단주마저 죽다니.

숨 몇 번 쉬고 나면 모두가 죽어 있겠지. 무혼단 사십 인의 무사가……

그럼 마차 안의 부군사는……. 응?

알 수 없는 의문에 마차를 쳐다본 장만청의 눈에 낙엽처럼 쓰러져 가는 흑의인들이 보였다.

'저들은?'

어느새 마차에 타고 있던 중년인들이 밖으로 나와 마차의 삼면을 감싸고 있었다.

단 세 명이 뿜어내는 기세거늘 바늘구멍 같은 틈도 안 보인다. 마차를 향해 몸을 날리던 흑의인, 혈의인들이 스스로 몸을 태우고 죽어가는 불나방처럼 쓰러져 가고 있다.

고수다! 저들이야말로 진짜 고수들이다!

한데 왜 이제야 나선단 말인가! 호위 무사들이 거의 다 죽어가고 있는데!

공연히 억울하다는 생각에 두 주먹에 힘을 주던 장만청의 눈에 또 다른 자들이 보였다.

혈의인들의 뒤로 녹의인들이 쏟아져 오고 있었던 것이다.

'세상에! 부군사를 죽이려고 얼마나 많은……. 헛!'

장만청의 입이 벌어지고 입 안에 고였던 피가 쏟아져 내렸다.

"저, 저들은!!"

녹의인들의 손에서 번쩍이는 무언가가 혈의인들의 뒤로 날아간다. 암기다! 그것도 당가의 소혼탈(燒魂奪), 이화뇌정!

녹의인들의 손이 휘저어질 때마다 혈의인들이 몸을 뒤틀며 쓰러진다. 소혼탈에 독까지 묻어 있다.

"이놈들! 여기도 있다!"

느닷없는 일갈이 터지고 벼락치는 듯한 소리가 들리자, 장만청을 고개를 돌려 보았다.

정찬용이 죽고 척후조원 대부분이 죽어간 앞쪽이었다. 청의인들이 숲 속에서 뛰어나오며 갈의인과 흑의인들을 쓸어가고 있다. 일도 일도에 폭죽이 터지듯 굉음이 일고, 적들의 신체가 끊어져 날아간다.

"맙소사! 저들은 팽가의 단문도객!"

장만청은 놀라움으로 자신의 고통도 잊고 벌떡 일어서려다 등줄기에서 일어나는 뼈가 갈아지는 고통에 다시 주저앉아야만 했다.

"대체! 여기서 무슨 일이 일어나는 거란 말인가!"

꿈에서도 상상치 못했던 상황에 장만청은 멍하니 넋을 놓은 채 앞만 바라보았다.

당가와 팽가의 고수들이 나타나면서 상황은 급변하고 있었다.

거꾸로 적들의 시신이 쌓여간다. 혈의인들이 고통의 비명을 지르며 땅바닥을 구른다. 흑의인들이 사지를 뒤틀며 죽어간다.

그야말로 지옥이 펼쳐지고 있었다.

이미 죽어 널브러진 자만 백수십여 명이다. 피가 내가 되어 흐르고 있다.

지금 내가 보고 있는 것이, 내가 그리 동경하던 무림의 세상인가. 이것이 강호의 냉엄한 진실이란 말인가.

아니다! 아니야! 내가 원했던 강호행은 이게 아니다! 이십수 년, 무공에 모든 것을 바친 것은 이런 걸 원해서가 아니란 말이다!

비릿한 피 냄새가 코를 찌르고 뇌리에 박혀든다.

"흐흐흐흐하하하핫핫핫!!"

장만청의 눈이 뒤집어 까지고, 입가로 피와 섞인 침이 주르륵 흘러내렸다.

"흐…… 흐……."

반쯤 나간 정신으로 앞만 보고 있던 장만청의 눈에 희미하게, 핏빛으로 물든 붉은 안개가 몰려오는 게 보였다.

'흐흐흐……. 저놈들도 누군가를 죽이기 위해서 오는 거겠지. 크크크…….'

혈정곡의 고수들을 이끌고 작전에 참가한 오진악은 미칠 지경이었다.

이제 동방설리라는 계집만 죽이면 되는데, 어디서 난데없이 온갖 암기가 쏟아져 오고 당가의 고수들이 나타난 것이다. 자신들 역시 쓸 만한 고수들을 이끌고 왔거늘, 당가의 암기에 속수무책으로 무너지고 있었다. 보아하니 당가에서도 한가락 하는 자들이 떼로 몰려온 것 같다. 더구나 이런 집단전에서는 독을 묻힌 당가의 암기가 엄청난 위력을 발휘하는 법이다.

곁눈질로 다른 곳을 쳐다보자, 이번에는 구유마동의 고수들 뒤로 청의인들이 거도를 들고 나타난다.

저 도는? 맙소사! 팽가의 거패도. 팽가의 정예 단문도객들이다!

구유마동을 이끌고 온 절마동주 기극첨이 놀라 소리치며 수하들을 모으는 게 보였다.

'젠장! 실패인가? 그런데 그들은 왜 안 나타나는 거지? 명령만 내리고 뒤로 빠진 건가?

울화통이 터져 인상을 있는 대로 찡그리는 오진악의 눈에 삼십여 장 밖 숲 속에서 붉은 핏빛 안개가 스멀거리며 다가오는 게 보였다.

마치 등을 타고 한 마리 지네가 기어오르는 느낌에 오진악은 몸을 가늘게 떨었다.

핏빛 안개가 다가오는 사이 또다시 수십 명이 죽어나갔다. 끈적끈적한 핏물이 바닥의 골을 타고 흘러가고, 사방에서 비명이 끊이지 않는다.

한 명의 노인과 일곱 명의 피안개에 싸인 혈의인이 혈전장의 핏물 위에 멈춰 서자, 양편은 어떤 약속도 하지 않았는데 일제히 싸움을 멈추고 뒤로 물러섰다.

때 아닌 정적이 혈전장을 휘감자 모두의 얼굴이 공포로 부르르 떨렸다. 싸울 때는 미처 깨닫지 못했지만 장내의 상황은 그야말로 목불인견의 참상이 펼쳐져 있었던 것이다. 하지만 상황을 그들과 다르게 보는 자도 있었다.

"후후후……. 오랜만에 멋진 모습이로군. 후후후……."

노인이 음울한 괴소를 지으며 하는 말에 모두의 눈이 부릅떠졌다. 세상에, 이런 지옥 같은 참상을 멋진 모습이라니…….

"하지만 아직 끝난 것은 아니지. 그렇지 않느냐, 계집아이야?"

"참으로 놀랍군요. 소녀는 그저 놀랄 뿐이에요. 이런 자리에 당신 같은 고수가 나타나다니요."

"당신이라……. 우흐흐흐……. 너는 내가 누군지 아느냐?"

"소녀가 어찌 머리 좀 쓴다 해서 천하의 기인들을 모두 알 수 있겠어요. 괜찮으시다면 소녀에게 가르침을 내려주세요."

마차 밖으로 고개를 숙이며 침착하게 말을 맺는 동방설리를 보며 모두 감탄의 표정을 지었지만, 동방설리의 내심은 경악으로 물들고 있었다. 그것은 운현산장의 비객(秘客)인 교충의 다급한 전음을 들었기 때문이다.

"저들은 우리가 나선다 해도 막을 수 없을 듯합니다. 만일 싸움이 일거든 최대한 빨리 전장을 벗어나십시오. 저희가 최대한 시간을 끌다 쫓아가겠습니다. 이미 황보 대협께도 말을 전했습니다."

절정에 다다른 고수인 비객 세 명이 저들을 막을 수 없다면 어느 누구도 그녀를 지켜줄 사람이 없는 것이다. 계산에 없던 고수들이다. 누군가 나타날 줄은 알고 있었지만 설마 비객도 어쩔 수 없는 고수라니…….

동방설리가 놀란 표정을 감추기 위해 얼굴에 웃음을 지으려 할 때였다. 나지막하니 온몸을 가라앉힐 듯한 목소리가 들렸다.

"나는… 역수양이라 한다, 아이야."

어리둥절한 모습으로 사람들이 역수양을 쳐다본다. 하지만 모두 다 그런 건 아니다. 놀라움에 입을 벌린 팽가의 팽형산이 떨리는 목소리로 소리쳤다.

"다, 다, 당신이 빙혼마령수 역수양이란 말이오?"

경악이 물결친다. 처음에는 서서히, 그리고 잠깐의 시간 만에 모두의 입에서 놀란 탄성이 터졌다.

"죽었다던 혈천…… 오…… 사가 살아 있다니…….”

"오오……. 맙소사!!"

경악의 탄성이 끝나기도 전에 붉은 그림자 하나가 허공을 날아가고, 퍽!

"커어억!!"

팽형규가 뒤로 날려간다. 온몸이 새하얀 서리로 뒤덮인 채.

"내 이름을 기억해 준 상으로 고통없는 죽음을 내리마. 흐흐흐……."

몸을 일으키는 팽형산의 두 다리가 심하게 떨리고 있었다. 일수에 몸 내부의 장기가 얼어버린 것이다.

방심만 하지 않았다면 몇 수는 견딜 수 있었을 텐데, 설마 이렇게 빨리 손을 쓸 줄이야……. 이를 악다물어보지만 서 있기조차 힘들다.

"으으으…… 비겁한……."

"우흐흐흐, 비겁이라. 그것도 살고 나서 할 소리지."

역수양의 말에 팽가의 단문도객들이 분노에 차 앞으로 나서려 할 때였다.

"피의 절대자께 맹서를 한 자들은 뒤로 물러나라! 내 아이들은 적아를 가리지 않는다!"

음울하게 울리는 소리에 혈정곡의 무사들을 선두로 흑곡과 구유마동의 갈의인들이 주르륵 뒤로 물러났다.

"이제 피의 제전을 열 것이다. 으흐흐하하!!"

혈무에 싸여 있던 혈사령들이 무림련의 고수들 속으로 일제히 몸을 날렸다. 마치 피안개가 몰려가듯이.

"지금이오, 황보 대협!"

교충이 소리를 지름과 동시에 황보명이 마차를 몰기 시작했다.

"하! 하! 이럇!!"

히히힝!!

두두두두…….

당가와 팽가의 무사들이 에워싸고 있는 사이로 마차가 질주를 시작했다.

죽음도, 삶도, 아무것도 장담할 수 없는 혼돈의 길을 따라서…….

"우리의 약속을 잊지 마시오, 부군사!"

달려가는 마차를 향해 크게 소리친 당인문이 품속에서 무언가를 꺼내 들었다.

"모두 죽음을 각오하고 싸워라! 가주의 대리인으로서 화독망(火毒罔)의 사용을 허락한다!"

당가 고수들의 얼굴에 비장한 표정이 떠오르고, 각자의 품속에서 두 개씩의 둥근 철환을 꺼내 들었다.

팽가의 단문도객들도 도를 가슴 높이로 올리고 몰려오는 혈무 속의 혈사령들을 노려보았다.

"잔머리 굴려도 죽는 건 마찬가지지……. 흐흐흐…….”

역수양의 차디찬 음소가 울리는 것을 신호로, 혈무에 휩싸였던 혈사령들이 당가와 팽가의 무인들을 덮쳐 갔다.

2

한 시진을 달리고 일각을 쉬고, 또 한 시진을 달렸다. 단 두 시진여 만에 이백여 리를 달렸다.

들판을 달리다 고갯길을 넘고, 때로는 관도를 놔두고 산을 넘기도 했다. 안개비는 이미 걷혀서 하늘의 구름도 이제는 옅어지고 있었다. 그나마 다행스런 일이었다.

"임가야! 대체 얼마나 더 가야 만날 수 있겠냐?"

위경리가 임수행을 돌아보며 물어보자 임수행은 고개를 저었다.

"제가 어찌 압니까요? 부군사님의 머리 속을 들어가 본 것도 아니고, 천하 지리가 제 머리 속에 들어 있는 것도 아닌데."

머리에 불룩 튀어나온 혹이 아직도 시큰거리는데 답하는 말이 고울 리 없었다.

"그리 멀리 있지는 않을 겁니다."

진고영의 나직한 말에 사람들의 눈에는 긴장의 빛이 떠올랐다. 하긴 수주에서 조영까지 사백여 리. 동방설리 일행이 일반 속도로 내려왔다면 이미 만났을 것이다. 하지만 진고영의 말대로 천천히 내려온다면 저들은 저 앞에 있을 터.

생각만으로도 무기를 쥔 손에 힘이 들어가고, 놀리는 발걸음이 빨라진다. 이제 얼마 남지 않은 것이다.

3

어느덧 서쪽 하늘이 붉게 물들어간다.

전장을 빠져나온 마차는 이십 리를 채 달리지 못하고 멈춰야만 했다. 당가와 팽가의 방해를 뚫고 세 명의 혈사령이 쫓아와 마차 앞을 가로막아 버린 것이다. 그나마 역수양이 아직 나타나지 않은 게 다행이었다.

아마도 비객들이 저지하고 있으리라. 그렇다 해도 저들을 막을 사람이 없다. 황보명이 한 사람을 막고, 자신이 그간 감추었던 무공을 드러낸다 해도 얼마의 시간을 버틸지…….

혈사령 한 명이 아무런 말도 없이 마차를 향해 몸을 날린다. 입가엔 비릿한 조소가 걸려 있다.

대체 사람 같지도 않은 저놈들은 누구란 말인가.

황보명이 두 주먹을 말아 쥐고 날아오는 혈사령을 향해 몸을 날리며 쌍권을 뻗어냈다.

후웅!

권풍이 일고 쌍권을 감싸고 있던 권기가 강력한 회전을 일으키며 혈사령의 가슴으로 몰려갔다.

쿠쿠쿵!!

주춤, 쌍권을 정통으로 얻어맞고 땅에 내려선 혈사령의 몸이 뒤로 삼 보를 물러나더니 씨익 웃는다. 그걸 바라본 황보명의 표정이 일그러졌다. 바위도 가루로 부술 패황권 중 패황회선권(覇皇回旋拳)을 정통으로 맞고도 아무렇지도 않다니. 오히려 두 손이 시큰거리는 것만 같았다.

다른 놈이 또 달려든다. 시뻘건 혈수를 앞세우고 달려드는 놈의 혈수에서 붉은 안개가 피어오르고 있었다. 이를 악물고 패황석파의 권력을 내치는 황보명의 표정이 침중하게 굳어져 갔다.

쾅!

일성 굉음과 함께 혈사령의 신형이 뒤로 튕겨지고, 핏물이 흘러나오는 황보명의 입에선 쥐어짜는 신음이 새어 나왔다. 그런 황보명의 눈에 가만히 서 있던 세 번째 혈사령이 마차를 향해 빠르게 다가가는 게 보인다.

"설리야! 조심……!"

말을 마칠 새도 없이 세 번째 혈사령이 마차를 향해 두 손을 내친다. 붉은 안개가 서린 혈수가 마차를 스치자, 마차의 벽이 가루가 되어 부서져 나갔다.

한쪽 벽이 거의 다 부서졌다 여겨졌을 때, 마차 안에서 백색 인영이 튀어나오며 하얀 손을 휘둘렀다. 동방설리였다.

쩌적!

얼음이 갈라지는 듯한 기음이 울리고, 혈사령의 신형이 주르륵 물러났다. 그러자 동방설리의 신형이 다시 혈사령의 가슴을 향해 날아갔다. 눈꽃보다 더 하얀 소수를 앞세우고…….

우웅! 쩍!

하얀 소수가 작렬하자 혈사령의 가슴이 일시간 하얗게 변하더니, 붉은 피부가 갈라진 얼음처럼 금이 간 듯 보였다. 하지만 그뿐이었다.

하얀 얼굴이 더욱 하얗게 변한 동방설리의 봉목이 격하게 흔들렸다.

'세상에! 한령소수공(寒靈素手功)을 그대로 맞고도 그저 금이 간 정도라니…….'

울렁거리는 속을 억지로 진정시킨 황보명은 놀란 눈으로 자신의 조카를 보았다.

동방설리가 무공을 익히고 있다는 것은 알고 있었다. 여자의 몸으로 소장주라 불리우고, 운현대선생의 총애를 받는다는 게 그저 머리만 좋다고 되는 게 아니었으니.

하지만 한령소수라는 건 그의 상상을 넘어선 무공이었다. 한령소수공을 익혔기에 그동안 무공을 익힌 표시가 나지 않았던 것인가?

그래서 이런 무모한 계획을 세웠던가?

놀라움은 잠깐이었다. 놈들이 또 달려들고 있는 것이다.

세 놈이 한꺼번에 달려든다. 한 놈을 향해 일권 일권을 신중히 뻗어내 보지만, 그다지 효과를 자신할 수는 없는 상황이었다.

쿠쿵! 쾅!

적중된 권력에 뒤로 물러서는 혈사령들을 향해 몸을 날렸다. 그리고 가슴으로 파고들어 가 푸르스름하게 뭉친 패황권력을 꽂아 넣었다. 권강에는 못 미치지만 권기를 뭉친 것이다. 충격을 받았는지 놈의 얼굴이 일그러지는 게 보였다. 또다시 일권을 펼치려 할 때였다. 혈사령의 혈수가 어깨를 비켜 때리고 지나갔다.

"흐읍!"

불로 지지는 듯한 충격이 어깨를 타고 흐른다. 비켜 맞았는데도 어깨가 떨어져 나갈 것만 같았다.

대경한 황보명은 일단 뒤로 물러난 채 혈사령을 노려보았다.

동방설리는 소수에 연속 삼 장을 얻어맞은 혈사령이 가슴이 하얗게 변색된 채 혈수를 휘두르며 자신을 공격해 오자 망연한 심정이 되어버렸다.

철판을 종잇장처럼 찢을 수 있는 소수에 연속으로 얻어맞고도 다가오는 혈사령이 괴물로 보였다.

어찌 상상이나 했을까.

그녀는 최소한 자신의 생명은 자신이 지킬 수 있으리라 생각했었다. 하지만 이제는 그 무엇도 장담할 수가 없는 것이다.

솟구쳐 오르는 핏물을 억지로 삼키고 이를 지그시 깨물었다.

소수에서 하얀 아지랑이가 피어오르더니 동방설리의 두 손에서 세치는 됨 직한, 투명하리만치 하얀 비수와 같은 것이 만들어졌다. 한령

소수강, 마지막 남은 모든 내력을 끌어올린 것이다.

고개를 돌리니 혈사령이 달려들고 있었다.

혈사령을 향해 하얀 비수를 휘둘렀다.

한령소수강이라면 저 괴물들을 죽일 수 있으리라.

찌이잉!!

소수강이 혈사령의 어깨에서 가슴까지를 훑고 지나갔다. 하얀 선이 주욱 그어지고 혈사령의 신형이 뒤로 일 장을 물러선다. 한데…… 맙소사! 겨우 살갗만 찢어졌을 뿐이다. 속살이 보이지 않는다.

망연자실한 동방설리의 옆쪽에서 또 다른 혈사령이 혈수를 쳐온다.

"조심해!!"

황보명의 외침이 터지고, 동방설리의 몸이 쓰러지듯 옆으로 눕더니 바람에 날린 깃털처럼 옆으로 휘날린다.

번쩍!

다시 소수강이 혈사령을 향해 뻗어나가자, 혈사령도 마주쳐 혈수를 내밀고 달려들었다.

쩌쩌쩡!

소수와 혈수가 부딪치고 혈사령이 뒤로 튕겨진다. 동방설리도 뒤로 튕겨진다. 그런 동방설리의 입에서 억눌렀던 선혈이 뿜어졌다.

"푸우우……."

새빨간 선혈을 뒤집어쓴 세 번째 혈사령이 동방설리를 향해 안개처럼 다가가는 게 황보명의 눈에 보인다. 하지만 움직일 수가 없다. 앞의 한 놈도 어찌하지 못하고 있는 것이다.

이를 악물고 눈에 핏발이 곤두선 황보명의 신형이 세 번째 혈사령을 향해 날아간다. 전면에서 혈수를 휘두르던 혈사령이 뒤따라 붉은 신형을 날린다. 황보명의 쌍권이 세 번째 혈사령의 옆구리에 틀어박히고, 뒤따라 날아온 혈사령의 혈수가 황보명의 등판에 그대로 작렬했다.

"크으윽!"

"외숙!"

입에서 피분수를 뿜으며 고통에 찬 신음을 흘리는 황보명을 보고 동방설리가 놀라 소리쳤다. 황보명의 등판이 커다랗게 파이고, 선혈이 뭉클거리며 솟는 게 보인 것이다.

급하게 몸을 날려 황보명에게 가려 할 때, 또다시 붉은 안개가 동방설리의 머리를 향해 혈수를 뻗어온다. 미처 황보명에게 다가갈 시간도 없이 동방설리의 신형이 빙글 돌며 소수강을 뿌렸다.

'외숙을 나 때문에 죽게 놔둘 순 없어……!'

쩌쩡!

일수격돌에 혈사령이 뒤로 밀려나는 게 보이자 동방설리는 재빨리 황보명을 향해 신형을 날렸다. 아니, 날리려 했다. 하지만 그보다 더 빠르게 세 번째 혈사령의 혈수가 뒤에서 그녀의 왼쪽 어깨를 후려쳐 버렸다.

"아아악!"

일 장을 옆으로 튕겨 나간 그녀는 어깨의 살점이 너덜너덜하게 떨어져 버리고 뼈마저 부러져 버렸다. 처음으로 느껴보는 극심한 고통에 동방설리는 온몸이 오그라드는 것만 같았다.

비틀거리며 일어나긴 했지만 전신을 치달리는 고통으로 인해 몸에 힘이 들어가지를 않는다.

'이제 죽는 건가……. 조금만 더 기다리면 되었을 텐데…….'

조금만 더 냉정했으면 이렇게까진 되지 않았을 것이다. 시간을 끌어야 했는데, 한 번도 실전을 경험해 보지 못한 것이 자신의 실수를 유발했다.

동방설리의 암울한 눈이 쓰러져 움직이지 않는 황보명을 바라보고는, 다가오는 혈사령에게로 향했다. 한데 다가오던 혈사령들이 주춤거리는 게 보인다. 무엇 때문인지 저 악마들의 붉은 눈동자가 흔들리고 있는 것이다. 두려움? 공포? 왜?

그때였다. 뒤에서 누군가가 오며 내지르는 소리가 그녀의 귓전을 파고들었다.

"워메! 저 징그런 놈들을 여기서 또 보네!"

한 소리 걸쭉한 말소리가 들리고, 황색 장포를 입은 중년인이 혈사령을 향해 날아가며 시커먼 묵기가 가득한 일장을 내뻗는 게 보였다. 그러자 혈사령이 마주 혈수를 뻗고, 석 자를 격하고 두 기운이 부딪쳤다.

콰웅!

붉은 핏빛 안개가 흔들리고 뒤로 네 걸음을 물러난 혈사령이 혈안을 빛내며 한쪽을 쳐다본다. 한데 눈이 향한 곳은 위경리가 아닌 자신의 등 쪽이었다.

"야, 이놈아! 네 상대는 나라니까? 어딜 봐!!"

"그 옆의 놈은 저번에 나하고 한판 뜬 놈 같으니 내가 맡을래요!"

넉 자 대검을 머리 위로 치켜들고 혈사령을 향해 떨어져 내리는 중노인도 보였다.

푸르스름한 검강이 맺힌 대검이 머리로 떨어져 내리자, 혈사령이 주춤 뒤로 물러나는 듯하더니 혈광을 내뿜어 검을 막아간다.

찌정!! 따당!!

혈광을 뚫고 강력한 일검이 머리를 그대로 가격하자 마치 쇠종을 치는 듯한 소리와 함께 혈사령의 키가 한 자는 줄어들었다. 다리가 땅속으로 파고든 것이다. 하지만 땅에 박힌 발을 빼내는 혈사령은 얼굴만 찡그릴 뿐 입에서 가는 핏줄기조차 보이지 않았다. 그리고 그 역시 자신의 뒤만 쳐다본다.

"그랴! 어디 니가 이기나 내가 이기나 한번 해보더라고!"

또다시 솟구친 중노인의 대검이 머리를 향해 떨어져 내린다.

그리고 또 하나, 아무 말 없이 검을 뽑아 들고 나머지 한 명의 혈사령을 향해 미끄러지듯 다가가는 잘생기고 보다 젊은 자가 보였다. 백리웅천이라 했던가? 그의 이름을 기억에서 끄집어내고 있을 때였다.

"너무 늦지는 않았나 모르겠소."

망연히 보고만 있던 동방설리의 귓속을 낮고 묵직한 음성이 파고들었다.

'오셨구나……'

긴장이 풀렸는지 머리 속이 하얗게 비어가는 걸 느낄 새도 없이 동방설리의 몸이 무너져 내렸다.

"이런!"

그걸 보고 있던 진고영이 어느새 빼 들었는지, 관천곤으로 무너지는 동방설리의 몸을 받치고 조심스럽게 땅바닥에 내려놓자 한쪽에서 혈사령과의 싸움을 지켜보던 우형욱이 손바닥으로 가슴을 쳐댔다.

'어휴!'

"대형! 손으로 받쳐 주셔야지 딱. 딱. 한. 몽둥이로 받치시면 어떡합니까?"

"어떻게 과년한 여인의 몸에 손을 함부로 댑니까?"

어이없는 표정을 짓고 있는 우형욱을 뒤로하고 진고영의 뭉툭한 곤이 동방설리의 부서진 왼쪽 어깨 주위의 혈도를 점해갔다. 그걸 지켜보던 우형욱의 입이 딱 벌어졌다.

'저, 저, 저, 세상에! 몽둥이로……. 천하제일쑥맥!!'

반 각이 지나지 않아 동방설리가 정신을 차렸다. 그녀는 일어나자마자 주위를 돌아보았다.

한편에서는 몸이 누더기가 된 혈사령이 여전히 세 사람과 싸우고 있었다. 하지만 머지않아 끝날 싸움이었다.

고개를 돌리자 한쪽에 눕혀진 황보명이 보였다.

"외숙!"

동방설리가 황보명에게 가려 몸을 일으키자 진고영이 그녀의 행동을 막았다.

"아직 움직이시면 안 되오. 그리고 황보명 대협은 다행히 목숨은 건질 수 있을 듯싶소."

"살 수 있으시다구요?"

"음… 하지만 안타깝게도 무공을 펼치기는 힘드실 거요. 그리고 당신의 왼팔도……."

"모두…… 저 때문이에요. 저를 살리시려다… 흑흑흑……."

동방설리의 커다란 눈에서 눈물이 폭포수처럼 쏟아졌다. 후회해 봐야 이미 늦은 일이지만, 회한이 드는 것은 어쩔 수 없는 일이었다. 진고영이 고개를 저으며 무거운 표정으로 고개를 돌릴 때였다.

"크으윽!"

싸우던 곳에서 가위에 눌린 듯한 신음이 나오고 혈사령이 쓰러지는 게 보였다.

"우와! 정말 질기네, 이놈들."

위경리가 고개를 내두르며 질린 표정을 지었다. 창백해진 안색에 풀어헤쳐진 장삼이 그가 얼마나 고생했는지를 보여주고 있었다.

뒤이어 나머지 두 혈사령도, 한 명은 육정기의 무식한 장검에 수십 번 강타당해 머리가 깨어지고, 한 명은 백리웅천의 검강이 실린 잠풍검에 온몸이 난도질당한 채 쓰러져 갔다.

거친 숨을 몰아쉬고 있는 육정기와 백리웅천의 표정이나 행색도 위경리와 크게 다르지 않았다.

"내 아무리 싸우는 걸 좋아해도 이런 놈들과는 다시는 싸우고 싶지 않습니다."

오죽하면 냉혈무광 백리웅천이 혀를 내두르며 저런 말을 할까.

잠시의 시간이 지나자, 진고영이 냉정한 눈으로 동방설리를 바라보았다.

"왜 이런 방법을 써야만 했던 거요?"

뜬금없는 질문이었지만 동방설리만큼은 그 질문의 뜻을 알 수 있었다.

"더 많은 사람을 구하기 위해서예요."

"정녕 이런 방법이 아니면 안 된단 말이오?"

"세상을 태울 불이 피어오르고 있는데, 불이 자신에게는 붙지 않을 거라 생각하는 사람들이 있어요. 그들은 거대한 공룡이죠. 한데 그 공룡이 움직이지 않는 거예요."

처연한 음성으로 혼잣말하듯 나직이 말하는 동방설리의 눈에서 다시 눈물이 흘러내렸다.

"나 역시 가슴이 아프지만 어쩔 수 없는 선택이었어요."

"후우… 지금 이러고 있는 사이에도 많은 사람들이 죽어가고 있을 것이오. 당신의 뜻을 모르는 바는 아니지만 너무 많은 사람이 죽는다면 그 뜻이 아무런 의미가 없게 될 거요."

진고영이 몸을 일으키자 모두의 시선이 집중됐다.

이십 장 떨어진 곳에 반쯤 부서지긴 했지만 마차가 있었다. 말이 멀리 도망가지 않아 그나마 다행이었다.

진고영은 마차를 쳐다보며 입을 열었다.

"일단 임 소협이 저 마차에 동방 소저와 황보 대협을 모시고 설한보로 가시오. 사마 형과 염 형, 우 형이 호위를 해주시고⋯⋯. 노형님, 가시지요."

"어⋯⋯ 저도 따라가고 싶⋯⋯."

"잔말 말고 진 아우가 시키는 일이나 잘해!"

따라가겠다는 말을 하려던 우형욱은 위경리가 노려보자 휙, 고개를 돌렸다.

'에이 씨⋯⋯ 나도 따라가고 싶은데.'

마차를 떠나보내고 십여 리를 가자 피 비린내가 풍겨오는 송림이 눈에 들어왔다. 붉게 물들어가는 석양 속의 송림은 귀기가 서린 곳마냥 새소리조차 들리지 않았다.

진고영 등이 송림에서 삼백 장 떨어진 곳에 이르렀을 때였다.

송림의 서편으로 수십의 인영이 빠져나가는 게 보인다. 오백여 장의 거리였지만, 그들이 입은 옷이 혈의와 흑의라는 것을 가릴 정도는 되었다. 위경리가 육정기를 돌아다봤다.

"뻘건 옷은 혈정곡 놈들 같은데? 싸움이 끝난 거 아냐?"

"그러게 말입니다. 쫓아가죠?"

"다 죽이게? 육가야, 너 그렇게 사람을 죽이고 싶으냐?"

한 소리 했다가 위경리에게 핀잔을 얻어먹은 육정기는 고리눈을 뜨고 위경리를 쳐다봤다.

"내가 뭐 살인을 취미로 하는 놈입니까?"

"그럼 뭐 하러 쫓아가나? 죽일 거 아니면, 다리 아프게."

두 사람이 인상을 쓰고 서로 노려보고 있을 때였다.

"엇? 저놈들은? 역수양입니다!"

백리웅천이 막 송림에서 자신들 쪽으로 나오는 사람들을 보고 놀라 소리쳤다.

송림을 벗어나 마차가 도망간 곳으로 신형을 날리려던 역수양은 주춤 멈추지 않을 수 없었다. 저 앞쪽에서 네 사람이 빠른 속도로 다가오고 있었다. 그런데 그중에는 꿈에서도 만나고 싶지 않았던 젊은 놈이 있지 않은가. 그렇지 않아도 이름도 알려지지 않은 빌어먹을 놈들에게 부상을 당한 몸인데, 저놈을 만나다니. 그렇다고 천하의 역수양이 뒤를 보이고 도망갈 수는 없지 않은가.

이러지도 못하고 저러지도 못하고 망설이고 있을 때였다.

"역수양 선배! 어딜 가려 하시오?"

위경리의 비꼬는 소리가 귓전을 간지럽힌다.

그러자 싸늘하게 굳은 눈으로 위경리를 쏘아보던 역수양이 눈만을 돌려 진고영을 쳐다보았다.

"네가 저놈을 믿고 너무 설치는구나."

속이 찔끔한 위경리가 혈사령들을 쳐다보았다. 어차피 시간을 가지고 대화를 나눌 생각은 없었다.

"진 아우, 곧 어두워지는데 시간을 끌 필요는 없을 듯하네. 역수양을 맡게. 우리가 저 뻘건 놈들을 맡지."

"알겠습니다."

전음으로 간단하게 상황을 결정한 진고영의 신형이 주욱 늘어나며 역수양에게 쇄도했다.

"역수양 선배, 끝냅시다."

순간적으로 십 장 앞까지 쇄도해 들어간 진고영의 우수에 관천곤이 들렸다. 한걸음에 오 장이 좁혀지고 관천곤이 상단으로 올라가자, 진고영의 손을 거슬러 올라가던 묵기가 가공할 회오리를 만들며 꿈틀거린다.

역수양은 도망을 가야 하나, 아니면 여기서 죽든 살든 끝을 봐야 하나 망설이고 있다가 진고영이 한순간에 다가오자 차라리 잘되었다는 생각이 들었다.

그래도 명색이 오사의 일인, 빙혼마령수가 아닌가.

"좋다! 네놈이 죽든 내가 죽든 한번 해보자!"

양손에 빙혼마공을 끌어올린 역수양의 신형이 날아오는 진고영을 향해 쏘아갔다.

시커먼 묵기와 하얀 빙기가 허공을 격하고 서로를 휘감아갔다.

콰콰콰……

쿠르르룽!!

땅바닥에 있던 주먹만한 자갈들이 가루로 변하며 두 기운이 일으킨 회오리에 휘말려 들었다. 그러자 고요히 서 있던 천년송이 대기를 뒤트는 두 기운을 질린 눈으로 바라본다.

이 장을 격하고 관천곤에서 용틀임치던 묵기가 꿈틀거리며 쏘아져 간다. 순간, 하얀 서리가 일던 역수양의 양손이 서로 교차하고, 세상을 얼려 버릴 듯한 빙혼마령공이 시커먼 묵기를 삭 뒤덮어갔다.

콰쾅! 콰르르르…….

두 기운이 부딪치고, 역수양이 신형을 뒤틀며 뒤로 물러났다. 입에서 선혈이 흘러내리는 것이 적지 않은 내상을 입은 듯하다. 뒤따라 진고영이 그림자처럼 쫓아 들어갔다.

그러면서 곤이 들리고, 넉 자 길이 시커먼 곤강이 역수양의 머리 위로 떨어져 내렸다. 하늘에서 번개가 떨어지듯이!

대경한 역수양이 옆으로 흩어지듯 온몸을 흔들며 떨어지는 뇌전의 영향권에서 벗어나려 몸부림쳐 댔다.

그러자 떨어지던 뇌전이 방향을 비틀며 역수양을 쫓아간다. 낙뢰절지(落雷折地)에 이은 류동수혼(流動狩魂)이었다.

역수양에겐 조금의 여유도 주지 않고 몰아붙이는 진고영이 악마같이 보였다. 내상만 입지 않았어도 이렇듯 밀리지는 않았을 것이다.

연이어지는 십여 초의 공격을 겨우겨우 방어만 할 수 있을 뿐이었다. 더 이상 버틸 수가 없다 생각한 역수양이 이를 으스러져라 악물고 전신의 공력을 끌어올렸다.

"타아!! 오옷!!"

역수양의 입에서 처음으로 한 소리 기합이 터지고, 보이지 않는 속도로 회전을 하며 곤의 위세를 반감시킨 하얀 쌍장이 역수양의 가슴에 모아졌다. 그리곤 그대로 진고영을 향해 몸을 날렸다.

순간, 진고영의 신형이 그 자리에서 사라지는 것 같더니 일 장을 물러나 관천곤을 머리 위에서 천천히 내려치고 있는 게 보인다.

그리고 한순간, 곤의 끝에서 석양조차 밀어내 버릴 밝은 묵광이 터져 버렸다.

후우우우웅!!

대기가 떨린다. 하늘을 찢을 것 같은 기운이 곤의 끝에서 밀려 나간다. 관천조양(貫天朝陽)에 이은 부동관천(不動貫天)이었다.

마지막 힘을 모아 진고영에게 회심의 일격을 먹이려 몸을 날리던 역수양은 눈앞이 환해지는 충격에 입을 벌렸다.

고오오오…….

픽!

역수양의 이마를 밝은 묵빛 뇌전이 그대로 뚫고 지나가 버린 것이다. 그 충격에 역수양의 몸이 이 장 밖으로 튕겨 나가 버렸다.

벌떡 일어서려던 역수양이 반쯤 일어서던 자세 그대로 뒤로 쓰러져 간다. 그런 역수양의 이마에는 자그마한 구멍이 하나 뚫려 있었다. 주위가 검게 타버린 구멍이…….

역수양이 죽었다.

혈천오사의 하나인 빙혼마령수가 죽은 것이다.

천하가 경동할 일이었지만, 눈을 부릅뜨고 고개를 처박은 역수양의 몸 위로는 그저 싸늘한 바람만이 말없이 스쳐 지나갈 뿐이었다.

잠시 역수양의 시신을 내려다보고 있던 진고영의 귀에 위경리의 어이없다는 소리가 들린다.

"얼래? 이것들 왜 이래?"

"어? 이놈도 그런데요?"

"저것도 맛이 갔습니다."

마지막 백리웅천의 말에 모두가 백리웅천을 쳐다보았다. 그러자 어리둥절한 백리웅천이 눈을 크게 뜨고 세 사람을 쳐다보다 손으로 얼굴을 매만졌다.

"왜 그러십니까? 피라도 묻었습니까?"

"응? 아, 아니야."

'저것도 슬슬 물드는군.'

혈사령들이 한창 싸우던 도중 느닷없이 비틀거리더니 입에 피거품을 물고 주저앉아 버린 것이다.

심령의 주인이 죽으면 힘을 쓰지 못할 거라 생각은 했지만, 어이가 없는 결과였다.

"마침내. 죽었군!"

뚝뚝 끊어 말하는 위경리의 말에, 육정기와 백리웅천이 쓰러져 있는 역수양을 바라보았다. 한때 천하를 떨쳐 울렸던 빙혼마령수 역수양의 죽음이 실감나지가 않았다.

잠시지간 그렇게 서 있던 위경리가 진고영의 어깨를 툭, 쳤다.

"진 아우, 빨리 송림 속을 조사해 보고 가자구. 이러다 컴컴해지겠어."

정적으로 고요한 송림 안은 이미 어두운 그림자가 깔리기 시작하고 있었다. 석양이 지면 완전한 어둠이 모든 것을 가리리라. 하지만 아직은 모든 것이 그대로 드러나 있었다.

이백여 구의 시신이 널려 있는 송림의 바닥은 시뻘건 핏물로 홍건했고, 사지가 잘리고 머리가 떨어져 나간 시신들만이 가득했다. 그중에는 소나무와 함께 가슴에 한 자루 장검을 박고 죽어 있는 장만청도 있었다.

"세상에! 지옥이 따로 없구먼……."

위경리가 떨리는 목소리로 입을 열었다. 강호에 발을 디딘 지 사십

수 년이었지만 이러한 참상은 처음 보는 것이었다.

시신들을 돌아보던 위경리가 당가와 팽가의 무인들을 가리켰다.

"저건 당가의 무인들이고, 저쪽은 팽가의 단문도객들이네. 그들까지 동원하고도 이 지경이라니……."

"한데, 역수양이 왜 이제야 가려 했을까요? 동방 소저가 목적이었을 텐데."

백리웅천의 의문에 송림의 입구 쪽에 있던 진고영이 입을 열었다.

"어쩌면 이들 때문인지도 모르겠습니다."

"누구?"

세 사람은 잽싸게 달려가 진고영이 가리키는 사람들을 쳐다보았다. 하지만 아무도 그들의 정체를 알 수 없었다. 얼음처럼 굳어진 시신에는 아직도 서리가 내려앉아 있었다. 역수양의 빙혼마공의 흔적이.

"누구지?"

육정기가 고개를 갸웃거리자 진고영이 주위를 향해 손짓했다. 그곳에는 모두 세 구의 시신이 따로 떨어져 있었다. 운현산장의 비객들이었다.

"누군지는 모르나 대단한 고수들입니다. 바위고 아름드리나무고 단칼에 잘려 나갔습니다. 검강, 도강을 구사할 수 있는 고수들입니다. 이 정도라면 제아무리 역수양이라도 쉽지 않았을 듯싶습니다. 더구나 세 명이나 되는 데다 부상을 당한 지 얼마 되지 않았었으니까요."

"그럼 역수양이 이들에게 부상을 입었다는 말인가?"

"어느 정도는……."

"하긴 우리 셋이 손을 합친다면 한번 해볼 만할 테니, 우리와 비등한 자들이라면 충분히 그럴 수 있겠군. 그래도 결국 역수양은 살아서 가지 못했으니……. 으음……. 한데 무림련의 무사들은 몇 명이나 살아서 도망갔을까?"

위경리의 신음 섞인 물음에 아무도 답을 할 수가 없었다.

물론 살아간 사람도 있을 것이다. 하지만 그리 많지는 않을 것이다.

오싹한 한기가 그들의 등줄기를 파고들었다.

피비린내가 석양이 몰고 온 찬바람에 쓸려 사방으로 퍼져 간다.

진고영 등은 일단 설한보로 돌아가기로 결정했다.

날이 차니 시신의 부패는 빨리 진행되지 않을 것이다. 설한보의 사람을 동원하든, 아니면 무림련의 누군가가 살아서 도망쳤다면 그들이 사람을 데려오겠지. 누가 누군지 모르는 지금, 당장 처리는 불가능한 것이다.

밤하늘을 날던 까마귀조차 너무도 처참한 상황에 질렸는지 날아들지를 않는다. 그렇게 새소리마저 사라진 송림에도 서서히 어둠의 장막이 드리워지고 있었다.

4

설한보주 이호당은 몰아닥치는 상황에 정신이 없었다.

무림련의 부군사 동방설리와 황보가의 셋째 가주 황보명이 극심한 부상을 입고 마차에 실려 온 것이다. 일단 의원을 부르고 부상자가 쉴 방을 마련했다.

첫날은 그렇게 흘러갔다. 한데 다음날 아침, 오십여 명의 무사들이 설한보를 찾아왔다. 그런 그들의 선두에는 아름다운 여인이 미소를 머금고 오연한 모습으로 말 위에 앉아 있었다.

마침내 사마련이 비검단(秘劍團)과 함께 설한보에 도착한 것이다.

동방설리가 깨어나 찾는다는 말에 진고영은 몸을 일으켰다. 해야 할 이야기는 많지만 시간은 그다지 많지 않을 것이기 때문이었다.

아마 오늘부터 전해지기 시작한 소식은 전 무림을 엄청난 충격과 함께 혈풍의 회오리바람 속으로 몰아넣는 발단이 될 것이다. 그러다 보면 무림련에서도 빠른 시일 안에 사람을 보내올 것이다. 그전에 동방설리와의 이야기를 끝내고 떠나고 싶은 것이다.

방으로 들어가자 싸한 약 냄새가 방 안에 진동한다. 방을 임시로 두 개로 나눠 한쪽엔 동방설리, 한쪽엔 황보명이 누워 있었다. 일단 황보명을 바라보았다. 아직 정신을 차리지 못한 그의 얼굴은 핏기 하나 없이 창백해 보였다.

그리고 흰 천으로 어깨를 동여맨 동방설리를 바라보자, 그녀도 고개를 돌려 진고영을 마주 보았다.

"일단 감사하다는 인사를 해야 하는데 몸이 이래서 누워 인사하는 걸 용서하세요."

"후우……. 인사는 나보다 송림에 누워 있는 세 분한테 해야 될 거요. 그들이 아니었다면 우리가 가기 전에 역수양이 먼저 도착했을 거요."

"알아요……. 그분들…… 보셨나요?"

"음. 대단한 사람들이었소. 운현산장의 사람들이었소?"

"예……. 할아버지의 곁을 떠나지 않는 분들인데, 저 때문에 할아버

114

지가 보내주셨죠. 제가 비록 얼마간의 무공을 익히기는 했지만 상황은 너무 어렵게 흘러가고 있었거든요."

동방설리의 눈에서 구슬 같은 눈물방울이 흘러 이불을 적셨다.

진고영은 그런 동방설리를 조금은 안타까움이 깃든 눈으로 바라보다 미미하게 고개를 저으며 입을 열었다.

"왜…… 그렇게까지 해야 했는지 좀 더 자세히 알 수 있겠소?"

진고영의 물음에 동방설리의 눈이 천장을 향했다.

"본 산장에서는 오래전부터 강호에 흐르는 이상한 기운을 느끼고 있었어요. 둘째 숙부가 그에 대한 대책을 강구해야 한다고 무림련 상부에 보고를 했지만 누구도 나서서 일을 추진하려 하지 않았죠. 먼저 나서서 자신들의 제자와 세력을 잃고 싶은 문파는 어디에도 없으니까요. 본 장에서는 꾸준히 정보를 모았고, 그러다 그 기운이 한 곳이 아님을 얼마 전에야 알게 되었지만, 그걸 보고할 수는 없었어요. 왜 그런지 아세요?"

진고영은 눈을 반쯤 감고 이야기를 듣다가 동방설리가 자신에게 물음을 던지자 눈을 돌려 그녀를 바라보았다.

"천은산장이 정도의 거대 문파였기 때문이 아니었소?"

"맞아요. 대협과는 이야기하기가 참으로 편하군요. 당금 무림에서 어느 누구도, 심지어 구대문파라 해도 천은산장과 척을 지려 하는 문파는 없지요. 그만큼 천은산장은 거대한 힘과 세력을 키워났어요. 게다가 금력 또한 대단해서 웬만한 문파치고 그들의 도움을 받지 않은 문파가 없다시피 한 게 작금의 현실이에요. 그런 천은산장을 수상하다고 하면 누가 믿을까요? 오히려 배척당하지나 않으면 다행일 거예요. 진대협 역시 그런 이유로 대놓고 저들을 공격하지 못하는 거 아닌가요?"

역시 대단한 여인이다. 하나로 열을 꿰고 열로 백을 만든다.

"동방 낭자는 이 진 모를 너무 과대평가하는 것 같소."

"절대 그렇지 않다고 생각하는데요. 철검산장이 진 대협을 따라 움직이고, 대풍운보 역시 진 대협이 움직이는 데 따라 움직일 거예요. 게다가 위경리 노선배나 육 노선배의 힘도 결코 작은 게 아니죠. 어찌 보면 당금 천하를 움직이는 분 중 한 분이 진 대협이랄 수 있죠. 그래도 힘이 없다 하실 건가요?"

반박을 하려 해도 모두 있는 사실만을 이야기하니 반박할 말이 없다. 돌이켜 생각해 보니 그녀의 말이 틀린 게 없다. 어느새 강호에 나온 지 반년 만에 천하의 중심에 서 있는 것이다.

"그동안, 그나마 진 대협께서 천은산장의 발목을 잡아주셨기에 저희는 암류의 정체를 좀 더 많이 파악할 수 있었어요. 혈왕……. 그들은 자신들의 주인을 혈왕이라 하더군요. 피의 주재자, 피의 절대자, 혈왕. 그렇게 혈풍은 몰려오는데 아무도 나서질 않아요. 구대문파도, 오대세가도, 아무도……. 저 역시 그냥 있으려 했지만 수천, 수만이 흘리는 피가 강물이 되어 흐르는 게 눈앞에 보이는데 아무런 행동도 못 취하고 쳐다만 보고 있을 순 없잖아요? 그래서 사정을 했죠. 제발 도와달라고, 언제 저들이 도발할지 모르니 일어서야 한다고. 지금이 아니면 얼마나 더 많은 피가 흐를지 모른다고 말이죠. 하지만 돌아온 건 냉소뿐이었어요. 강호의 일을 여자인 네가 어찌 그리 알고 떠드냐고……. 그나마 당금 구대문파에게 구박받는 개방만이 몰래 저를 도와주고 있을 뿐이었죠. 그래서… 그래서 그들 공룡의 발에 상처를 내기로 작정했죠! 하다못해 성질이 나서라도 동굴을 박차고 나오라고 말이에요! 그래야 옷에 불을 붙여서라도 불이 뜨겁다는 걸 알려주든 말든 할 게 아니겠어요? 놈들이 얼마나 무서운지, 그대로 놔두면 어떻게 되는지 말이에요!!"

울먹이며 소리 지르는 동방설리의 눈에서 폭포수 같은 눈물이 하염없이 흘러내렸다. 잠시 시간이 지나자 마음이 진정되었는지 다시 말을 이었다.

"그런데 상처가 너무 크게 난 것 같아요. 하긴… 그 바람에 불이 뜨겁다는 것도 알게 됐으니, 화살 하나로 두 마리 토끼를 잡은 셈은 됐지만요."

말을 끝맺고 입을 다문 동방설리의 그렁그렁한 눈을 보던 진고영은 한숨이 가슴 깊은 곳에서 새어 나왔다.

"후우……. 너무, 너무 많은 사람이 죽었소. 사실 어느 정도는 짐작을 하고 있었지만 그리 깊은 것까진 알지를 못했소. 적을 끌어내기 위해서 스스로 몸을 드러내고, 우리와의 회동을 저들에게 흘렸다는 것도 짐작은 하고 있었소. 하지만 무림련의 상황이 그렇게까지 되어 있을 줄은 꿈에도 몰랐소. 하나, 어찌 되었든 동방 소저의 가슴속에선 어제의 일이 평생 회한으로 따라다닐지 모르겠소."

"벌써… 벌써 후회가 되는걸요. 괜한 고집으로 외숙도 저리되고, 못난 저를 지키기 위해 비객 숙부들도 죽고, 수많은 사람들도 죽고……. 차라리 산장을 나오지 말았어야 했을 것을……."

입술을 깨무는 동방설리의 군은 얼굴에 처연한 표정이 떠올랐다. 진고영은 딱히 할 말을 찾지 못하고 그녀를 쳐다만 보았다.

그렇게 얼마의 시간이 지났을까. 동방설리가 눈물을 훔치고 진고영을 향해 억지웃음을 지으며 입을 열었다.

"제가 너무 정신없이 떠들어댔네요. 죄송해요, 진 대협께서 말씀하신 강창선의 행방을 말씀드려야 하는데."

"찾으셨소?"

"네. 임수행이라는 분을 아시죠?"

"음……. 알고 있소."

"그분께 물어보시면 아마 강창선이 숨어 있는 장원을 알려줄 거예요."

진고영의 눈이 놀라움으로 굳어지고 어이없는 표정으로 입이 벌어졌다.

'임수행이 알고 있다고? 그럼 혹시 동정호에서의 그 일이…….'

그의 생각을 알 리 없는 동방설리가 미간을 찌푸리며 말을 이었다.

"그런데 한 가지 좀 마음에 걸리는 게 있어요."

"뭐가 말이오?"

"강창선을 추적하던 중 두 군데에서 강창선을 발견했어요. 결국은 천자산 쪽의 강창선을 진 대협께서 찾는 강창선으로 결론지었지만, 다른 한 곳의 강창선도 진짜 같아 보이거든요?"

"흠……. 그곳이 어디요?"

"강서성 안의에 있는 선의장이에요. 그곳 장주의 이름은 그냥 강선이지만 천자산의 강창선과 거의 같은 정보가 올라왔어요."

"그럼 천자산의 강창선을 진짜로 결론 내린 이유가 있을 것 같소만."

"안의의 강선은 사 년 전에 몸이 안 좋아 요양을 떠났는데, 요양 길에 죽었다는 서신이 얼마 전에 왔다고 해요. 죽은 게 확실한지는 알아내지 못했어요."

"음… 사 년 전이라……. 게다가 안의라면 남창과는 백 리 길."

잠시 생각에 빠졌던 진고영이 일어서며 동방설리를 향해 고개를 숙였다.

"애써주셔서 고맙소. 일단 몸이 빨리 낫기를 바라겠소."

"제 목숨을 두 번이나 구해주셨는데 별말씀을……. 과례세요."

몸을 돌려 밖으로 나가려던 진고영이 멈칫 걸음을 멈췄다.

"그리고 한 가지… 저는 결코 대협이 아닙니다. 그저 어머니의 한을 풀려는 평범한 아들일 뿐. 그러기에 천은산장에 칼을 겨눌 수 있었던 것일 뿐이오."

밖으로 나가는 진고영의 등을 바라보던 동방설리의 그렁그렁한 눈에 희미한 웃음이 피워 나왔다.

'그래서 당신이 대협이라는 거예요. 남들처럼 거창한 이유로 움직이지는 않지만, 어느 누구보다도 의를 위해 몸을 던질 줄 아는 사람이거든요.'

후원의 내실에 도착한 진고영은 조금 이상한 분위기에 고개가 갸웃거려졌다.

자신이 오기만을 기다리던 위경리도, 걸걸한 음성으로 껄껄거리며 자신의 활약을 주절거리던 육정기도, 항상 무게를 잃지 않고 뻣뻣한 자세로 앉아 있던 백리웅천까지 모두의 얼굴에 피곤함과 걱정스런 기색이 완연하다.

하긴 앞으로의 행보가 걱정스럽기도 하겠지. 공연히 일행이 되어 다녔나 보다, 저리도 힘들어하는 것을…….

우형욱을 쳐다보자 그는 사마정을 쳐다봤다. 그러자 사마정의 입에서 걱정스런 목소리가 흘러나온다.

"진 대형, 우리 언제 떠납니까?"

조금 힘이 없는, 거기다 내용도 상황과 안 맞는 질문이었다.

"일단 동방 소저가 깨어났고, 강창선에 대한 정보도 들었으니 곧 떠나야지요. 다만 동방 소저가 아직 기운이 없어 깊은 이야기를 못 나눴으니 오후쯤에 한 번 더 만나고 내일 아침 떠나는 게 어떨까 합니다."

"아! 그럼 오늘만 넘기면 되겠군요!"

우형욱이 옆에 있다 큰 소리로 말하자 모두의 얼굴에 화색이 돌았다. 대체 뭔 일이 있었기에…….

하지만 진고영의 의문은 그리 오래가지 않아도 되었다.

"어머? 진 공자, 여기 계셨군요!"

아름다운 옥음과 함께 언젠가 들어봤던 목소리가 들린 것이다. 화사한 얼굴의 사마련이었다.

"오셨다는 말은 들었습니다만 미처 찾아가 보지를 못했습니다. 오랜만입니다, 사마 소저."

"네, 오랜만이네요. 그간 많이 바쁘셨다고 들었는데, 몸은 괜찮으세요?"

"덕분에. 한데 험한 강호에는 어쩐 일로? 집에서 걱정을 많이 하신다는 말을 들었습니다만……."

"그건요…… 어머! 오라버니!!"

사마련이 말을 하다 말고 사마정을 보고 소리치자 진고영은 사마정 쪽을 돌아다봤다.

그러자 사마정의 안색이 해쓱하게 변하는 게 눈에 들어온다. 진고영이 돌아선 사이 사마련의 살기 어린 눈빛이 사마정의 눈에 꽂혀 버린 것이다.

"사마 형, 어디 몸이 안 좋습니까? 음… 그럼 내일 떠나는 걸 미루고……."

"안 돼!!"

느닷없는 사마정의 외침에 모두들 고개를 끄덕이며 한 소리씩 거들었다.

"그럼 어차피 내일 떠나기로 했으면 떠나야지!"

"맞아요. 남자가 칼을 뽑았으면 짚단이라도 잘라야지요!"

"음……. 내일 날이 좋을 것 같으니 떠나는 게 나을 것 같군. 험험."

위경리까지 그리 말하자 의아한 진고영은 고개를 끄덕였다.

"사마 형이 그리 불편하지 않다면야……."

고개를 끄덕이며 돌아서자 빙긋 웃는 사마련이 보인다. 참으로 밝은 소녀다.

"저… 내일 가시면, 저도 따라가면 안 될까요?"

"그건 안 됩니다. 생사를 가늠할 수 없는 곳에 어찌 연약한 소저를 데려간단 말입니까. 설령 사마 형이 허락한다 해도 그것만은 안 됩니다, 소저."

고개를 푹 숙인 사마련이 반쯤 울먹이는 소리로 말하며 진고영을 쳐다봤다.

"따라다니려고 나왔는데, 진 공자만 허락하시면 되는데……."

"후우……. 소저, 이틀 전 우리가 본 것이 무엇인 줄 아십니까? 질펀한 핏물, 널브러진 시신, 그야말로 목불인견의 참상이었습니다. 우리가 가려는 길이 바로 그러한 길입니다. 그런데 저희더러 연약한 소저와 동행하라는 것은 죄를 지으라는 것과 같습니다. 무슨 말인지 영민한 소저가 못 알아들으실 리는 없을 거라 생각합니다."

"죄송해요. 공연한 부탁을 드려서……. 흑흑."

눈물을 뚝뚝 흘리던 사마련이 뒤돌아서 달려가자 진고영의 입가에 씁쓸한 웃음이 걸렸다.

'어차피 안 되는 것은 안 되는 거요, 소저.'

고개를 흔들며 돌아서자 모두의 시선이 자신을 향해 있다. 놀라움을 담고 바라보는 시선에는 어딘지 모르게 대단하다는 눈빛도 들어 있었다.

"한데, 대체 무슨 일이 있었기에 그리 어두운 표정들이십니까?"

하지만 아무도 진고영의 물음에 대답해 주는 사람이 없다. 단지,

"연약하단다, 저 작은 악마가."

"저도 들었어요. 그것도 두 번이나."

"진 대형이 저리 말을 잘하다니."

"그러게요. 천하제일쑥맥인 줄 알았는데."

"저는 련아가 우는 걸 저 애 태어날 때 빼놓고 처음 봤습니다."

쑥덕쑥덕, 궁시렁궁시렁.

진고영이 이마를 찌푸리며 자리에 앉자, 우형욱이 조심스럽게 밖을 보더니 아무도 없는 것을 확인하고는 진고영이 자리를 비운 사이에 있었던 이야기를 해줬다.

진고영이 동방설리를 찾아가고 나서 사마련이 오라버니인 사마정을 찾아왔다. 한참 서문설영에게 시달리고 있던 사람들은 그나마 사마련이 찾아오자 이제는 살았다 생각했다. 전날 서문설영 자신이 사마련을 책임진다 했으니, 잘하면 서문설영이 사마련을 데리고 나갈 걸로 생각

한 것이다. 그런데 웬걸. 사마련은 진고영을 찾으며 자리에 앉았고, 그 때부터 여섯 사람에게는 무차별적인 질문이 쏟아졌다.

무슨 일이 있었냐부터 진고영이 요즘 어떤 옷을 입고 다니느냐, 지금도 칙칙한 청회색 장삼을 입고 다니느냐, 어쩜 그렇게 외모에 신경을 안 써주냐, 그래서 밥이나 제대로 먹고 다녔겠냐 등등 그야말로 쉬지도 않고 재잘대는 데는 천하의 고수들도 두 손 두 발 다 들 수밖에 없었다.

답을 하기도 전에 쏟아내는 질문에 진이 빠질 때쯤, 마침내 서문설영의 연수합공이 시작했다.

"호호호! 동생은 정말 아름다워! 어쩜 이렇게 예쁠까? 어머, 위 노선배님! 설마 사마 동생이 미워서 나가는 건 아니겠죠?"

"응? 그럴 리가! 그냥 다리가 아파서 잠깐 일어났을 뿐이야!"

"호호호! 사마 공자님이 칭찬하더니만 진짜 예쁘네. 아마 이분들도 사마 동생처럼 예쁜 아가씨는 처음 봤을 거야. 그렇죠, 백리 공자님?"

"어머, 고마워요! 그런데 언니도 정말 아름다우셔요! 어쩜 이렇게 피부가 고와요?"

재잘재잘……. 호호호……. 주절주절……. 깔깔깔…….

"진 대형이 오기 조금 전까지 뒷간도 못 가고 이렇게……."

우형욱의 뒷말이 흐려지자 진고영은 등으로 식은땀이 흐르는 걸 느낄 수 있었다. 그 밝고 예쁜 여인의 뒤에 그런 무서움이 숨어 있다니, 참으로 여인이 정복자의 위에 군림한다는 옛말이 하나도 틀리지 않은 것 같구나.

"음… 그냥 오늘 밤에 출발할까요?"

진고영의 말에 모두가 비장한 표정으로 고개를 힘차게 끄덕였다. 두 절색 마녀라면 밤이라고 조용하란 법이 없는 것이다.

그렇게 탈출(?)의 시간을 정하고 강창선에 대한 일을 이야기하자 사람들의 얼굴이 밝아졌다. 이제야 한 가지 실마리를 잡은 것이다.

일단 비검단은 날이 밝는 대로 무창 지부로 출발시키기로 했다. 물론 사마련을 서문설영에게 단단히 묶어놓아야 하는 것은 당연지사였고, 고양이 목에 방울은 사마정이 달기로 했다.

그리고 미시 말쯤, 첩검단으로부터 백리웅천에게 서신이 전해졌다.

"풍이로부터의 전언입니다. 아버님께서 잠풍단을 무창으로 보내셨다 합니다. 풍영 다섯까지 보내셨으니 진 공자를 도와 진실이 밝혀질 때까지 집에 들어올 생각을 말라 하십니다."

"호오! 마침내 백리단황도 움직이겠다는 거군. 그런데 어째 자네 표정은 하나도 걱정되는 얼굴이 아니군. 집에 들어가기 싫은 얼굴 같은데?"

"그럴 리가요? 단지… 위 노선배님 같은 분을 따라다니면서 좀 더 많은 것을 배우고 싶을 뿐이죠."

백리웅천이 정색을 하고 말하지만 사람들의 표정은 '그게 아닌데?' 하는 표정이었다. 당연히 그게 아니었지만.

머리를 맞대고 내일을 위한 계획을 짜는 얼굴에 생기가 도는 것을 보면 어쩔 수 없는 강호 무인들이었다. 그런데 또 다른 서신을 펴보던 사마정이 다시 얼굴을 찌푸렸다.

"북상을 하고 있는 수상한 자를 발견했다 합니다. 한데… 그들이 우리 일행에 대해 탐문을 하고 있다고 합니다. 노인 한 명과 네 명의 철립인이라는데, 처음 발견 지점이 무창의 사산포구라고 합니다. 운룡상선에서 하선을 한 걸로 조사가 됐습니다. 음……. 아무래도 천은산장의 사람들 같습니다. 내일쯤 수주에 들어설 것 같답니다."

사마정의 말에 장내가 조용해졌다. 또 천은산장이다. 장무담이 쓰러졌다고 완전히 움직임을 멈출 거란 생각은 안 했었다.

한데, 단 다섯 명? 그렇다면 그만큼 고수라는 말이다. 최소한 장무담 이상의 전력. 과연 누가 있어 장무담 이상 가는 전력을 소수로 꾸밀 수 있단 말인가.

참으로 그 끝을 알 수 없는 천은산장의 힘이 절로 느껴진다.

"무서울 게 뭐 있겠나! 나는 그들이 역수양과 혈사령보다 강하다고는 생각되지 않는다!"

벌떡 일어나 말하는 위경리의 자신감 넘치는 말에 모두가 고개를 힘차게 끄덕거리고,

"어차피 부딪쳐야 한다면 피할 필요는 없지요."

진고영의 무거운 한마디에 그 일은 더 이상의 논의 대상도 되지 못했다.

신시가 지날 무렵, 동방설리를 만나러 가려 할 때 황보명이 깨어났다는 연락이 왔다. 너무 많은 사람이 가는 건 환자에게 좋지 않다는 생각에 인연이 있던 위경리와 진고영, 우형욱만이 찾아갔다.

창백한 안색의 얼굴엔 웃음이 떠올라 있었다. 그게 더 사람들의 마음을 안타깝게 했다. 아마도 조카인 동방설리가 살았다는 것이 자신이 무공을 잃은 것보다 더 마음이 놓인 듯했기 때문일 것이다.

"고맙소, 진 공자……. 이 은혜 잊지 않을 거요."

"천만에 말씀입니다. 저 아닌 누구라도 그리했을 것입니다."

"으음……. 위 선배님, 언제고 저희 집에 오시면 제가 거나하게 대접해 드리지요."

"큼! 말만 들어도 기분이 좋구면. 그나저나 노랭이한테 한 소리 듣게 생겼구면. 자네 이리된 게 다 내 탓이라고 우길 텐데."

"황보 대협, 빨리 낫길 바라겠습니다. 그래야 제가 술이라도 한잔 거하게 사지요."

"고맙네. 우 소협 자네도 원하는 만큼 강해지기를 바라겠네."

빙그레 웃음 짓는 모습이 편안해 보인다. 무인이 무공을 잃은 것은 죽음보다 더한 아픔이거늘, 무엇이 그로 하여금 웃음 지을 수 있는 힘을 주었을까.

"수향이 죽었을 때 무림이 지겨워지기 시작했습니다. 호승심도 점점 사라져 가고……. 그래서 떠날까 했었지요. 그런데 또 설리의 일이 생겨 버린 겁니다. 흐음… 비록 다치기는 했지만 설리도 살았고, 저도 이제는 마음대로 떠날 수 있게 되었는데 안타까울 게 무에 있겠습니까."

그래서였던가. 손에서 놓을 생각을 했기에 저리도 편안해 보였던가. 진고영은 두 손을 맞잡고 조용히 포권을 취해 예를 갖췄다.

"황보 대협의 빠른 완쾌를 바라겠습니다."

"고맙소, 진 공자."

"큼! 에잉……."

위경리가 습기 찬 눈을 감추려 콧소리와 함께 고개를 돌려 버렸지만, 황보명은 왜 그런지 안다는 듯 조용히 웃음만 지었다.

두 사람이 그렇게 황보명에 대해 안타까워할 때, 동방설리가 부르는 소리가 들려왔다.

"진 대협, 잠깐 이야기 좀 했으면 하는데요."

그 말을 들은 위경리가 눈을 치켜떴다.

"이……."

"노형님……."

동방설리에게 한 소리 하려는 위경리의 어깨를 잡아 말린 진고영이 고갯짓을 하자, 위경리는 한숨을 쉬며 나가지 않으려 버티는 우형욱의 귀를 잡아끌고 나가 버렸다.

"아우가 듣고 와서 알려주게."

휘장을 걷고 들어가자 그녀는 오전보다 좀 나아진 듯 침상에 등을 기대고 앉아 있었다.

앞에 있는 의자에 앉자 동방설리가 진고영을 똑바로 쳐다보며 입을 열었다.

"이렇게 오시라 해서 죄송합니다."

"아니오. 어차피 떠나기 전에 한 번 더 찾아뵈려 했었소."

"다름이 아니라 염치없지만 부탁이 있기 때문이에요."

"말씀하시오."

"강창선을 만나고 나면 천은산장을 찾아가실 건가요?"

"천은산장을 가긴 해야 하지만, 강창선을 만나고 나야 어찌 될지 확신할 수가 있을 것 같소."

"터놓고 말씀드리지요. 아마 앞으로 무림련은 혈왕의 세력과 자주 부딪치게 될 거예요. 거룡이 산을 박차고 나오면 아직 완전한 힘을 갖추지 못한 혈왕의 세력을 감당하는 데 그리 어려움은 없을 거라 생각하고 있어요. 다만… 천은산장이 움직이지 않는다는 가정 하에서 그렇다는 거예요. 해서 부탁을 드리는 거랍니다. 천은산장의 발목을 잡아 주세요, 혈왕이 무너질 때까지만."

"혈왕이 오래전 사라졌던 혈왕궁의 궁주라는 걸 알고 있소?'

"최근에 와서야 겨우……. 전부터 어쩌면 그럴지 모르겠다 생각은 하고 있었지요. 그래서 진 대협께 부탁을 드리는 것이구요."

절실한 표정으로 진고영을 바라보는 동방설리의 눈에선 간절한 빛이 흐르고 있었다.

천은산장을 상대하는 것은 당연히 자신이 가야 할 길. 굳이 승낙을 못할 바는 아니었지만, 어쩐지 마음 한 구석이 아려왔다.

"혈왕을 제거하는 데 보탬이 될 일은 당연히 도울 것이오. 하면 나머지는 어찌할 것이오. 비등하던 힘의 균형이 무너지면 많은 사람이 죽어갈 것이오."

"어쩔 수 없어요, 더 많은 선량한 사람을 살리기 위해서는."

이전의 대답과 그리 차이가 나지 않는다. 어쩌면 마도십문까지 쓸어 버릴 수도 있다는 말. 강호를 흘러가는 피의 강이 보이는 듯하다.

"그들 대부분은 그들 나름대로의 삶이 있는 사람들이오."

"그들로 인해 선량한 사람들이 죽어나가고 있고, 앞으로도 그럴 거예요."

동방설리의 눈이 되찾은 자신의 신념으로 빛을 발한다.

"그들 중 진정한 악인만을 가려낼 수 있는 능력이 소저나 무림련에는 있다고 생각하오만."

"하지만 그사이 죽어갈 사람들은 누가 책임지나요?'

입술을 지그시 깨무는 그녀의 눈에선 굳은 결의가 차 오르고,

"후우……. 나는 강호의 정의(正義)에 대해선 잘 모르오. 하나, 피로

써 일어난 정의는 결국 많은 부작용을 초래할 것이오."

"정의를 제대로 세우기 위해선 많은 피가 흐를 수밖에 없어요. 저도 그 점은 안타깝게 생각해요."

왠지 차갑게까지 느껴지는 음성은 이미 그녀의 마음을 돌이키기에는 늦었다는 것을 말해 주는 듯했다.

오전의 후회한다는 말을 할 때와는 또 다른 모습에 진고영은 누군가의 진심을 안다는 것이 얼마나 부질없는 짓인가, 하는 생각이 들었다.

"세상 사람들은 모두가 제각자의 삶을 살고 있다 생각하오. 그중에는 자신도 모르게 악이라 불리는 자도 있고, 자신이 자청해서 악을 행하는 자도 있소. 그 둘은 엄연히 다르다 생각하오. 악하다 해서 모두 죽여야 한다면 그것은 너무 비정한 세상이 아니겠소?"

자신의 뜻을 굽히지 않겠다는 동방설리의 모습에 진고영은 깊은 눈으로 그녀의 눈을 마주 보았다.

"좋소. 어차피 천은산장의 일은 내 일이니 피해갈 생각은 없소. 또한 혈왕의 일도 강창선이 그들과 연관되어 있으니, 아마도 일말의 도움을 줄 일도 있을 것이오. 하나, 절대선이라는 것은 없다는 것을 소저도 잘 알 것이오. 선만이 존재하는 세상은, 흔히 자신들이 행하는 악이 악이라는 것을 모르고 자신들이 행하는 것은 모두 선이라 생각하는, 극단의 이기심에 빠지는 우를 범한다 배웠소. 소저의 혜지라면 충분히 그러한 점을 간과하지 않으리라 생각하오."

낮으면서도 또렷한 목소리로 말을 맺고 진고영은 의자에서 일어났다.

"저도 그 점은 알고 있어요. 하지만 최선을 다하지도 않고 그만둘 수는 없잖아요?"

"오전에도 말했지만, 나는 대협이 아니라서 무엇이 정의고 무엇이 협의인지 정확히 모르는 어리석은 사람이오. 다만 남에게 해를 끼치지 않고 내 자신에 충실히 살아가고 싶다는, 극히 평범한 생각을 가지고 있는 사람일 뿐이라오. 지금 내가 충실해야 할 일은 어머니의 피눈물에 대한 대가를 받아내는 것이오. 소저의 건강이 빨리 완치되길 빌겠소. 그럼."

깊숙이 포권을 취하고 나가는 진고영의 등을 바라보는 동방설리의 눈이 격하게 흔들리고, 금방이라도 와르르 쏟아질 것 같은 눈물이 눈에 가득 찼다.

'그런가요? 결국 이렇게 되는 건가요? 하지만 저는 아직도 제 생각이 틀렸다고는 생각하지 않아요. 어쩔 수 없는 거겠지요. 당신이 당신의 길을 간다면 저도 저의 길을 가겠어요. 안녕히⋯⋯.'

저녁 식사를 마친 진고영이 떠나겠다는 말을 하자 이호당이 펄쩍 뛰었다. 자신이 뭘 잘못했기에 야밤에 떠나려 하냐는 것이었다.

그러자 위경리가 굳은 얼굴로 나섰다.

"음. 이런 말은 않고 떠나려 했는데, 지금 천은산장에서 절정의 고수들이 우리를 찾아 이리로 올라오고 있네. 내일 아침까지 있다 보면 그들이 이곳으로 올 거야. 해서 우리들이 먼저 그들을 맞이하러 가려 하는 것이네. 설마 자네는 자네의 장원이 싸움으로 모조리 부서지는 걸 원하는 건 아니겠지?"

"그, 그, 그거야⋯⋯. 하지만 설한보도 그리 약하지 않소이다."

"도제 장무담보다 더 강한 놈들이 오는데도?"

"헉!! 도, 도제 장무담이라구요? 아니, 도제보다 더 강한 자가 있단 말입니까?"

"당연히 있지! 여기도 있잖아! 어쨌든 그런 이유로 떠나려 하는 거니까 잡지 않았으면 하네. 뭐, 자네 집이 초토화돼도 상관없다면 어쩔 수 없지만서도."

"그, 그럼 언제 가시려고⋯⋯."

"저녁도 먹었겠다, 대충 준비가 끝나면 떠날 거네."

"음. 정히 그러시다면 준비를 하라 하겠습니다."

집만이 아니라 사람도 많이 죽어나갈 것이다. 게다가 밖에서 싸워도 되는데 굳이 집 안까지 끌어들일 필요는 없을 터. 이호당은 어쩔 수 없었다는 자기 합리화로 미안한 마음을 달랬다.

가만! 그런데⋯ 여기에도 도제보다 강한 사람이 있다고?

"그런데 위 선배, 아까 도제보다 강한 사람이 여기에도 있다고 했는데, 설마 위 선배를 말하는 건⋯⋯."

"허! 거참! 아직도 몰랐나? 여기 있잖아, 장무담의 무공을 폐지시킨 사람!"

위경리가 가리키는 진고영을 바라보던 이호당의 눈이 휘둥그레졌다. 그럼 여태 모두가 진가 청년을 중심으로 움직이는 것처럼 보였던 게 그래서였나? 그런데 헉! 뭐라? 장무담이 무공을 잃었다고?

거기다 이어지는 육정기의 말에 이호당은 할 말을 잃었다.

"거 왜 천양신마 상관욱 박살 낸 거하고 빙혼마령수 역수양 죽인 건 이야기 안 합니까?"

"그거야⋯⋯ 안 물어봤잖아!"

잠시 후, 넋이 반쯤 빠져 건성으로 답하는 이호당에게 식사가 맛있었다는 인사를 하고 모두들 내전을 나가자, 그제야 이호당은 정신을 차릴 수 있었다.

'후……. 하마터면 속을 뻔했네. 한 사람만 이겼다고 했으면 영락없이 진짠 줄 알았을 거 아냐? 참나, 노친네가 장난은…….'

孤影　第五章

1

　세상이 어둠의 장막으로 뒤덮이고 동쪽 이름 모를 산 위로 찌그러진 달이 모습을 드러낼 때, 여덟 인영이 설한보에서 십여 리 떨어진 고갯길을 넘어가고 있었다.

　"음하하하!! 역시 강호의 호한들은 찬바람을 맞으며 다녀야 사는 맛이 난단 말이야. 어이, 거기 임가야! 그런데 너 진짜 무림련에서 나와도 괜찮은 거냐?"

　육정기가 호탕하게 웃으며 묻는 질문에 뒤에서 졸졸 따라오던 임수행이 힘차게 고개를 끄덕였다.

　"이미 부군사께도 말씀드렸습니다. 이번 일 끝나고 나면 마음대로 하라고 허락이 떨어졌으니 나온다는 거 아닙니까."

　"흠! 우가야, 너 졸병 생겨서 좋겠다! 위 형님 심부름을 하느라고 그동안 고생 많았는데."

"우하하! 그렇다고 제가 어찌 임. 아.우.에게만 일을 떠맡길 수 있겠습니까. 안 그래, 임. 아.우.?"

"제가 열심히 해야죠, 우. 형.님."

"우하하. 그래도 내가 많이 도와줄 테니 걱정 말라구."

장단이 딱딱 맞아떨어지는 두 사람을 사람들은 어이가 없다는 듯 멍하니 바라만 보고,

"진짜 할 말 없다."

힘없이 내뱉는 위경리의 한마디가 모든 사람의 심정을 대변했다.

고개를 넘어 이십여 리를 더 걸어가자 싸늘하던 바람이 더욱더 차갑게 느껴지기 시작했다.

움찔, 몸을 한 번 떤 위경리가 사마정에게 물었다.

"너는 여기 몇 번 와봤다면서. 혹시 쉬어갈 만한 데 없을까? 이렇게 밤새워 걸을 수는 없잖아."

"조금만 더 가면 사당이 하나 있을 겁니다. 전에 봤을 때 조금 부서진 듯 보였지만 하룻밤 지내기는 괜찮을 겁니다."

사마정의 말대로 오 리 정도를 더 가자, 사당이 눈에 들어왔다. 한쪽이 무너지고 낡긴 했지만, 그럭저럭 하룻밤 머물기엔 무리가 없을 듯싶었다. 일단 정리를 하고 모닥불을 피울 나뭇가지들을 모았다.

활활 타오르는 모닥불 주위로 사람들이 각자 자리를 잡고 나름대로의 방법으로 휴식에 들어가자, 임수행은 모닥불을 뒤척이며 상념에 빠졌다.

'이게 잘한 일인지는 모르겠지만 후회는 하지 않을 거다. 어차피 밀영각의 일이 나에게 맞지도 않았고, 속가제자라는 이유로 본산제자와 차별받으며 사는 것도 마음에 들지 않았으니, 이제부턴 내 나름대로의

삶을 새로 시작하는 거다. 그래, 임수행! 힘내자구!'

입을 굳게 다물고 깊은 생각에 잠겨 있는 임수행을 보고 있던 진고영의 입가에 잔잔한 미소가 어렸다.

보면 볼수록 우형욱과 비슷한 성격이다. 그래서인지 만나자마자 형님 아우 하는 것이, 마치 십 년은 사귄 의형제 같다. 문득 그가 임씨 성을 쓴다는 게 떠올랐다. 어머니와 같은 임씨 성을……

고개를 돌리자 반쯤 부서진 사당의 창문 사이로 초승달도 아니고 상현달도 아닌, 일그러진 달이 주위의 수많은 별들을 몰아내고 환하게 떠오르고 있었다. 그리고 그 위에 슬픔에 잠긴 어머니의 모습이 겹쳐 보였다.

과풍곡에서 어머니의 일갈이면 거친 사냥꾼들도 꼼짝을 못했었다. 물론 거기에는 촌장 집 앞마당의 아버지가 일검에 갈라 버렸다는 쫙 벌어진 고목도 한몫을 했지만. 어느 날인가, 떠돌이 사냥꾼이 마을에 들러 행패를 부리다가 어머니의 가죽 손질하는 소도에 어깨가 꿰뚫리고 도망을 간 이후, 마을의 장정 어느 누구도 어머니에게 함부로 할 간담을 지닌 자가 없었던 것이다.

어머니를 생각하니 아버지의 얼굴이 가물가물하니 떠오를 듯 말 듯 한다. 그냥 같이 살았으면 좋았을 것을. 남자는 뒤끝을 남겨놓고 사는 게 아니라며 끝내 철검산장을 찾아가는 바람에 돌아가셨다고 하셨다. 그런데 이제는 얼굴도 생각나지 않으려 한다. 잊으면 안 되는데……

휘이잉!

밖에선 제법 바람이 세게 부는 모양이다. 지붕 위의 마른 잡풀을 스치고 지나가는 소리가 귓전을 울린다. 사당에서 쉬어가기로 한 것이 다행이라는 생각이 들었다.

모닥불에 나뭇가지를 집어넣자 불티가 춤추는 불꽃을 더욱 화려하게 수놓는다.

한순간 자신을 태우며 화려한 비상을 하는 불꽃이 마치 진고영 자신의 자화상을 보는 것만 같다.

대하면 대할수록 천은산장이라는 거대한 힘에 대항하는 자신이 무모하게까지 느껴지는 것이다. 다행히 주위의 많은 사람들이 각자의 이익을 위해서든, 정의 구현이라는 거창한 이유를 붙여서든 도와주겠다 하니 어쩌면 불꽃 신세는 면할지도…….

아무리 먼 길도 한 걸음부터라는 사부님의 말이 생각난다. 그렇다. 선불 맞은 멧돼지처럼 급할 필요는 없다. 해결이 어려워 보이는 것도 사소한 것, 아무도 눈여겨보지 않은 것에서 풀리는 경우가 대부분이라 했다. 일단은 강창선을 만나자. 어쩌면 그로부터 어떤 실마리가 풀릴지도 모르는 일이지 않은가. 천은산장에게서 정파라는, 민심이라는 철벽같은 울타리를 걷어낼 실마리가 말이다.

천자산까지 가려면 족히 열흘은 걸릴 것이다. 가기 전에 일행을 쫓는 자들을 처리해야 한다.

그것은 자신을 도와주는 사람들에게 자신이 해줄 수 있는 최소한의 보답인 것이다. 그들이 설한보까지 찾아간다면 분명 많은 사람이 다칠 터. 그전에 처리해야 한다. 길이 어긋나지 않는다면 내일 아침쯤 만날지 모른다 했던가?

고요히 앉아서 타오르는 모닥불을 바라보며 상념의 고리를 끊어가고 있을 때였다.

무언가 끈적끈적한 기운이 다가오는 듯하다.

처음에는 미미하게, 조금 있으니 확실하게 느껴진다. 정확히 무어라 말할 수는 없지만, 그리 기분 좋은 기운은 아니다.

눈을 반개한 채 잠시 그렇게 앉아 있던 진고영은 결국 몸을 일으켜야만 했다. 아무래도 확인을 해야겠다는 생각이 든 것이다.

진고영이 몸을 일으키자 임수행이 고개를 들어 쳐다본다.

"진 공자, 무슨 일로……?"

"음… 잠시 확인할 것이 있소. 쉬고 계시되 긴장을 풀지는 마시오."

"예? 예, 알겠습니다."

임수행에게 주의를 준 진고영이 막 밖으로 나가려 할 때였다. 위경리가 부스스 일어나며 진고영을 쳐다보았다.

"아우, 무슨 일인가?"

"조금 이상한 기운이 느껴져서 확인해 보려 합니다."

"응? 이상한 기운? 같이 가보세."

진고영이 이상하다면 이상한 것이다. 위경리는 진고영이 특별한 기운에 대해 느낄 수 있다는 것을 들은 적이 있기에 그의 말을 허투루 생각할 수가 없었다.

벌떡 일어나는 위경리를 보며 자신이 성급했나 하는 생각도 하였지만 갈수록 심상치 않게 강렬해져 가는 기운의 세기(勢氣)에 더는 말릴 수가 없었다.

두 사람이 막 사당 문을 나가려 할 때였다.

어스름한 달빛 나무 그늘 아래 오십여 장 저 앞쪽에서 다가오는 자들이 보인다. 한 명의 보통 체격의 사람, 그리고 네 명의 철립인. 끈적끈적한 기운은 그들이 다가오면서 더욱 거세게 느껴진다. 진고영의 두 주먹이 움켜쥐어지고, 두 눈에 기광이 스쳤다.

"노형님, 모두에게 알리십시오. 아무래도 우리들이 찾으려던 자들 같습니다."

진고영의 전음에 위경리는 사람들에게 알리기 위해서 재빨리 사당 안으로 들어갔다.

다가오던 자들이 멈칫하더니 다시 걸음을 옮겨 다가온다. 하지만 조금 전과는 다른 운신을 하고 있다.

단순히 길을 걷던 걸음이, 외나무다리를 건너는 걸음처럼 신중하게 바뀐 것이다. 예사 고수들이 아니다. 저 멀리서 이쪽의 힘을 어느 정도 느꼈다는 것은 저들의 능력이 그만큼 뛰어나다는 것을 말해 준다.

그야말로 얼굴에 온통 주름만이 존재하는 노인의 눈에 호기심이 떠올랐다.

밤새워 걸을 마음은 없었기에, 환하게 모닥불을 밝힌 듯한 사당이 보여 잠시 쉬어갈까 하고 별다른 생각없이 걷고 있었다. 그런데 사당에서 누군가가 나오는 것이 보였다. 그러려니 하고 다가가는데, 삼십여 장의 거리까지 좁혀지자 어깨를 짓누르는 듯한 알 수 없는 기운이 느껴진 것이다. 뒤를 따르는 아이들도 무언가를 느꼈는지 주춤거린다.

안력을 돋우어 사당 앞에 서 있는 놈을 세밀히 살펴봤다.

젊어 보이는 놈은 키가 다른 사람보다 능히 한 뼘은 커 보인다. 게다가 옆구리에 뭉툭한 곤을 끼워 차고 오연히 서 있는 자세는 마치 천왕상이 사당 문을 가로막고 서 있는 것만 같다. 어디선가 많이 들어본 모습이다.

'아!! 설마 사마 애송이가 말하던 그놈?'

오랫동안 잊고 있었던 무언가가 가슴속에서 끓어오르고, 노인의 주름진 입술이 위로 말려 올라갔다.

'끌끌끌……. 이런 기분, 정말 오랜만이야.'

노인이 소리없이 기묘한 웃음을 지으며 다가오자, 진고영은 뒷짐 진 손을 풀었다.

십 장 거리에서 멈춰 선 노인이 푸르스름한 빛을 발하는 눈으로 진고영을 응시하며 쇠를 긁는 듯한 목소리로 입을 열었다.

"끌끌끌, 설한보까지 가야 만날 줄 알았더니 여기서 보는구나. 네가 진고영이란 아이더냐?"

"소생이 진 모입니다만, 어찌 아셨습니까?"

"ㄲㄲㄲㄲ. 낯짝만 허여멀건 한 놈이 어쩌나 자세히 설명했는지 보자 마자 알겠구나."

노인의 목소리가 귀를 거슬리게 했지만 진고영의 무저갱처럼 깊어진 두 눈은 조금의 동요도 없었다. 그것은 눈앞의 상대가 그만큼 상대하기 어려운 사람이란 걸 말해 주는 거와 다름이 아니었다.

노인의 눈에서 번뜩이는 푸르스름한 눈빛, 아마 귀신의 눈빛을 표현하라면 노인의 눈빛을 설명하면 될 듯싶을 정도였다. 귀기였다. 진고영이 느꼈던 끈적끈적한 기운의 정체, 그것은 귀기였던 것이다.

귀기만으로 사람의 심장을 오그라뜨릴 수 있는 고수. 그러한 고수가 바로 눈앞의 노인이었으니, 천하의 진고영이라 해도 긴장을 안 할 수가 없는 것이다. 그때였다.

진고영의 짐작을 확인이라도 하듯 놀란 목소리가 뒤에서 들렸다. 위경리의 그 어느 때보다도 떨리는 소리였다.

"혁!! 다, 다, 당신은… 귀왕(鬼王)!!"

오오오! 맙소사!!

세상에……. 귀왕이라니!!

사당 안에서 나오던 사람들이 제자리에 우뚝 서버렸다. 경악으로 발이 굳어버린 것이다.

전대의 오왕 중 그 정체가 드러나지 않아 가장 신비에 싸여 있으며, 상대한 자는 혼이 빠진 채 모두 죽어버려 가장 잔인하다고 알려진 귀왕이 일그러진 달밤에 어둠의 장막을 젖히고 자신들의 앞에 나타난 것이니 어찌 소름이 돋지 않을 것인가!

귀왕과 눈이 마주친 진고영의 두 눈 깊은 곳에서 자신도 모르게 은은한 금광이 새어 나왔다. 놀랍게도 수천제마력이 귀기에 스스로 반응하고 있는 것이다.

"참으로 경악하지 않을 수가 없습니다. 귀왕 노선배가 천은산장의 이름으로 나타날 줄이야……."

"아니야, 아니야. 클클클, 놀란 건 나지. 본래 장무담의 도가 꺾여버렸다는 것을 나는 믿지 않았었다네. 이 늙은이는 말이야, 장가 놈이 도를 스스로 꺾었다 생각했거든. 한데 자네를 보니 이해가 가……."

흐릿하게 말을 끌며 귀왕 순우곤은 사위를 쓸어봤다. 그의 눈길이 스치자 위경리는 온몸이 부르르 떨렸다. 마치 머리 속 깊은 곳을 헤집는 것 같은 눈길은 장절이라 불리는 그도 견디기가 힘들었던 것이다. 하물며 다른 사람들이야.

"나를 알아보다니……. 클! 껍질 속에 세월이 담긴 놈이로구나."

귀왕 순우곤이 자신의 실제 나이가 많다는 것을 알아보자 위경리의 어깨가 흠칫 떨렸다.

지금껏 보는 것만으로는 아무도 보지 못했던 자신의 내면을 귀왕은 단번에 알아본 것이다. 진정 귀왕은 사람이 아니라 귀신이란 말인가?

사부인 고계의 뒤를 졸졸 따라다니던 시절, 위경리는 귀왕의 모습을 멀리서 본 적이 있었다.

귀신같은 새파란 안광, 미쳐서 죽어가는 사람들의 머리를 부수며 낄낄거리던 주름진 얼굴.

사부와 함께 숨을 죽이고 숨어서 몰래 지켜보다 사위를 쓸어보는 귀기 서린 안광에 얼마나 놀랐던가. 그런데… 그 악마가 자신의 내부를 마치 들여다본 듯 말하자 스멀스멀 공포가 등을 타고 기어올라 왔다.

위경리를 쳐다보던 귀왕의 푸르스름한 귀기를 머금은 눈이 다시 진고영의 심해처럼 깊은 눈과 마주쳤다.

"좋은 눈이야, 욕심이 날 정도로……. 진조현이 손자 하나는 잘 뒀군. 하지만 말이야, 하필 적을 삼을 자가 없어서 혁련유천을 적으로 삼나 그래."

안됐다는 듯한 귀왕의 말에 진고영이 고개를 가로젓는다.

"노선배께선 뭘 잘못 아신 것 같습니다. 적을 잘못 고른 사람은 내가 아니라 혁련유천이 될 겁니다. 그는 나를 건드렸다는 것을 후회하게 될 겁니다. 내가 그리 만들 겁니다."

떠오르던 달조차 가라앉을 것 같은 낮고 무거운 말에 귀왕의 말려 올라갔던 입술이 처음으로 굳어졌다.

"그가 하늘을 쥐고 흔든다면, 나는 그의 손을 잘라 버릴 것이오. 그가 천하를 발 아래 둘 힘이 있다면, 나는 그의 발목을 부숴 버릴 것입니다."

으르렁거리는 듯한 말과 함께 진고영의 손에 관천곤이 쥐어지자, 어둠보다도 더 시커먼 묵기가 그의 손을 타고 내려와 관천곤을 감싸고 휘몰아친다.

그 순간 귀왕의 뒤에 서 있던 철립인들이 어둠을 뚫고 거대한 편복이 되어 진고영에게로 날아들었다.

십 장의 거리를 순간에 좁히며 달려드는 철립인들의 기세는 가히 폭풍과도 같았다. 그렇게 밤에 몰아치는 거센 폭풍우처럼 그들이 날아들자, 진고영의 뒤에서도 임수행을 뺀 여섯 개의 그림자가 철립인들에게 마주쳐 갔다.

아무런 신호도 없이, 그 어떤 말도 없이 마치 잘 짜여진 각본처럼 그들은 서로를 향해 부딪쳐 갔다.

그들로서는 진고영과 귀왕 순우곤의 기세를 더 이상 견디기 힘들었던 것이다.

그렇게 중천에 떠오른 일그러진 달 아래에서, 마침내 천하를 경동시킬 경천동지의 대결이 펼쳐지기 시작했다.

바로 옆에서는 도검이 난무하고 을씨년스런 바람은 더욱 거세지고 있었지만, 다가가며 마주 부딪치는 진고영과 귀왕의 만 근의 무게를 담은 눈은 단 일 푼의 미동조차 하지 않았고, 두 사람의 주위는 바람조차 들어갈 틈이 없는 완전한 무풍지대로 변해가고 있었다.

그렇게 바라만 보고 있던 진고영이 하단에 고요히 내려져 있던 관천곤을 중단으로 끌어올리자, 귀왕의 눈에서 귀기가 꿈틀거린다. 그리고 천천히 들어올리는 양손에선 새파란 강기가 주욱, 한 자를 뻗쳤다.

"크크크. 그래, 말이 필요없겠지."

귀왕도 작정했다는 듯 가볍게 손을 떨치자 손가락에서 손톱처럼 뻗었던 새파란 기운이 하나로 뭉쳐 갔다.

하늘 아래 무서울 것이 없을 듯한 귀왕의 표정 속에도 어느새 긴장이 어리고 있었다. 마주 서 있는 진고영의 눈빛 저 깊은 곳에 어린 은은한 금빛이 자꾸 자신의 청살귀령공(靑殺鬼靈功)을 흐트러뜨리고 있는 것이다.

삼 장을 격하고 마주 선 두 사람은 움직이지도 않고 고요히 서 있건만, 어느 누구도 가까이 갈 생각조차 하지 않았다. 만일 저 기(氣)의 대치 속으로 발을 디딘다면 자신들의 생명은 그걸로 끝이란 것을 그들은 충분히 느끼고 있는 것이다.

한편, 제일 먼저 날아오는 철립인에게 마주쳐 갔던 위경리의 안색이 무겁게 굳어지고 있었다.

강하다. 분명 혈사령처럼 반쪽만 인간인 것 같은 놈들인데도 운신하는 것이나 펼쳐 내는 무공은 결코 혈사령에 비할 바가 아니었다.

하지만 위경리 역시 저 빌어먹을 놈들에게 지고 싶은 마음은 추호도 없었다. 천하의 칠절, 장절이라는 자존심이 있는 것이다.

위경리의 양손에 모인 현고기령이 웅웅거리는 울음소리를 토해내며 철립인의 가슴으로 파고들자, 철립인의 신형이 허공에서 그대로 뒤집어지며 우수에 들린 장검이 위경리의 장력을 헤치고 가슴으로 파고들려 한다.

후우우웅…….

쩌쩌정!

그러자 비틀리던 장력이 똬리 틀듯 장검을 감싸가고, 철립인의 검 또한 시퍼런 검강을 뿜어내며 시커먼 장력을 쪼개어간다.

빙글, 미처 그림자가 따르지 못할 속도로 반 바퀴를 튼 위경리는 우수로는 위를, 좌수로는 정면을 가리키고 현고기령을 비틀듯이 쳐내자, 철립인의 장검에서 청광이 번뜩이며 십자 형태의 검강이 줄기줄기 뻗쳐 나갔다.

휘이잉!

콰과과광!

강력한 충격파가 위경리의 전신을 휩쓸어가자 주르륵 밀려나는 위경리의 눈에는 핏발이 곤두서고, 흐트러진 머리가 창백한 안색의 앞을 가렸다.

급히 철립인을 쳐다보니 놈은 비록 자신과 비슷한 거리를 물러났지만 얼굴의 표정은 그다지 변함이 없어 보인다.

"젠장! 대체 저놈들은 또 뭐야?"

혈사령에 질린 지 얼마나 됐다고 그 뻘건 놈들보다 더 상대하기 까다로운 놈들이란 말인가.

살짝 젖혀진 철립 사이로 놈의 얼굴이 보인다. 딱딱하니 굳은 놈의 얼굴은 마치 목각 인형마냥 아무런 표정이 없다. 사람이라면 가져야 할 오욕칠정의 감정이 하나도 안 보이다니. 역시 이놈도 정상적인 놈은 아닌 듯하다.

그런 놈이 다시 검을 치켜들고 신형을 날려오고 있다.

'제기랄! 한번 해보자 이거지?'

속으로 투덜거린 위경리의 쌍장이 원을 그리듯 맴돌더니 철립인의 푸른 기운으로 휩싸인 검과 정면으로 마주쳐 갔다.

육정기나 백리웅천의 상황도 위경리와 크게 다르지 않았다. 빠르고 강한 철립인의 공세는 결코 자신들보다 못하지 않은데다, 충격을 받지 않은 듯한 모습에 질린 표정이 절로 드러났다.

"그랴, 좋다고! 내 검이 센지 니놈의 철판 같은 얼굴이 변하는지 한번 해보드라고. 으아아아!"

기합인지 비명인지 모를 소리를 내지르며 달려드는 육정기의 검이 순식간에 십팔 검을 내쏟았다. 하지만 허공을 가득히 메우고 달려드는 검영에도 철립인의 검첨은 조금도 흔들릴 기미를 보이지 않았다.

146

감정의 흔들림이 없다는 것, 그 자체로 철립인들이 약간은 우세한 상황으로 싸움이 전개되고 있는 것이다.

백리웅천은 씩씩거리는 육정기와 달리, 자신도 얼굴을 굳힌 채 하나 하나 검결을 풀어나가고 있었다. 그가 왜 냉혈무광인지를 보여주겠다는 듯한 얼굴은 철립인의 그것과 별반 다르지 않았다.

파르스름한 검광이 이는 잠풍검을 가슴 높이로 끌어올린 백리웅천의 신형은 표홀하면서도 무게가 있어 철립인의 빠른 운신에 결코 뒤지지 않았다.

사마정과 염이상, 우형욱은 그나마 나았다. 셋은 따로 연수합격을 공부하지는 않았지만 그간의 격전을 치르며 나름대로 서로의 장단점을 어느 정도는 알고 있었기에, 마치 연수합격을 연마한 것처럼 손발이 잘 맞아 돌아가고 있었다.

검이 찔러 들어가고 빠지면 도가 베어가고, 도가 빠지면 창이 찔러 들어간다. 톱니바퀴처럼 돌아가는 세 사람의 공격에 철립인의 움직임이 중간중간 흐트러지고 있었다.

고요히 서서 지켜보니 장내의 상황이 크게 걱정할 정도는 아닌 것 같다고 느껴지자 진고영은 일단 안심이 되었다. 지금 당장은 당황하고 있지만, 시간이 흐르면 경험에서 앞서는 위경리 등이 어떻게 든 돌파구를 찾을 것이다. 그들의 명성이 거저 얻어진 게 아니다.

두 손에서 대연일기공이 꿈틀대고 중단에 머물렀던 관천곤이 미미하게 흔들리는 듯하더니, 손바닥만한 작은 원을 그려간다. 일원첩수다. 그에 따라 대연일기공의 기운도 함께 따라 돌았다.

원이 둘셋으로 늘어나더니 순간적으로 순우곤과의 사이가 온통 시커먼 곤영으로 가득 차버리고, 일순간에 이 장을 주욱 미끄러져 가는 진고영의 손에 들린 관천곤이 더욱 거세게 흔들렸다. 그러자 겹치고 겹친 원 속으로 귀왕의 새파란 수강이 빨려들듯 요동친다.

안 되겠는지 귀왕이 수강을 뿜어내는 두 손을 떨치듯 흔들자, 일 장을 격한 두 사람 사이에서 뇌전이 일었다. 진고영의 대연일기공과 순우곤의 청살귀령공의 기운이 정면으로 부딪치고 있는 것이다.

구구구구…… 우르르릉!

콰아…….

일 장 사이에 있던 초석 하나가 가루가 되어 사라져 버리고, 부딪쳐 퍼져 나가는 충격파에 이 장 떨어진 곳에서 미친 듯이 싸우던 육정기와 철립인이 주르륵 일 장을 밀려갔다.

그때 반보를 물러나던 귀왕의 손가락이 기묘하게 꺾어지더니 진고영을 향해 휘둘러지고, 손가락의 움직임을 따라 새파란 수강이 살아 있는 채찍처럼 진고영을 휘어 감아간다.

"타아!!"

다가오는 시퍼런 수강을 보던 진고영이 일성 기합을 내지르자 손에서 번개가 쳤다. 곤을 따라 흘러내리던 번개가 끝에 이르러 번쩍! 뇌전의 칼날이 되더니 새파란 강기를 조각조각 잘라가기 시작했다.

일원첩수에서 극성으로 펼쳐진 전유동참으로의 순간적인 변화가 만들어낸 결과였다.

"클클클!! 제법이구나……."

귀를 거북스럽게 하는 웃음소리와 함께 귀왕의 신형이 일 장을 떠오르고, 양손의 수강이 똬리를 틀 듯 나선을 이루었다. 찰나간에 변화된 시퍼런 강기가 뇌전이 치는 곤영을 깨부수며 진고영에게 몰려간다.

과연 귀왕이었다.

부서지는 곤영을 보던 진고영의 안색이 침중하게 변했다. 한순간의 방심도 허용할 수 없다. 탐색이니 뭐니 하는 것도 거추장스러울 뿐이다. 상대는 나를 죽이려 하고, 나도 상대를 죽이려 한다. 오직 그것뿐이다.

전신을 갈기갈기 찢어버릴 것 같은 시퍼런 강기가 코앞까지 다가오자 진고영의 신형이 뒤에서 누가 당긴 것마냥 다섯 자를 미끄러지고, 상단으로 들어올린 관천곤이 부르르 떨었다.

우르르룽!!

천둥소린가. 뇌전을 실은 넉 자 묵빛 곤강이 아래로 그어지자 우렛소리가 고막을 울린다. 그리고 쐐기와 같은 시퍼런 수강을 일도양단의 기세로 내려쳐 버렸다.

쩌저저적!! 끄아아······.

낙뢰절지의 기세와 부딪친 수강이 비명을 내지른다. 귀기 서린 수강에 진정 귀천의 힘이 담겨 있는지 모골이 송연해지는 비명 소리가 울린 것이다.

그러자 귀왕의 얼굴이 흉악할 정도로 일그러졌다. 마치 자식을 잃은 듯한 괴이한 표정이다. 하지만 귀왕은 연이어 무지막지한 기운이 다가오자 전신에서 청광을 피워 올렸다.

청살귀령공을 극성으로 끌어올린 것이다.

얼마 만인가. 혁련유천과의 일전 이후 처음으로 있는 일이다. 자신으로 하여금 전신공력을 끌어올리게 할 놈이 혁련유천 말고 또 있다는 게 즐거움과 동시에 놀라움을 준다.

양손에서 새파랗던 기운에 녹기가 흐른다. 그렇게 녹기가 강해지는 양손을 내밀어 다가오는 묵빛 뇌전을 그대로 잡아가는 귀왕의 얼굴에 귀소가 맺혔다.

자신의 곤을 녹기가 흐르는 시퍼런 손으로 직접 잡아채려 하자, 진고영은 다급히 관천곤에 모든 내력을 집중시켰다. 뭔가 귀왕의 움직임이 심상치 않은 것이다.

대연일기공이 곤에 집중되고 두 가지 기운이 엉키기 시작하자, 진고영은 손을 통해서 전신을 오싹하게 만드는 귀기가 흘러들어 옴을 느꼈다. 맙소사! 이게 뭐란 말인가. 자신도 모르게 손이 떨린다.

이런! 이것인가? 귀왕의 무공 정체가, 바로 진정 귀기가 뭉친 것이란 말인가.

경악으로 진고영의 두 눈이 굳어지고, 사방으로 퍼져 나가는 두 기운의 여파로 사당의 문이 터져 나간다. 사당의 벽이 금이 가더니 가루가 되어 깎여 나간다. 벽이 무너지자 지붕의 기와들이 떨어지다 부스스 가루가 되어 흩날린다. 그러자 장내의 광경은 더욱더 살벌해지기 시작했다.

이미 주위에서 싸우던 사람들은 십 장 이상 떨어져 있다. 철립인들의 동작도 두 기운의 영향을 받아서인지 조금은 굼떠져 보인다. 위경라나 육정기 등의 얼굴은 이미 말이 아니다.

창백한 안색에 입가로 흐르는 핏물은 그들이 얼마나 악전고투를 하고 있는지 말해 주고 있었다. 하지만 눈빛만은 점점 더 살아나고 있다. 무언가 알았다는 듯한 눈빛이다. 역시 진고영의 짐작대로 격전이 길어지면서 놈들의 약점을 파악한 듯하다.

"켈켈켈! 이것도 한 번 받아보아라!"

귀왕이 느닷없이 웃음을 터뜨리더니 곤을 감싸듯이 오므리고 있던 양손을 비틀며 밀어내자, 녹기 서린 시퍼런 수강이 곤을 타고 밀려 올라간다.

순간, 뭔가를 결심한 듯 진고영의 창백한 안색이 굳어지는가 싶더니 관천곤을 휘돌린다. 그러자 곤을 따라 돌던 귀왕의 수강이 대연일기공의 공력과 뒤엉키고, 그 사이로 은은한 유백색 광채가 어리기 시작했다.

마침내 양유대력을 대연일기공과 함께 운용하기 시작한 것이다.

강호에 나와 처음으로 해보는 시도였다. 오대산 수련에서 두 기운을 함께 쓰는 방법을 사부와 함께 수련했었다. 하지만 그때는 단순한 내력 운용만을 했을 뿐이다. 이렇듯 실전에서 사용하게 될 줄은 미처 몰랐었다. 그나마 동정호에서의 연이 아니었다면 불가능했을지도 모른다.

하단의 대연일기공과 중단의 양유대력이 합쳐지자 곤에 일던 기세가 급격한 변화를 보이기 시작했다. 강력하기만 하던 기세에 유연함이 합쳐지면서 강하면서도 질긴 형태로 변해 버린 것이다.

그러자 귀왕의 청살귀령공이 전진을 하지 못하고 그물에 갇혀 버린 물고기처럼 퍼덕거릴 뿐 점차 기세를 잃어갔다. 그리고 마침내…….

우우우웅!! 고오오오…….

쩌저저정!!

쇠솥이 부서지는 소리와 함께 눈부신 빛을 동반한 강기의 폭풍이 장내를 휩쓸었다.

주르륵, 일 장을 물러서는 귀왕의 얼굴에 어이없다는 듯한 표정이 떠오르고 벌려진 입에선 한줄기 붉은, 은은한 녹기마저 흐르는 붉은 핏물이 흘러내렸다.

진고영 역시 창백한 얼굴로 물러난 세 걸음의 발자국이 다섯 치 깊이로 찍혀 있다. 한데 들고 있던 관천곤에 어린 기광은 여전하다. 그리고……

천천히 들려 올려지는 관천곤이 올라갈 때보다 더 천천히 내려진다.

'기회가 있을 때 끝내야 한다!'

콰아아아……! 구구구구…….

들려지는 관천곤에서 기음이 일고, 유백색과 어우러진 묵빛 곤강이 허공을 찢어발기며 입을 벌리고 멍하니 서 있는 귀왕을 향해 폭출되어 몰려간다. 부동관천의 기운에 하늘의 일그러진 달이 희열을 참지 못하고 노래를 부른다.

고오오!! 쿠구구구…….

귀왕의 얼굴이 일그러더니 눈에서 귀화가 피어오르고, 입에서는 녹색 귀기가 뿜어지는 듯하다. 양손에 끌어올려진 청살귀령공의 귀기가 뛰쳐나가기 위해 몸부림을 치자, 귀혼의 울부짖음이 주위 사람들로 하여금 괴로움을 참지 못하고 뒤로 물러서게 만들고 있다.

참으로 가공할 광경이었다. 이게 어찌 인간들의 힘이라 할 수 있단 말인가.

더는 물러설 수 없다는 듯 귀왕이 진고영에게 귀신처럼 다가서고 곤을 감싸 쥐어버리자, 사람의 힘 같지 않은 두 힘이 정면으로 부딪쳐 버렸다.

대기가 광란하고 땅거죽이 부풀어 오른다. 미친 듯이 서로를 탐하던 두 기운이 아가리를 벌리고 서로를 집어삼키려 한다.

진고영의 입에서도 진한 선혈이 흐르기 시작했다. 귀왕의 귀기가 양유대력의 불심을 흐트러뜨리고 있는 것이다.

하지만 귀왕이라고 해서 더 나을 것도 없었다. 주름뿐이던 그의 얼굴에도 고통이라는, 극히 원초적인 감정이 처음으로 드러나기 시작했다.

잠시지간, 입가에 피를 흘리며 귀기에 대항하던 진고영의 눈빛이 무겁게 가라앉아 간다.

'더 이상 끌 수는 없다. 양유대력마저 흔들리고 있다. 무리가 가더라도……'

진고영은 심해 저 깊은 곳에 잠자고 있는 기운을 끌어내기 시작했다. 그러자 곤에 어린 유백색 광채가 은은한 금빛으로 바뀌기 시작했다. 마침내 수천제마력의 기운이 귀기를 맞이하여 발동되기 시작한 것이다.

녹색 섞인 청광이 부르르 떤다. 자신의 최후를 예견하기라도 한 듯 몸부림이 심해진다.

순간, 귀왕 순우곤의 얼굴에 떠올랐던 고통의 표정이 경악으로 일그러졌다. 이건 또 뭐란 말인가?

황급히 곤을 떨치려 손을 털어내지만, 마치 아교로 붙인 듯 떨어지지 않는다. 짙푸른 노안이 부릅떠지고, 입에선 괴로움 섞인 신음이 귀신의 호곡성처럼 새어 나왔다.

"끄으으……. 끄으아!!"

*   *   *

진천객(振天客) 소진천은 무당으로 가기 위해 안유를 지나던 중 우연히 한 가지 소식을 들었다.

본래가 사방 천지에 입담 친구가 깔려 있는 소진천이었기에, 안유에서도 그러한 친구 하나를 만나려 했던 것이다. 그런데 그만 그 친구가 비밀리에 진행된 행사에 참가했다가 죽임을 당했다는 것을 그 친구의 친구에게 들은 것이다. 한데, 그 내용이 심상치가 않았다.

그 싸움으로 무림련의 고수가 백 명도 넘게 죽고, 친구가 속했던 흑곡과 혈정곡 구유마동의 고수도 백여 명이 죽었다는 것이다. 수십 년 만에 흑과 백의 정면충돌이었다.

그 일로 무림련에서도 진상 조사단이 파견되고, 구대문파에서도 본산의 고수들이 기어나올 거라는 것이다. 엄청난 일이었다.

이런 일에 빠지면 소진천이 아니다.

무공은 그럭저럭 일류에 겨우 끼어들었지만, 입담만큼은 천하절정 고수라는 자부심에 강호를 종횡하는 소진천이었다.

그자에게 술을 쓰러질 때까지 먹이고 알아낸 정보에 의하면, 사건의 시발점이 설한보에서의 만남이란 말에 그만 술값 낼 정신도 없이 뛰쳐나와 달리기 시작했다.

입담꾼들의 생명은 누가 먼저 아느냐였기에, 누구도 소진천을 뭐라 할 수는 없었다. 취해서 쓰러진 자를 빼고는…….

그렇게 쉬지 않고 달리다 보니 슬슬 지치기 시작했다. 수주도 얼마 안 남은 데다, 자기보다 빨리 가는 자는 없을 거란 생각에 전에 지날 때 보았던 사당에서 쉬었다 가야겠단 생각이 들었다.

십여 리를 더 가자 사당이 있는 나지막한 산이 보였다.

"다 왔군! 우흐흐흐……. 내일이면 만설자 놈의 코를 납작하게 해줄 수 있는 정보를 얻을 수 있겠지."

만설자는 소진천과 쌍벽을 이루는 입담꾼이었다. 항상 뒤늦어서 기를 못 폈는데 마침내 설욕의 기회가 온 것이다. 그렇게 흐뭇한 미소를 지으며 사당 쪽으로 다가가던 소진천은 문득, 멀리서 들려오는 소리에 우뚝 발걸음을 멈춰야만 했다.

'아니, 어떤 놈들이 이 어르신이 가는 길에서 싸우는 거야?'

산적 놈들이라면 혼을 내주어야겠다며 소리나는 곳을 향해 가지만 좀처럼 근원지가 나오지 않는다. 그렇게 한참을 가서 사당이 가까워 오자 소리는 점점 더 커져만 갔다. 도대체 어떤 자들이 싸우기에 저리도 요란하단 말인가.

이상하게 등줄기로 소름이 돋는 것 같다. 마치 귀신이 뒤에서 잡아당기는 것만 같다. 뒤를 돌아보지만 아무도 없다.

'우흐흐……. 이상하네.'

이미 혼내주겠다는 생각은 구만 리 밖으로 날아가 버렸다. 이제는 오직 호기심만이 남았을 뿐이다. 나뭇등걸에 몸을 숨기고 조심조심 사당 쪽으로 다가가는 소진천의 눈에서 빛이 새어 나오기 시작했다.

'뭔지 모르지만, 이 어른의 생각으론 엄청난 일이 벌어지고 있는 것 같단 말씀이야. 잘하면 한 건 건질 수도…….'

이윽고 이십여 장 가까이까지 다가간 소진천은 전장에서 새어 나온 귀음에 그만 철푸덕, 제자리에 주저앉고 말았다.

잠시 후, 정신이 들자 박박 기어서 전장으로 다가간 소진천은 나무 뒤에 몸을 숨기고 고개를 내밀었다. 그리고 그의 눈이 경악으로 휘둥그레졌다.

절정의 입담꾼 진천객 소진천이 마침내 평생을 두고 써먹을 이야깃 거리를 만난 것이다.

                    *   *   *

"끄아아!!"

귀왕의 입에서 뭉클거리는 귀기가 넘실대며 새어 나오고, 청녹색 귀기가 진고영의 수천제마력에 대항하려 하지만, 금빛 기운이 스쳐 가는 곳마다 녹광이 흩어지고 청광이 사그라진다.

진고영의 관천곤을 뒤덮은 수천제마력이 대연일기공의 운용결에 따라 원을 그리듯 휘돌자 귀왕의 손이 튕겨지고, 떨어지는 해를 가두어 버린다는 낙일망휴가 펼쳐지자 귀왕의 온몸을 옭아매 버렸다.

그리고 이어지는 소리없는 뇌전, 무음관천(無音貫天)이 귀왕의 가슴을 그대로 뚫고 지나가고,

콰콰쾅!!

뒤따라가던 부동관천(不動貫天)의 뇌전이 머리를 관통해 버렸다.

고오오……. 픽!

훌훌 날아가는 귀왕의 크게 뚫려진 가슴에서 녹기가 흐르는 피분수가 솟구치고, 땅바닥으로 떨어진 귀왕의 머리에는 손가락만한 구멍이 시커멓게 그슬린 채 뚫려 있었다.

털썩!

"끄으으으!!"

삼 장 밖으로 나가떨어진 귀왕이 벌떡 일어나더니 달려들려는 자세 그대로 앞으로 엎어져 버렸다. 그리고…… 몇 번 움찔거리던 그의 몸이 조용히… 조용히 가라앉았다.

그렇게 과거 천하를 공포로 몰아넣었던 신비인, 귀왕 순우곤이 진고영의 손에 허망하게 죽어버렸다.

뭐가 어떻게 되지도 모르는 사이에 오금을 저리게 하는 금빛이 번쩍

이고 귀왕이 날아가 버리자, 십 장 밖에서 싸우던 철립인들의 몸이 격하게 흔들렸다. 찰나간의 흔들림이었지만 위경라나 육정기 같은 고수들에게는 천금과 같은 기회였다.

철립인의 옆구리로 파고든 위경리의 좌수가 급히 막아오는 검을 감아 쳐내고 현고기령이 가득 담긴 우수가 허리 어름을 그대로 가격해 버린다.

"끄어억!!"

철립인이 처음으로 기괴한 비명을 지르며 나가떨어지고, 연이어진 좌수의 공격이 가슴 한가운데를 적중시켰다.

콰쾅!

주르륵 물러서는 철립인의 두 눈에 서렸던 냉정은 이제 당황이 되어 버렸다.

육정기의 청망검도 검명을 발하며 허공에서 떨어져 내린다. 웅패사자검강이 가득 실린 검의 위세가 당황하는 철립인의 머리를 쪼개 버릴 듯 떨어져 내리는 것이다.

한쪽에서는 백리웅천이 신검합일하여 철립인의 가슴에 검을 쑤셔 박는 게 눈에 들어온다. 하지만 가슴이 아닌 어깨를 관통해 버렸다. 철립인이 흐느끼는 듯한 신음을 흘리며 검을 휘둘러간다.

일단 약점이 드러나자 추풍낙엽이었다.

일정한 초식에는 가히 흠잡을 데 없는 방어와 공격이었지만, 틀을 벗어난 변칙적인 공격엔 흐트러지는 모습을 보이는 것이다. 물론 그것도 절정의 경지에 이른 자에게나 통하는 것이지만.

거기다 자신들의 정신적 지주인 귀왕이 진고영에게 무너지면서 정신까지 흔들린 철립인들은 더 이상 이들의 상대가 아니었다.

한편, 귀왕을 한 수에 날려 버린 진고영은 전신을 치달리는 수천제마력을 안정시키기 위해 안간힘을 써야 했다. 무리하게 대연일기공의 운용에 맞춘 힘이 제어되지 않고 날뛰는 것이다.

눈을 반개한 채 입술을 깨물어보지만 쉽사리 가라앉지 않는다.

게다가 내상도 심상치 않다. 귀왕을 죽인 대가라 하지만, 당분간 치료에만 전념해야 할 정도인 것이다.

어느 정도 걱정은 했지만 이건 생각보다 더하다. 차라리 수천제마력만을 썼다면 이 정도는 아니었을 것을, 너무 급박해 대연일기공의 운용 결과, 같이 움직인 것이 탈이었다. 하지만 이제는 돌이킬 수 없었다. 오직 자신과의 싸움인 것이다.

얼굴이 붉게 달아오른 진고영 주위로 금빛 광채가 짙어진다.

그 시각, 나무 뒤에 숨어 있던 소진천은 자신이 꿈을 꾸고 있다고 생각했다.

맙소사! 저기서 쌍장을 휘두르고 있는 봉두난발의 괴인은 몇 년 전에 보았던 장절 위경리가 분명하다. 그리고 다 떨어진 옷의 텁석부리 호한은 마개 육정기이고. 그런데 천하의 고수들을 악전고투를 하게 만드는 철립인들은 처음 보는 자들이다. 그런데도 두 사람의 행색을 보건대 어지간히 고생들을 한 모습이다. 당금 천하에서 두 사람을 저리 만들 자들이 몇이나 될 건가…….

'이게 웬 떡이냐!'

하지만 소진천이 턱이 빠지도록 놀란 것은 그 두 사람 때문이 아니었다. 이제는 거의 다 부서져 버린 사당 쪽의 싸움, 잠깐이었지만 그것은 소진천의 오십 평생 처음 보는 엄청난 광경이었다. 보는 것만으로

도 공포심에 심장이 멎어버릴 것 같던 청록색 귀신을 한 수에 물리치는 모습이 마치 하늘에서 신장이 내려온 것만 같았다.

게다가 고요히 서 있는 그자의 주위로 퍼져 가는 금광은 자신의 생각이 맞을지 모른다는 황당한 생각까지 하게 만들었다.

얼마나 지났을까. 아무도 가까이 가려 하지 않는, 키가 큰 그자의 주위에 떠돌던 금광이 점차 사그라지는 게 보인다. 아니, 그의 몸속으로 스며드는 것 같기도 하다. 정말 하늘의 신장일까?

"꺼어어……."

마침내 위경리와 싸우던 철립인이 쓰러지는 게 보인다. 아마 십수 장은 정통으로 얻어맞았을 것이다. 그렇게 맞고서야 쓰러지다니, 정말 이가 갈릴 정도로 지독한 놈들이다.

육정기와 싸우던 자는 비명도 못 지르고 목이 떨어져 나갔다. 한데 육정기도 부상이 심한 듯하다. 왼팔이 축 처져 있는 것이다.

따다당!! 콱!

"끄으윽!"

"헉!"

사마정 등 삼 인이 싸우는 곳에서 두 가닥 비명이 동시에 터지자, 거친 숨을 몰아쉬던 위경리의 고개가 획 돌아갔다. 그리고 다행이라는 한숨이 나온다.

"휴… 다행이네……."

철립인의 가슴에 꽂힌 검이 대롱대롱 매달려 있다. 그리고 염이상이 팔을 움켜쥐고 뒤로 물러서 있는 게 보였다.

철립인의 가슴에 사마정의 검이 꽂히자, 염이상이 그자의 목을 자르려 덤비다가 거꾸로 철립인이 반사적으로 휘두른 검에 왼쪽 어깨가 길게 갈라져 버린 것이다.

한데 뭐가 다행이란 것일까……

봉두난발의 머리를 쓸어 올리며 사방을 둘러보던 위경리가 급히 신형을 날리더니 진고영의 앞을 가로막고 섰다. 그러자 육정기도 뒤쪽으로 가서 검을 움켜쥐고 눈을 부라린다.

확실히 노장과 소장의 차이였다. 지쳐서 주저앉아 있던 우형욱과 사마정도 그제야 무얼 느꼈는지 진고영의 옆쪽으로 가서 섰다.

아직 백리웅천의 싸움이 안 끝났는데 진고영이 운기에 들어간 것을 본 것이다. 얼마나 다급했으면 전장에서 선 채로 운기에 들어갔을까. 그것이 한순간에 모두의 뇌리에 떠오른 것이다.

백리웅천은 자신만 남았다는 데 오기가 솟았다. 자신의 잠풍검에 모든 공력을 집중시켰다. 그리고 신형이 둥실 떠오른다 싶은 순간, 그대로 철립인을 향해 쏟아져 나간다.

일검에 내 인생을 거는 거다, 까짓것!

쾅!

"케에엑!!"

마치 장력에 얻어맞은 것처럼 가슴에 커다란 구멍이 뚫린 채 이 장을 튕겨 나가는 철립인의 입에서 짐승이나 내지를 법한 비명이 터져 숲을 뒤흔들었다.

"헉! 헉! 정말 징그런 놈들만 자꾸 나오는구만……"

거친 숨을 몰아쉬던 백리웅천의 고개가 숲 쪽으로 홱 돌려졌다.

"당신도 싸울 거면 나와!"

"헉! 아, 아, 아니오! 나는… 싸우려 온 것이…… 아니외다……"

소진천은 백리웅천이 자신이 있는 쪽을 보고 소리치자 대경실색했다. 눈빛을 보니 정말 죽이려 할지 모른다는 생각이 든 것이다.

소진천이 기어나오자 위경리의 고함이 터졌다.

"말쟁이가 왜 거기에 숨어 있는 거냐!!"

"그, 그게……. 그냥 지나가려다… 누가 싸우길래……."

"흥!! 팔아먹으려고 하는 게 아니고?"

"어찌…… 위 선배께 거짓말을 할 수 있겠습니까."

"하긴… 그랬다간 석 달 열흘은 방에 앉아 있어야만 할 거다."

"헉! 명심! 또 명심하겠습니다."

소진천을 몰아붙이던 위경리의 눈빛이 묘하게 꼬였다.

"가만……. 너!"

"예?"

"흠……. 그리고 보니 자네가 해줘야 할 일이 있구먼."

"예? 뭔데…… 요?"

"뭐, 별거 아냐! 오늘 본 거 자네가 맘대로 말해도 좋다는 거야! 어때?"

"저, 정말 입니까?"

소진천의 눈이 희열로 번뜩인다. 오늘 본 일은 그에게는 그 어떤 보물보다도 값진 것이다.

"그런데 자네, 저 사람들이 누군지 알아?"

"그, 그, 그게……."

"그것도 모르고 떠들고 다니겠다는 거야?"

"헤헤헤. 알려주시면 제가 선배께 크게 한턱 쏘겠습니다."

"흠……."

도대체 뭔 말을 하고 있는가 하던 사람들의 눈이 휘둥그레졌다. 심지어 어깨를 다친 염이상까지 아픔을 잊고 '뭐 하는 짓인가' 고개를 빼고 듣는다.

"좋아! 인심 쓸 때 써야지. 어험! 잘 들어. 저어기, 보이지? 가슴에 구멍 나서 죽은 귀신같은 늙은이."

"예! 잘 보입니다."

"저 사람이 귀왕 순우곤이야."

"예, 귀왕 순우고… 곤? 귀, 귀, 귀 와, 와, 와, 왕!! 크윽!"

경기를 일으키며 그대로 뒤로 넘어가려는 소진천의 멱살을 재빨리 잡아 일으킨 위경리가 눈을 바짝 가져다 댄다.

"뭘 그렇게 놀라? 죽은 사람 이름 가지고."

"그, 그, 그…… 저, 저, 정말 귀, 귀왕입니까?"

"그럼! 내가 자네 데리고 농담하는 줄 아나?"

소진천의 눈이 귀왕의 시신을 향하더니 죽은 시신을 보고도 부르르 떨린다.

"맙소사! 세상에!"

"정신 차리라고! 그리고 저놈들 네 놈 있지?"

"예? 예, 예."

"저놈들 어디서 온 줄 알아? 천은산장에서 나온 놈들이야."

"예…… 천은……? 예?"

"아! 그렇게 말귀를 못 알아먹어서 어떻게 천하제일 말쟁이가 되겠다는 거야!!"

"그게 아니라……. 천은산장이라니요?"

"천은산장에서 우리를 죽이려 귀왕하고 저놈들을 보냈다, 이 말이야!! 알겠어?"

"……?"

"쿵! 이제 말하기도 싫군. 말귀를 저렇게 못 알아들어서야……. 에잉."

"아이고, 위 선배님! 헤헤헤, 그러지 마시고 자세히 좀……."

"자네가 어디서부터 보았는지는 모르지만, 조오기 내 아우가 장무담을 꺾었거든? 그때 상관욱이도 깨졌지. 그러자 애가 단 거야. 몰래 숨겨두었던 귀왕을 저 징그런 괴물들하고 함께 우리를 죽이라고 보냈지. 왜 그랬겠나?"

"그, 글쎄요. 그런데 누구요? 장무다……다, 다, 담? 도.제. 장.무.담.요?! 그리고… 상관욱? 천양신마?!"

이번에는 주저앉으려는 소진천을 재빨리 잡아 일으키는 위경리.

"우리가 혁련유천의 치부를 알았거든. 세상 사람들 모르게 마공을 익히고, 잊혀진 절정고수들을 운집해서 할 짓이 뭐가 있겠나?"

"설마……?"

"아무튼 생각은 자네 자유지만, 그 생각이 크게 틀리지는 않을 거네. 그렇지 않다면야 귀.왕. 같은 괴물을 몰래 보내서 우리를 죽이려 할 필요가 없지. 안 그런가?"

소진천은 가슴이 뛰었다. 이건 한 건이 아니라 엄청난 대물을 낚은 것이다. 가히 대박인 것이다.

그냥 말만 들었다면 몰라도 귀왕의 싸움을 직접 봤다. 게다가 한쪽에서 신비한 빛에 싸여 운기를 하고 있는 신비인의 가공할 신위까지.

오오오!! 하늘이 나를 이리 인도하신 데는 이유가 있었구나!! 만설자여! 이제 너는 내 적수가 아니다!!

가만… 헉! 그런데 저 사람은 대체 누구란 말인가?

소진천이 진고영을 바라보자, 위경리의 입가에 의미심장한 미소가
피어올랐다.

"흠……. 저 사람은 내 아우일세."

"선배님의 아우요?"

"그래. 아까 말했지? 장무담하고 상관욱이 작살났다고."

"그, 그럼?"

위경리의 고개가 끄덕여지자 소진천은 존경의 눈으로 진고영을 바
라보았다.

'역시! 내 생각대로 하늘에서 내려온…….'

상상은 자유였다. 위경리는 소진천이 무슨 상상을 하던 말리고 싶
지가 않았다.

옆에서 위경리가 소진천에게 하는 말을 듣고 있던 백리웅천과 육정
기는 감탄의 눈으로 위경리를 바라보았다. 과연 자신들보다 한 수 위
라는 걸 인정하지 않을 수가 없었다.

말 몇 마디로 천은산장의 한쪽 벽을 허물어 버린 것이다.

소진천이라면 충분히 그럴 능력이 있다는 것을 육정기도 알고 있는
것이다.

입이 열리면 하늘도 진동시킨다는 진천객 소진천은 천하삼설 중 하
나였다. 그는 지금껏 자신이 본 것이 아니면 입을 열지 않는다. 그렇기
에 천하인들은 그의 말을 믿지 않을 수 없었다. 그런 그의 입에서 천은
산장이 마인들을 키우고 있다는 것이 퍼진다면…….

아마 반만 믿어도 한쪽 벽 정도는 와르르 무너질 것이다.

"캬! 정말 형님이 존경스럽소!"

"대단하십니다, 위 노선배님."

"과연… 저희 산장이 노선배님의 적이 안 된 것이……."

사람들의 감탄이 연이어지자 위경리의 입이 귀밑까지 찢어질……
뻔했다. 누구의 말만 안 들었다면.

"거참. 나이 먹어 가지고 남 협박이나 하고, 언제나 철이 드는
지……."

"에라이! 모르면 가만이나 있지! 나는 니놈 걱정해서 조마조마 했는
데 뭐라?"

딱!! 따닥!!

살아도 산 것이 아니요, 죽어도 죽은 것이 아니다. 산 것도 죽은 것이요,
죽어도 산 것이다. 비어도 빈 것이 아니요, 찼어도 찬 것이 아니다. 비어도
찬 것이요, 찼어도 빈 것이다. 모든 것이 하나이고, 하나가 모든 것이다. 내
것이 내 것이 아니요, 아닌 것도 내 것이다. 밝음이 밝음이 아니듯이, 어둠
도 어둠이 아니다. 모든 것은 마음에 있으나, 그 또한 의지 안에 있을 뿐이
다. 의지를 비우면 마음도 비워지고, 마음이 비워지면 의지가 찰 것이다. 대
지의 힘 또한 나의 힘이니, 나의 힘이 곧 대지의 힘이다. 부처의 법력은 하
늘의 법이니, 그것이 또한 나의 법이다. 하늘이…….

더 이상 제어할 수 없는 기운을 억지로 막지 않고 모두 풀어버린 채
수천제마력의 법문을 돌리고 돌렸다. 나도 잊고, 세상도 잊고, 법문과
함께 모든 것을 잊어버렸다.

얼마나 지났을까. 처음에는 미친 말처럼 날뛰어 머리를 부수어 버릴
것 같던 기운이, 오히려 나아갈 방향이 많아지자 조금씩 수그러들기 시
작했다. 그러더니 몸 밖으로 뛰쳐나와 맴돌던 기운마저 자신의 보금자

리를 찾아 스며들어 갔다.

그렇게 또 세 시진이나 지났을까, 진고영의 전신에서 피어오르던 아지랑이 같은 기운이 서서히 스며들며 사라져 갔다. 그리고 조용히 뜨이는 두 눈에선 은은한 황금빛 섬광이 스치듯 떠올랐다가, 눈동자 저 깊은 심해 속으로 깊숙이 침잠되어 버렸다.

깨어난 진고영을 제일 먼저 본 사람은 한쪽에서 모닥불을 피우며 진고영의 정체에 대해 밤새 고민에 빠져 있던 소진천이었다. 그는 소리를 지르지도 못하고 손으로 진고영을 가리키며, 위경리에게 입을 뻥긋거렸다. 하지만 그 정도로도 의사를 전달하는 데는 아무런 무리가 없었다.

"아우! 괜찮은가?"

걱정이 다분히 묻어 있는 위경리의 외침에 진고영의 입가에 미소가 걸렸다.

"저야 괜찮습니다만, 다른 분들은 어떠신지……."

"일단 운기가 끝나면 어느 정도는 회복이 되겠지."

진고영은 자신을 중심으로 사방으로 둘러앉아 운공에 빠져 있는 사람들을 바라보았다. 행색은 말이 아니었지만 얼굴에는 조금씩 화색이 돌아오고 있었다. 염이상과 육정기가 많이 다치기는 했지만, 그나마 다행한 일이었다.

고개를 돌려 삼 장 앞에 쓰러져 죽어 있는 귀왕을 보자, 새삼 몇 시진 전에 있었던 치열한 싸움이 다시 떠올랐다. 비록 수천제마력의 폭주로 인해 하마터면 큰일날 뻔하기도 했지만, 조금만 더 수천제마력을 늦게 끌어올렸더라면 지금처럼 그저 내상 정도로 끝나지 않았을 터였다.

세상에 귀기를 이용해 공력을 연마한 자가 있을 줄은 꿈에도 생각지 못했다. 불문의 양유대력마저 억누르는 귀기라니…….

더구나 철립인들은 혈사령처럼 특별한 대법으로 만들어진 자들이 아니었다. 언뜻 보면 대법을 거친 마인들같이 보이지만, 진고영은 저들이 극한의 수련을 통해서 자아마저 통제당한 무사들이라는 것을 알 수 있었다.

그것은 분명 혈사령과는 또 다른 형태의 마인들이었다. 아마도 수련을 하기 이전부터 상당한 수준의 고수들이었을 것이다.

"아우가 보기엔 저들도 반쪽짜리 인간들 같지 않은가?"

진고영이 쓰러진 철립인들을 쳐다보자 위경리는 자신이 궁금해하던 것을 물어보았다.

"제가 볼 때는 혈사령과는 다른 극한의 특별한 수련을 통해 신경을 통제시킨 고수들 같습니다."

"수련을 통해서 저리될 수 있단 말인가?"

"사부님의 경험담 중에 서역에서 행해지는 수련법을 들은 적이 있습니다. 피부는 물론 몸속에 흐르는 신경의 통증까지도 느낄 수 없다 하더군요. 심지어는 수련 정도를 알아보기 위해서 꼬챙이로 몸을 관통시켜 보기도 한다고 합니다. 물론 저들이 그런 수련을 했다는 것은 아니지만 말입니다."

"허! 맙소사. 정말 지독한 수련법이구면."

해연히 놀라는 위경리의 두 눈이 휘둥그레졌다. 하긴 그가 서역에서 행해진다는 믿지 못할 일들을 어찌 알까. 진고영도 이야기를 듣고 '어찌 그런 일이 있을 수 있냐'면서 믿지를 않았다가 하루 종일 쫓아다니며 '그거 정말이다, 내가 왜 너한테 거짓말하냐?'는 사부님의 등쌀에

시달리기도 했었다.

"어쨌든 문제는 저런 자들이 얼마나 더 있나, 하는 걸 테지요."

"헉! 설마 저런 자들이 더 있으려고……."

"으아아!! 진 대형, 저런 놈들이 더 있다는 게 사실입니까?"

언제 운공을 끝냈는지 벌떡 일어선 우형욱이 질린다는 표정을 짓자, 우형욱보다 먼저 운공을 마치고 그의 말을 듣고 있던 다른 사람들의 시선도 진고영을 향한다. 그런 그들의 눈빛에는 제발 아니라는 대답이 나오길 기대하는 절실한 눈빛이 담겨 있었다.

하지만 진고영은 그들의 기대를 충족시키기 위해서 자신의 생각을 꾸며 말할 수는 없었다.

"아마도 많지는 않겠지만 몇은 더 있으리라 생각되는군요."

"대체 혁련유천이 가진 능력이 얼마나 되는지 짐작도 가지 않는군요."

낮으면서도 굵은 백리웅천 특유의 목소리가 장내의 심각함을 더욱 무겁게 가라앉혔다

"걱정한다고 달라질 일도 아니고, 자! 자! 모두 힘내더라고. 움하하하!! 진 아우가 귀왕을 쓰러뜨렸다는 것만 생각해도 가슴이 뛰는데 쓰잘데기없는 걱정은. 다 나오라고 해! 까짓것!"

육정기의 호방한 웃음과 함께 쏟아지는 걸걸한 말에 모두의 얼굴이 희망이라는 기대감으로 물들었다.

그렇다. 자신들의 옆에 하늘을 차례차례 무너뜨리며 전설을 이루고 있는 진고영이 있는데, 미리부터 저런 사람 같지도 않은 놈들 때문에 걱정할 필요는 없는 것이다.

"염 형의 상처가 심한데 어디 좀 봅시다."

"대충 손보긴 했는데, 아무래도 당분간은 조심해야 할 것 같습니다."

어깨에서 타고 내려간 상처가 근 한 자에 달했다. 조금만 더 깊었으면 목숨을 잃었을 것이다. 진고영의 염려 섞인 말에 염이상은 고개를 저으며 괜찮다는 표정을 짓고 있다.

미안한 마음이 든다. 어쩌면 이 모든 것이 자신이 짊어지고 가야 할 짐일지도…….

"육 노형님은 좀 어떻습니까?"

"웅하하! 나야 뭐, 이 정도 상처를 부상이라고 하면 육정기가 아니지."

팔을 흔들어 보이며 웃고 있지만, 인상이 절로 찡그려지는 걸로 봐선 그의 말처럼 간단한 상처는 아닌 듯싶다.

그때 위경리가 한쪽에서 힐끔거리고 있는 소진천을 불렀다.

"그건 그렇고…… 이봐, 소진천! 이리 오라구."

"아, 예!"

위경리의 부름에 쪼르륵 달려온 소진천이 진고영을 향해 히죽 웃는다. 그로서는 가까이서 진고영을 볼 수 있다는 것이 더없는 즐거움이었다.

"이 사람은 소진천이라고 하네. 강호의 유명한 말쟁이지."

"진고영입니다."

"소진천이라 합니다. 이렇게 대협을 직접 뵙게 되어 영광입니다!"

"별말씀을……."

소진천의 들떠 소리 지르는 말에 얼굴이 붉어질 지경이다.

위경리를 바라보니 재미있어 죽겠다는 표정이다. 육정기는 그 정도의 대접은 받아야 한다는 둥 한술 더 뜨고 있다.

이런 저런 이야기를 하다보니 새벽이 밝아오고 있었다.

일단 땅을 파고 널브러져 있는 귀왕과 철립인들의 시신을 한쪽에 매장했다. 흙으로 덮여져 가는 귀왕의 모습을 보니 인생무상이라는 말이 절로 떠오른다. 한때 이름만으로도 천하를 공포로 몰아넣었던 자, 그런 자도 죽으니 결국 한 줌 흙으로 돌아간다. 제아무리 천하를 호령했던 자라도 자연의 법칙은 벗어날 수는 없는 것이다.

어스름한 어둠이 떠오르는 아침 해에 자리를 내주고 밀려난다.

한쪽에선 임수행이 잡아온 토끼 세 마리를 모닥불에 올려놓고, 히히덕거리는 위경리와 육정기의 말을 소진천이 마치 신탁이라도 받는 것처럼 얌전히 듣고 있다. 그러자 백리웅천 등 젊은 사람들은 되지도 않는 말을 늘어놓으며 낄낄거리는 두 사람을 한심하다는 눈으로 쳐다봤다.

문득 우형욱이 말했던 철이 안 들었다는 말이 생각난다. 틀린 말이 아닌 것도 같다.

빙그레 미소를 짓던 진고영은 조용히 앉아 손에 들린 곤을 쳐다봤다. 자세히 살피지 않아도 짧아진 것을 확연히 알 수 있다. 이제는 석 자도 되지 않을 듯싶다. 이러다가 종내에는 관천곤을 포기해야 할지 모르겠다는 생각마저 든다. 할아버지의 추억이 담긴 곤이거늘……

그렇게 곤을 쓰다듬으며 생각에 잠겨 있을 때 육정기가 부르는 소리가 들렸다.

"진 아우, 이리 오게! 세 마리밖에 안 되지만 제법 살이 붙어서 나눠 먹어도 충분하겠는데?"

하긴 고민하고 걱정한다고 곤이 더 길어질 것도 아니고, 공연히 분위기만 망칠 뿐이다.

"알겠습니다."

둘러앉은 사람들을 보니 한밤중의 격전으로 인한 충격이 어느 정도는 가신 듯하다.

우형욱이 잘 익은 토끼의 다리를 쭉 찢어 건네준다.

음식을 마련하는데 아무런 보탬도 주지 않아 무안한 마음인데도 사람들은 어서 먹으라는 눈짓이다. 가슴 한구석에서 따뜻한 열기가 피어오른다. 정이라는 놈이 차가운 바람마저 저 멀리 밀어내 버리고 가슴에 똬리를 틀어버렸나 보다.

그렇게 훈훈한 열기가 모든 사람들의 가슴을 적실 때, 그답지 않게 잔잔한 웃음을 입가에 걸고 있던 백리웅천이 진고영을 쳐다봤다.

"진 형, 천자산까지 가려면 시간이 좀 걸릴 텐데, 무슨 계획이라도 있으십니까?"

"계획이라기보다 몸을 다스리는 게 우선일 듯합니다. 저들의 힘을 정확히 알지도 못하는데 무작정 달려들 수도 없지 않겠습니까?"

"아우, 나는 괜찮아! 이 정도 상처는 가는 도중에 다 낫는다구!"

행여나 떼어놓고 갈까 염려되는지 육정기가 어깨에 힘을 주고 가슴을 펴며 몸 자랑을 한다. 하지만 그걸 가만히 보고만 있으면 위경리가 아니었다.

"육가야, 괜히 힘쓰지 마라. 그러다 병신되면 누굴 원망하려고."

"아따! 형님도. 진짜 괜찮다니까요!"

"그래? 그럼 만세 한 번 불러봐라, 팔 쭉 펴서!"

"그, 그건……."

미적거리는 육정기를 바라보던 위경리가 코웃음을 친다.

"흥! 가만히 앉아 있으면 어련히 알아줄까. 천자산까지 가려면 꽤나 걸리니까 그때까지 치료하는 데나 신경 쓰라구. 아무 데나 나대지 말고!"

그래도 떼어놓고 가지는 않는다니까 안심이 되는지 육정기가 헤벌쭉 웃는다.

"헤헤, 형님도. 걱정 붙들어매슈. 내 몸은 내가 잘 알고 있수. 삼사 일 지나면 다 나을 거외다. 험험!"

소진천은 한 보따리 이야깃거리를 싸가지고 수주로 떠나갔다. 아마 입 다물기로 한 며칠이 지나면 수주가 시끄러워질 것이다.

그리고 무림련에서 나온 사람들이든 구대문파에서 나온 사람들이든, 모든 사람들의 입을 통해서 며칠이 지나지 않아 중원 전체로 퍼져 나갈 것이다. 그리되면 천하가 뒤흔들릴 테고, 천은산장의 견고한 위상이 한쪽부터 허물어지기 시작할 것이다. 물론 믿지 않는 자도 많을 테지만, 그 정도는 이미 예상하고 있던 바였다.

하지만 역수양의 죽음에 대한 진실이 동방설리의 입을 통해 전해진다면 아마 믿지 않았던 자들도 반은 믿게 될 터. 그걸로 일단은 동방설리의 주장은 힘을 얻을 것이고, 천은산장은 불신을 받을 것이다.

동방설리가 그 이야기를 할 것인가에 대해 우형욱이 궁금해하며 물었다가 '이 멍청아! 그럼 누가 역수양을 죽였다고 하겠냐! 아마 동방 계집애는 옳다구나 하고 말할 거다' 며 손을 드는 위경리를 피해 우형욱은 부리나케 도망을 가야 했다. 위경리에게 배운 풍산보를 펼쳐서.

'어쭈? 이제 제법 익숙해졌는데?'

도망치는 우형욱을 바라보는 위경리의 입가에 보일 듯 말 듯 희미한 미소가 떠올랐다.

'흠, 이제 뭘 가르쳐 주고 부려먹는다?'

2

강호에 바람이 분다. 수주에서 발원해 산들산들 불어오던 미풍이 점점 거세지더니, 한겨울 서북풍과 함께 눈보라를 대동한 폭풍으로 변해 버렸다.

쿠궁!!

빙혼마령수 역수양이 죽었단다.

쾅!

귀왕 순우곤마저 죽었단다.

누구에게? 글쎄? 어쨌든 한 사람에게 두 사람이 죽은 건 확실하다는 소문이다.

북풍객잔에 가면 자세히 알 수 있단다. 천하제일 재담꾼 소진천이 모든 걸 알고 이야기한다고 한다.

궁금해서 미치기 직전의 사람들이 우르르 북풍객잔으로 몰려갔다.

객잔의 한가운데 앉은 소진천의 주위로 사람들이 구름처럼 모여들었다. 그러자 소진천이 턱 밑에 몇 가닥 있지도 않은 수염을 쓰다듬으며 눈을 반쯤 감고 주위를 돌아다본다. 모든 사람의 시선이 자신을 향해 있다. 탁자에는 수주의 최고급 술인 홍명주(紅明酒)가 자신을 빨리

마셔달라며 향기를 내뿜는다. 그리고…….

건너편 탁자에는 고개를 힐끔거리며 안 보는 척하면서도 귀를 쫑긋 세우고 있는 자신의 영원한 맞수, 만설자의 풀 죽은 모습이 보인다.

'바로 이 맛이야! 우하하하! 이놈 만설자야! 너는 죽었다 깨어나도 이 맛을 모를 것이다!'

바야흐로 재담꾼 사이에 전설이 되어버린 소진천의 '신협이 귀왕의 머리에 구멍을 내다' 라는 이야기가 본격적인 막을 올리고 있었다.

동방설리를 만나 이야기를 조율하고 함께 터뜨리라는 위경리의 말에 근질거리는 입을 봉하고 며칠을 참았다. 다행히 동방설리와의 단독 만남이었기에, 자기를 제외하고는 아직 벌어진 일에 대해 아는 자가 없다는 것이 그나마 위안이 되었다.

그리고 드디어 때가 되었다. 소진천의 날이 밝아온 것이다.

"참으로 엄청난 광경이었지. 밤을 밝히는 금빛 광채가 찬란히 빛나자 귀신같은 얼굴을 가진 노인의 안색이 창백히 질리는 거야. 아마 자네들은 펴어엉생 가도 구경을 못할 거네. 그나마 나한테 직접 듣는 것만도 감지덕지지. 암…….."

"아! 시답지 않은 소리 말고 계속 이야기나 하라니까!"

홀짝!

"크!! 좋군. 흠, 그때였네. 황금빛 번개가 번쩍!! 하더니…….."

힐끗 보니 만설자의 입가에 침이 흐르는 게 보인다. 그리고 무엇을 생각하는지 눈동자에 초점이 없는 것 같다.

'흐흐흐. 상상의 나래를 펴는 걸 내 어찌 말리겠느냐. 우헤헤!! 아고, 기분 좋아라.'

"그렇게 귀신같은 노인이 죽고 철립을 쓴 자들마저 죽어버리자, 나는 부들부들 떨며 그분들께 다가갔지. 그런데 그때 위경리 선배가 부르는 거야. '진천! 자네는 강호의 수많은 일을 알고 있는 강.호.제.일. 재담꾼이 아닌가? 저들이 누군지 아나?' 처음에는 누군가 했었지. 하지만 내가 누군가! 천하의 진천객 아닌가!! 그때서야 자세히 보니……. 헉! 죽은 사람이 귀신들의 조종 귀왕 순우곤이 아닌가!!'

사람들의 입이 벌어진다. 눈이 반쯤 맞들이 간 것이 각자 나름대로 그 상황을 머리 속에서 꾸미고 있는 거 같다.

'크크크. 그래, 돈 안 드니까 맘껏들 상상하라고!'

"그런데 말이야…… 나중에 들어보니 위 선배 일행을 쫓는 곳이 바로!"

쓰윽 둘러보니 눈들이 초롱초롱하다. 위대하신 소진천 나으리의 입만을 보고 있다.

"천.은.산.장.이었다네!"

"아!!"

"천은산장? 그들이 왜?"

"어허!! 조용하고 더 들어보라구. 왜 쫓느냐구? 그런데 자네들, 그거 아나? 천은산장의 봉공인 도제 장.무.담.과 천양신마 상.관.욱.이 신협에게 깨졌다는 거! 몰랐어? 쯔쯔쯔……."

장내가 파리의 날갯짓이 들릴 정도로 조용해졌다.

"하늘 같은 고수라는 그들이 깨졌기에 귀왕마저 천은산장을 나온 것이지. 하지만! 더 중요한 것은… 어허! 술잔이 비었군. 음."

우당탕탕!!

서로 술을 따르려 덤벼든다. 흐뭇하니 웃음을 지으며 술 한 잔을 받아 마신 소진천이 사람들을 주욱 훑어봤다.

'그래, 궁금도 하겠지. 나 역시 그랬거늘…….'

"그분들이 천은산장에서 무언가를 꾸미고 있다는 것을 알았기 때문이라네! 자네들도 생각해 보게. 천하의 고수들을 끌어 모으고, 사람 같지도 않은 마인들을 길러내고, 또 그걸 알아챘다고 귀왕 같은 고수를 보내 죽이려는 이유가 무엇이겠나? 삼척동자도 알 일이 아닌가?"

"하긴, 요즘 천은산장의 행사가 은밀해지고 수상한 짓을 많이 한다고 하던데, 그래서였나?"

"절강의 피바람도 천은산장에서 사주했다는 말들이 있던데……."

"설마? 천은산장이 그럴 리가……!"

"어허!! 자네는 요즘 소문도 못 들어봤나?"

그렇게 미풍은 소진천의 입바람과 함께 점점 거세지기 시작했다.

*   *   *

진고영 일행이 떠나고 다음날, 무림련의 사람들이 설한보에 도착했다. 대군사 제갈환이 직접 백여 명의 고수들을 이끌고 도착한 것이다. 게다가 하루가 멀다 하고 구대문파의 장로급 인사들이 설한보를 찾아오니, 그야말로 설한보는 풍운의 중심이 되어버렸다.

동방설리가 안정을 이유로 사람들 만나는 것을 미루자 설왕설래 별의별 말이 다 쏟아졌다. 심지어는 동방설리의 다리가 잘려 나갔다는 헛소문까지 돌 지경이었다.

마침내 제갈환이 도착하자 그제야 면담이 허락되었다. 무슨 말이 오갔는지 아는 자는 없었지만, 제갈환의 안색이 좋지 않은 걸로 보아 심상치 않은 일이 있을 거라 추측하기는 어렵지 않았다.

다시 이틀이 지나자 구대문파의 장로들을 비롯해서 오대세가의 사람들까지 강호의 명숙만 수십에 이르렀다.

그리고 마침내 동방설리가 제갈환과 함께 대회의를 소집했다.

소진천이 객점에서 한창 사람들 앞에서 무게를 잡고 있을 그 시간이었다.

"…이상이 제가 파악한 일의 전모입니다."

동방설리의 말이 끝났지만 아무도 입을 여는 자는 없었다. 모두가 창백하게 굳은 얼굴로 조금 전 자신들이 들은 내용이 사실인지를 탐색하느라 정신이 없었다.

"부군사의 말대로라면 혈왕이란 자가 삼백 년 전의 혈왕궁을 열었고 적어도 수십 년 전부터 힘을 길러왔다는 것인데, 어찌 그동안에는 아무도 몰랐단 말이오?"

딱딱하게 굳은 얼굴로 소림의 지현 대사가 질문을 던지자 동방설리의 눈매가 차갑게 변했다.

"지현 대사님께선 뭔가를 잘못 알고 계신 듯합니다. 저의 숙부 되시는 전 부군사께서 분명 보고를 올렸고, 대군사께서도 대회의에서 분명 말씀하셨다 들었습니다. 단, 그때 올라간 보고를 많은 분들이 무시 했을 뿐이지요."

장내가 술렁거렸다. 무림련의 장급 고수들의 눈엔 불쾌한 기색이 완연했고, 각파에서 온 장로들의 눈엔 어이없다는 빛이 떠올라 있었다. 마치 '세상에 그런 일이 있었다니……' 하는 눈빛이었다.

쾅!!

탁자를 치며 한 도인이 일어섰다. 무당의 열혈도인 허광 진인이었다.

"대체! 총단에 있는 분들이 어찌 그렇게 무책임하단 말입니까! 허운!!"

"예, 사형……."

"너는 당장 본 산으로 돌아오너라! 일이 이렇게 된 데는 너의 책임도 없다 할 수 없는 일! 그 책임을 물을 것이다!"

허광의 일갈에 허운 진인은 물론 무림련의 다른 사람들도 눈치 보기에 급급해졌다. 어찌 그러지 않을 건가. 분명 본 산에서는 자신들에게 일말의 책임을 떠넘길 터, 허운의 일이 곧 자신의 일처럼 생각된 것이다.

웅성웅성.

그렇게 시끄럽던 장내가 어느 정도 가라앉자 한 사람이 조용히 몸을 일으켰다.

"당가의 당화문이라 합니다. 부군사께서 말씀하신 적들에 대비해 저의 형님 되시는 인문 형님께서 비밀리에 호위로 나섰다가 한쪽 팔을 잃고 돌아오셨습니다. 한데, 그분 말씀 중에 빙혼마령수 역수양에 대한 이야기가 있었습니다. 그에 대한 이야기를 들을 수 있는지요."

조용하면서도 온화한 말투였지만 그 내용만큼은 결코 그렇지 않았다.

역수양에 대한 말은 이런 저런 소식통을 통해 들었다. 하지만 단편적인 이야기일 뿐 자세한 것은 아무도 모르는 상황이었다.

동방설리는 안타까운 표정으로 사람들을 향해 고개를 숙이며 입을 열었다.

"우선 저의 말을 믿고 저를 보호하기 위해서 가문의 형제들을 잃은 두 가문의 분들께 심심한 사죄의 말씀과 감사의 인사를 드리는 바입니다."

사람들의 눈이 빛난다. 믿고 따랐다. 다시 말하면, 다른 사람들은 믿지 않았기에 따르지 않았다는 말. 그 말의 파장은 결코 작지 않을 것이다.

"역수양에 대한 것은 간단합니다. 그는 저를 호위하기 위해 따라온 분들을 잔인하게 죽었습니다. 그리고 결국은 그도 죽었습니다. 저와 만나기로 했던 일행들에게 말입니다."

단순한 몇 마디에 눈들이 휘둥그레진다.

역수양이 누군데… 아무리 나이 먹고 기력이 달릴 때도 됐다지만 역수양은 역수양이다. 혈천오사의 하나인 빙혼마령수 역수양이 아무한테나 죽을 사람이 아닌 것이다.

"내 알기로 그 일행에 장절 위경리와 마개 육정기가 끼어 있다는 말은 들었소. 하나, 그들이라고 해서 역수양을 죽일 정도라고는 생각지 않소만."

인상을 있는 대로 찡그리며 말하는 사람은 화산의 진회 도인이었다.

"물론 그분들은 결코 역수양을 죽일 수 없었을 겁니다. 혹, 여러분은 진고영이라는 이름을 들어보신 적이 있습니까?"

"진고영?"

"그게 누군데?"

"진고영? 지금 진고영이라 하셨소?"

느닷없이 뒤쪽에서 들리는 소리에 사람들의 고개가 뒤로 돌아갔다.

"본도는 종남의 청호라 하오이다. 다름이 아니라 얼마 전, 본도의 사제가 되는 청연이 위경리 선배 일행에게 도움을 받은 적이 있소이다. 한데 그 일행 중 진고영이라는 젊은이에 대해 입에 침이 마르게 이야

179

기를 하더이다. 새삼 여기서 그 이름을 들으니 문득 사제가 했던 말이 생각이 납니다. 앉아 있는 것만으로도 산을 보는 듯했다는 말이……."

어리둥절한 표정을 짓던 사람들이 동방설리를 바라본다, 무언가 답을 요구하는 눈빛을 담고.

"그분이 역수양을 죽였습니다."

동방설리가 던지듯 한 말에 놀란 눈으로 서로를 쳐다보는 눈빛들은 자신들이 지금 들은 이야기가 분명 제대로 들은 건지 확인하는 눈초리들이다. 개중에는 믿을 수 없다는 듯 동방설리에게 재차 질문을 던지는 자들도 있다.

"지금 부군사께선 그 말을 우리더러 믿으라, 이 말씀이오?"

"그러게 말이오. 장절이나 마개가 힘을 합해 죽였다면 이해가 가지만……."

"어허!! 거 조용히 하고 부군사의 말 좀 들어봅시다!"

허광의 외침에 모두들 입을 다문다. 저 지랄 같은 성격을 건드려 봐야 좋을 게 없다는 건 강호의 정설인 바, 입 다물고 가만히 있는 게 상책이다. 그러자 동방설리의 작은 입술이 벌어졌다.

"그럼 한 가지만 묻지요. 지금 수주에 퍼지고 있는 소문을 들으신 분이 있으신가요?"

알 리가 없다. 지금 한창 소진천이 입에 침을 튀기며 이야기하고 있을 터이니.

아마 나가자마자 수소문해 볼 터이고, 이들은 그제야 소문이 수주를 휩쓸고 있다는 것을 알게 될 것이다.

"장무담이 무공을 잃었습니다."

"도제 장무담이 무공을 잃었다고요?"

놀람의 탄성이 장내를 휩쓴다. 하지만 그것은 시작일 뿐이었다.

"천양신마 상관욱도 같은 날, 같은 사람에게 무너졌습니다."

이제는 놀랄 기운도 없는지 모두들 멍하니 동방설리만을 쳐다본다.

"그리고… 며칠 전, 귀왕 순우곤이 죽었습니다."

쾅!!

충격이 거센 바람처럼 장내를 휩쓸어 촛불이 꺼질 듯 흔들린다.

"그들을 무너뜨린 사람이 역수양을 죽였습니다. 바로… 진고영이라는 사람이 말입니다."

"……."

아무도 말을 않는다. 아니, 말을 잊어버렸다. 대체 그걸 말이라고 하냐며 따질 법도 하건만, 너무 엄청난 말에 따질 겨를도 잊어버린 것이다.

"흠흠……. 부군사, 농담이 심하신 것 같소. 허허, 아미타불……."

정신을 차린 소림 지현 대사의 떠듬거리는 말에 동방설리의 눈매가 차갑게 변했다.

"대사께오선 소녀가 하릴없이 농담이나 하려고 팔을 버려가며 이 자리에 섰다 생각하십니까? 좋습니다. 어차피 모든 진실은 나중에 드러날 터이니 지금 당장 믿으란 말씀은 안 드리지요. 하지만 한 가지만은 말씀을 안 드릴 수가 없군요."

이미 들은 말이 있다. 황보명이 무공을 잃고 동방설리의 한 팔이 힘을 쓸 수 없게 되었다는 말이 장원에 파다하다. 그들도 귀가 있고 눈이 있으니 그것이 사실이란 걸 안다.

"위경리 노선배 일행은 아무도 모르는 사이, 마의 길로 가고 있는 천은산장에 맞서 싸우고 있는데, 저희 무림련은 언제까지 자신들의 안전만을 우선으로 삼아야 한단 말입니까!!"

"말이 심하신 것 같소, 부군사! 우리더러 무작정 그 말을 믿으라는 것도 무리가 있지 않소!"

"그럼 청성에서는 이번 일에서 빠진다 생각해도 되겠군요."

"그, 그, 그건……."

청성의 장로 우진 도장이 말을 얼버무리지만 이미 기세를 잃은 이상 마땅히 대꾸할 말이 없다.

"자! 자! 이 자리는 대책을 논의하자는 자리지 누굴 추궁하려는 자리가 아니오. 우진 도우도 그만 자리에 앉으시고…… 부군사, 말씀을 계속해 보시구려."

허광의 말에 우진 도장이 자리에 앉자 동방설리는 한 번 주위를 돌아보고 천천히 입을 열었다.

"죄송합니다. 제가 너무 감정을 앞세운 것 같습니다. 여러분들의 문하제자들이 희생된 걸 미처 헤아리지 못하고……. 우선 역수양이 속했던 곳은 말씀드린 대로 혈왕궁이라는 곳입니다. 또한 그곳의 하부 조직으로 밝혀진 곳은 지금까지 마도십문 가운데 다섯 문파, 해서……."

마침내 모든 주도권은 동방설리에게 넘어왔다. 그리고 서서히 폭풍의 씨앗이 열매를 맺기 시작했다. 한겨울 서북풍보다 더욱 차가운 폭풍이…….

孤影 第六章

1

　무창성 서쪽 삼십 리를 가면 두개산(豆開山) 자락에 위치한 어현이라
는 마을이 나온다. 그곳에서 다시 오 리, 두개산의 두 봉우리 사이에
위치한 한가장은 본래 낙향한 관리가 살던 별장이었다.

　한데 십 년 전, 한가장은 철한장으로 이름이 바뀌면서 근처는 일반
인들의 출입이 통제되어 버렸다.

　주민들은 의아하긴 했지만, 그 근처에 그다지 볼일이라는 것이 없었
기에 그러려니 하고 지나쳐 간 세월이었다.

　항상 조용하고 새소리만이 울리던 철한장 정원에 제법 많은 사람이
들어선 것은, 눈발이 제법 커져 함박눈이 되어 떨어지는 십이월 열나흘
이었다.

　정원의 팔각정자로 다가서는 사람들의 면면은 제각각이었지만 지닌
기도들은 하나같이 날이 선 듯한 엄중함을 지니고 있었다.

그들이 걸음을 멈춘 팔각정자에는 언제부터 와 있었는지 선객이 몇 사람 있었다. 모두 여섯, 있어도 없는 듯 별다른 기운을 흘리지 않는 사람들을 향해 밖에서 들어온 자들이 허리를 숙였다.

"비검단(秘劍團) 단주 금대평이 이공자를 뵈오."

"잠풍단(潛風團) 부단주 남현강이 삼가 단주를 뵈오이다."

원목 탁자를 중심으로 앉아 있던 사람 중 절세미남이라 하기에 부족함이 없는 사마정이 마주 포권을 취하고,

"오시느라 수고했습니다."

무게 하면 빼놓을 수 없는 백리웅천이 역시나 무게를 잡으며 고개를 끄덕였다.

"잘 왔다."

백리웅천의 무게 실린 답에 남현강의 고개가 슬며시 들렸다. 고개만 끄덕이고 말 사람이 말대꾸까지 하는 것이다. 그것도 '잘 왔다?' 세상 오래 살고 볼 일이다.

힐끗 뒤돌아보자 잠풍단 세 명의 조장도 이상하다는 눈으로 자기를 쳐다본다.

"남현강, 눈알 그만 돌리고 이리 와 인사나 올려라."

"예? 예, 단주!"

안을 쳐다보니 전에 보았던 사람들이 눈에 띈다.

장절 위경리, 그 옆에 말로만 들었던 마개 육정기가 있다.

그때였다. 막 앞으로 나서려는 남현강의 옆을 비검단주 금대평이 스쳐 간다.

"비검단의 금대평이 삼가 장절 위 선배님과 마개 육 선배님을 뵈오이다."

"음, 반갑네."

"그려, 오느라 수고했구만."

얼굴이 반쯤 일그러진 남현강이 금대평을 한 번 흘겨보고는 재빨리 고개를 숙였다.

"남현강이……."

"엉? 그때 그놈이잖아?"

"형님이 아는 사람이우?"

"어. 싸가지가 좀 없다 뿐이지 지 할 일은 열심히 한다구 하드만."

위경리의 말에 남현강의 얼굴이 휴지 조각처럼 구겨졌다. 하지만 표시를 낼 수는 없는 일. 고개를 숙이고 한참을 진정시킨 남현강이 천천히 고개를 들었다. 어울리지 않는 웃음까지 입에 걸고.

"그때는 제가 미처 몰라뵙고……."

"그래? 어이, 웅천! 저번에 자네가 그랬지? 남현강이 내 이름 집어줬다고?"

백리웅천은 대답하지 않고 남현강을 쳐다봤다. 그런 그의 눈에선 불길이 쏟아져 남현강의 동공을 태워 버릴 듯했다.

"남현강! 나가서 나하고 자유 대련 한번 할래, 아니며 여기서 위 선배 달랠래? 선택은 자유지만 뒷일은 책임 못 진다. 일 잘못되면 나 쫓겨나거든."

헉! 남현강의 얼굴이 새파랗게 변했다. 공포의 자유 대련! 그것만은 절대 안 된다. 한 달간 방구석 신세를 질 수는 없는 것이다.

"위 노선배님! 소인이 미처 몰라봤던 죄 통감하고 있나이다. 한 번만 용서를……. 크윽."

남현강의 눈에선 금방이라도 눈물이 쏟아질 것만 같았다. 그러자 옆에서 바라보던 금대평은 느닷없는 상황에 간담이 서늘해졌다. 뭔 일인 지는 모르지만 단순히 몰라봤다고 죽일 리는 없을 것이거늘, 억세기로 유명한 잠풍단의 부단주가 곧 죽을 것처럼 용서를 빈다.

'아무래도 몸조심을 해야 할 것 같다. 공연히 자존심 세우다 벼락 맞 고 싶은 생각은 없으니까. 자존심도 세워야 할 사람한테 세워야지……'

위경리는 난데없는 남현강의 행동에 눈을 크게 떴다.

"저 친구 왜 저래? 웅천! 너 저 친구한테 뭐라 했지?"

눈치 하나는 천하제일이다. 그 말에 백리웅천이 어울리지 않게 빙그 레 웃는다.

"별거 아닙니다. 단주는 죽어라 고생하고 다니는데, 얼굴 보니까 살 만 뒤룩뒤룩 찐 것 같잖습니까. 아무래도 자유 대련을 한번 해야 할 듯 싶은데……."

남현강의 얼굴이 어이없다는 듯 벙찐 표정이 되었다가 다시 새파랗 게 변한다. 팔색조의 변신을 보는 듯한 모습에 육정기가 고개를 저었다.

"거참! 잠풍단에선 변신술도 가르치나 보군."

더 이상 변할 색도 없는지 남현강의 얼굴이 그저 벌건 색만 유지하 고 있을 때, 한쪽에서 진고영이 일어나며 포권을 취했다.

"오랜만입니다."

"남현강이 진 공자를 뵈오."

"금대평이 진 공자를 뵙게 되어 영광이오."

"별말씀을, 오느라 수고하셨습니다."

진고영의 등장으로 그나마 남현강의 얼굴에 제 혈색이 돌아왔다.

그렇게 우형욱과 마저 인사를 나눈 금대평과 남현강이 한쪽 자리에 앉자 따라 들어온 사람들이 뒤쪽으로 늘어섰다.

비검단의 대주들과 잠풍단의 조장들이 눈빛을 번뜩이며 병풍처럼 둘러서자, 팔각정자는 마치 천하를 논하는 회의장 같은 분위기가 풍겼다.

"어째 좀… 분위기가 그렇지? 흠흠."

위경리가 어깨를 으쓱거리며 주위를 쳐다본다.

"자유스럽게 있게나. 불편하면 나가서 서로 인사라도 하든지."

사마정의 말에 일곱 사람은 서로를 쳐다보더니 자기들도 조금 어색했던지 정자 밖으로 나갔다.

그들이 나가자 사마정이 일어났다. 그리고 조용히 고개를 숙이고 사람들을 둘러봤다. 그리고 시선이 진고영에게서 멈췄다.

"우선 저희 철한장을 찾아주신 여러분을 환영하는 바입니다. 이곳은 저희 산장에서 현재와 같은 일이 벌어지면 전진 기지로 사용하기 위해 십 년 전 사들인 곳입니다. 어제 먼저 도착하신 분들께는 미리 말씀 드렸습니다만, 나름대로 손을 본 장원은 어지간한 문파의 공격을 자체적으로 막을 수 있는 시설들도 완비되어 있는 곳입니다. 해서 당분간은 이곳을 중심으로 움직였으면 하는 게 저의 생각입니다."

"음……. 하긴 정보를 취합하고 서로 간의 움직임을 통제하려면 중심점이 있어야 하겠지."

위경리가 신중히 고개를 끄덕이자 육정기도 무조건 따라서 고개를 끄덕인다. 생각을 많이 하면 쥐가 나는 성격상의 이유로 머리 쓰는 것은 무조건 위경리에게 양보하기로 한 것이다.

"사마 형의 말씀이 맞소이다. 이제 적으로 삼아야 할 자들은 단순한 고수 몇몇이 아닙니다. 천은산장이 될지, 혈왕궁이 될지는 몰라도 거대 단체를 상대해야 합니다. 물론 저희들의 힘으로 전체를 상대하는 것은 아니지만, 어쨌든 개인 간의 싸움이 아닌 이상 중심점이 있어야

189

하는 것은 당연한 일입니다. 이곳은 제가 봐도 지리적으로 아주 좋은 위치입니다. 해서 저도 이곳을 총타로 했으면 합니다."

백리웅천을 바라보는 사람들의 시선이 일제히 감탄 일색이다. 특히나 남현강의 생각은 더욱 그러했다.

'아무래도 단주가 제정신이 아니다.'

사마정은 백리웅천의 말이 끝나자 곧바로 말을 이었다.

"한데 한 가지 서둘러야 할 일이 있습니다. 지금 저희들의 무력은 결코 어디에도 뒤처지지 않습니다. 본 산장이 뒤를 받치고 있고, 대풍운보가 옆에 있습니다. 물론 전력을 다 투입할 수 없다는 것은 저도 압니다. 하나, 천은산장 역시 저희를 상대하겠다고 무리하게 많은 힘을 쏟을 수는 없습니다. 결국은 엇비슷한 전력의 투입이 계속될 테고, 그러다 한순간 결정적일 때 힘을 몰아치게 될 것입니다. 그런데 그러한 싸움에서 우리가 모자란 게 있습니다."

"혹, 지휘를 할 군사를 말함입니까?"

역시 백리웅천의 말에 사마정의 고개가 끄덕여지자 육정기가 투덜거리며 나섰다.

"아, 그거 그냥 쓸어버리면 안 되남?"

"누가? 니가? 니가 빗자루냐? 더구나 천은산장이 무슨 허깨비 터럭같이 가벼운 줄 아냐? 중간이라도 가려면 나처럼 가만히 듣고 나 있어, 좀."

묵묵히 듣고 있던 진고영은 위경리와 육정기가 티격태격 궁시렁대자 피식, 웃음이 새어 나왔다. 그러자 사람들의 시선이 모두 자신에게 쏠린다. 이크, 진고영은 재빨리 일어났다. 위기를 기회로…….

"음. 사마 형의 말씀에 감탄을 금할 수 없습니다. 저 역시 그렇게 될지 모른다는 생각은 했었습니다. 하지만 그렇기에 그리되지 않기를 바렸습니다. 그건 너무 많은 피를 요구하게 될 테니까 말입니다.”

한마디 더 해주려던 위경리가 입을 닫고 진고영의 눈을 본다. 저 마음 여린 아우의 눈빛에 왠지 모를 안타까움이 스며 있다. 대단위의 싸움에선 많은 사람들이 죽어갈 것이다. 그러다 보면 원하지 않은 주검들이 많이 생길 것이고, 아우는 그게 안타까운 걸 거다.

그래서 여태껏 소규모로 고수들을 제거하는 방법을 써왔을 것이고, 지금도 속으로는 그걸 원하고 있다. 그리해서는 천은산장을 상대한다는 것이 불가능한 줄 알면서도 말이다.

하지만 이제는 너무 많은 사람들이 끼어들었다. 철검산장에 대풍운보까지. 결코 혼자가 아닌 것이다. 그 또한 아우는 알고 있기에 고민하는 것이다.

‘설마…… 지금 와서 혼자 떠나지는 않겠지?’

위경리의 우려를 불식이라도 시키려는 듯 진고영이 좌중을 둘러보더니 한 사람의 이름을 말했다.

“아마 여러분들도 잘 아실 겁니다. 유지화라는 분을 말입니다.”

“유지화? 동백장의 단홍수사 유지화 대협 말입니까?”

“우가야, 다들 알고 있으니까 방정 좀 떨지 마!”

우형욱의 호들갑에 육정기가 빽 소리치자, 우형욱의 입이 한 자는 튀어나왔다.

“전에 동백장에 들렀을 때 그분과 이야기를 나눠본 적이 있었습니다. 저의 학문이 그리 자랑할 만하지는 않습니다만, 그분 유 대협의 학문은 그 깊이를 알 수가 없을 정도였습니다. 더구나 당금 강호에 혼란이 올지 모르니 조심하라는 말을 할 때는 간담이 서늘했습니다. 그 말투에는 분명 그럴 때가 온다는 듯한 뜻이 담겨 있었으니까요.”

"흠. 진 아우의 말대로라면 그 유지화의 능력이 대단히 뛰어나다는 것인데, 그가 도와줄까?"

진고영의 입가로 씁쓸한 미소가 어렸다.

"우습게도 유 대협이 웃으면서 저에게 남긴 마지막 말이 가까운 시일 안에 다시 볼지도 모르겠다는 말이었습니다. 그때는 그냥 흘려들었습니다만……."

진고영의 말에 정자 안이 침묵으로 감싸였다. 진고영의 말대로라면 설사 반만 믿는다 해도 보통 사람이 아니란 것을 의심할 여지가 없었다.

그리고 사마정의 말 한마디가 그 생각을 확고하게 굳혀 버렸다.

"그리고 보니 오래전 외숙이 하신 말씀이 생각나는군요. 강호의 사람들이 단홍수사 유지화를 알지도 못하면서 아는 체하는 것이 우습다고 했습니다. 제가 외숙까지 도매금으로 값을 올리려 하는 게 아니냐 했더니 그러시더군요. '유지화하고 싸우려면 나머지 셋이 다 붙어야 돼. 그래도 이기려나 몰라? 육기 칠절 정도는 되어야……' 저는 그냥 장난으로 하는 말씀이신 줄 알았는데."

"컥! 이호당이 그랬다고?"

"예……."

육정기의 발작할 듯한 목소리에 사마정이 조심스레 대답하자, 진고영이 신중한 얼굴로 육정기를 쳐다봤다.

"유 대협의 무공을 다는 몰라도 아마 내공은 육 노형님과 비슷할 겁니다."

휘이이잉!

찬바람이 눈발을 싣고 정자 안을 맴돈다.

"전에 제가 치료하며 느꼈던 겁니다. 그래서 강호사현(江湖四賢)이

192

모두 그런 정도의 고수인가 했었지요. 한데 설한보 이 대협을 뵈니 그런 것만은 아니라는 생각이 들더군요."

"허! 놀랍군. 그러니까 진 아우의 말은 유지화가 무공은 능히 육가에 버금가고, 학문 역시 그 깊이를 알 수 없는 정도다? 하긴 그 정도라면 육기에 충분히 속할 능력이 된다고 봐야지. 그럼 칠기인가?"

위경리가 어이없다는 듯 고개를 설레설레 저으며 말하자 그제야 사람들은 정신이 드는지 탄성을 질렀다.

"놀랍군요. 그때 보고도 몰랐다니……."

"진 아우 말대로라면 한판 맛짱 떠봐야지! 음하하하!!"

육정기의 눈이 호승심으로 불타오른다. 누가 뭐래도 자신은 십팔마의 일원인 것이다.

그렇게 일단 유지화에게 전서를 보내기로 했다. 그리고 위경리는 사마정을 몰래 불러 첩검단의 정보력을 이용해 연부경을 찾아달라는 부탁을 했다. 사마정이 생각할 땐 부탁이 아니라 협박이었지만.

한 사람의 고수도 아쉬운 형국이다.

위경리는 연부경에게 소식을 전하면 감천기의 복수를 위해서라도 그가 반드시 올 거라는 걸 알고 있었다. 사마정을 몰래 불러 이야기한 것은 진고영이 알면 말릴 거라는 걸 알고 있었기 때문이다.

일단 잠입과 각개전이 뛰어난 잠풍단을 임수행과 함께 보내 천자산의 장원을 감시하게 하고, 비검단은 호남으로 내려 보내기로 했다. 설령 천은산장과 마주친다 해도 당장은 철검산장의 무사를 어찌하진 못할 것이란 생각에 비검단을 호남으로 보내기로 한 것이다. 아직은 그들도 정도의 문파로 행세해야 할 테니까.

비록 진고영 등은 움직이지 않았지만 움직인 거와 다름이 아니었다.

그렇게 일단의 일이 진행되자, 모두가 휴식을 취하기 위해 방으로 돌아갔다.

　　진고영은 내원으로 들어가려다 발길을 돌려 염이상이 머물러 있는 방으로 들어갔다. 방에는 염이상이 의자에 앉아 창밖으로 흩날리는 함박눈을 쳐다보고 있었다. 아픈 몸 때문에 정자로 나오지 못한 게 답답했을 것이다.

　　"좀 어떻습니까, 염 형?"

　　"괜찮습니다. 진 대형께 폐만 된 듯합니다."

　　"무슨 말씀을……. 염 형의 마음 항상 간직하고 있습니다. 일단은 빨리 나으시는 데만 주력하세요."

　　"어차피 당장은 짐만 되니 저도 그럴 생각입니다. 마침 시간도 있겠다, 못다 익힌 도나 갈무리하렵니다."

　　"그거 좋은 생각입니다. 도 좀 봐도 되겠습니까?"

　　"마음대로."

　　희미한 웃음을 짓던 진고영이 문득 옆쪽에 놓여진 도를 집어 들었다. 그리고 천천히 빼 들고 보자 군데군데 이가 빠진 게 보인다. 그간 벌어진 흉험한 격전의 흔적들이었다.

　　쓰디쓴 미소를 입에 물고 진고영은 도를 앞으로 뻗었다. 그걸 바라보던 염이상의 표정이 굳어진다. 아무것도 아닌데, 그냥 뻗고 있을 뿐인데 무언가 알 수 없는 기분에 등줄기로 식은땀이 흐르는 것만 같다.

　　'대체 뭐지?'

　　진고영의 손이 흔들리는 것처럼 보인다. 극히 짧은 순간이었지만 어디서 본 듯한, 아니, 느껴본 듯한 기세……. 자신이 잘못 본 것은 아닌 것 같은데……. 헉! 눈을 떼지 않고 바라보던 염이상은 하마터면 자신도 모르게 주저앉을 뻔했다.

분명 도는 한쪽 벽을 가리키고 있건만, 왜 자신의 의지가 무너지려 한단 말인가.

때마침 다행히도 진고영이 도를 거두어들였다. 그러자 자신의 몸을, 의지를 짓누르던 기운이 안개처럼 사라져 버렸다.

"아마 절명삼식(絶命三式) 중 하나가 이런 도였다는 말을 들었소만……. 도움이 됐을지 모르겠소."

"아!! 절혼(絶魂)!"

염이상의 가슴 깊숙한 곳에서 탄성이 새어 나오더니 눈을 감고 그 자리에 주저앉았다.

진고영은 그런 염이상을 보며 조용히 방을 나갔다.

언제부터인지 몰라도 염이상이 벽에 부딪쳤다는 것을 알았다. 하지만 자신이 도움을 줄 수 있는 상황도 아니었기에 지켜만 보았다. 그러다 문득 도를 보자 등원신이 말해 준 도법이 생각난 것이다, 진혼도의 절명삼식 중 하나와 비슷하다는 도법이. 해서 자신이 나름대로 염이상의 도결에 맞추어 심상(心想)을 구현해 봤다. 얻을 수도 있고, 얻지 못할 수도 있다. 그런데 염이상은 거기서 절명삼식 중 하나를 느낀 것이다. 참으로 기분 좋은 일이었다.

방으로 들어가니 따뜻한 찻물이 주담자에 담겨 탁자에 올려져 있었다. 함박눈을 보면서 그렇게 차를 한 모금 마시고 있을 때 위경리가 들어왔다.

"흠, 쉬고 있는데 방해는 안 됐나 모르겠네."

"아닙니다."

"아무래도 많은 사람과 움직이는 것이 마음에 안 들겠지?"

"일이 너무 커지는 것 같아서 그렇습니다."

"험, 험! 내 아우의 마음을 모르는 바는 아니나, 어찌하겠나. 일은 이미 진행되고 있고, 이제 천은산장의 일은 아우의 일만도 아니지 않은가. 아우 말대로 혁련유천이 수라혈마기라는 마공을 익히고 있고, 그것이 천하에 피를 몰고 올 일이라는 것이 확실하다면 강호인 전체에 관한 일일세. 독보강호도 좋지만, 때론 옆 사람의 일에도 간섭하지 않을 수 없는 것이 무인이 된 숙명이란 게 내 생각이네. 뭐, 아우에게 내 생각을 강요할 생각은 없지만."

"저는 단지 너무 많은 사람이 희생된다는 것이 안타까울 뿐입니다."

"후우……. 나라고 어찌 그런 생각이 없겠나. 나 역시 그냥 강 형의 일만 해결되면 떠나고 싶다네. 하지만 일단은 해보는 데까지 해보고 떠날 생각이네. 어차피 한 번은 죽을 거 멋지게 살다 죽고 싶거든. 사실 이런 생각도 아우를 만나고 나서 가진 것이지만."

"노형님도 원…… 지금도 멋지게 사시는 것 같은데요?"

"웅? 그런가? 우허허!!"

그럴까? 벗어나기에 너무 늦은 걸까?

진고영의 눈가에 짙은 구름이 끼어 있는 것을 본 위경리는 슬그머니 자리에서 일어났다.

"가보겠네. 쉬게나. 어이구, 요즘은 삭신이 안 아픈 데가 없다니깐."

어깨를 두드리며 나가는 위경리의 등을 바라보는 진고영의 입가에 자그마한 미소가 새겨졌다.

아마도 자신이 무엇을 걱정하는지 알고 풀어주러 왔을 것이다. 작은 배려였지만, 지금은 누구도 해줄 수 없는 배려인 것이다. 진고영은 문득 위경리가 진짜 나이 먹은 친형님 같다는 생각이 들었다.

'위 노형님 말대로 걱정해 봐야 이미 일은 진행되고 있는 것을……'

2

대풍운보의 내실에선 한겨울의 바람보다 더 차가운 바람이 불고 있었다. 백리단황의 입가에 싸늘하면서도 굳은 결의를 보이는 미소가 떠오르고 있었던 것이다.

사람들은 긴장한 채 백리단황의 말을 기다리며 고요히 앉아 있었다. 저런 모습을 최근에는 보지 못했지만, 오래전 대풍운보를 키울 때 강호를 질타하던 모습이었던 것이다. 싸늘한 웃음이 떠오르면 한 문파가 복종을 해야 했다. 그것이 바로 무제 백리단황의 본모습인 것이다.

그런 모습을 쳐다보는 자들 중에는 백리단황이 결심을 했다는 것을 눈치채고 은근히 기뻐하는 자들도 있었다. 특하나 호공탁의 두 눈은 번질번질 빛까지 나고 있었다.

그의 마음을 알았는지 백리단황이 느리게 입을 열었다.

"공야등, 때가 되었다. 천은산장은 움직이지 않을 것이고, 천하의 인심은 백운보를 등졌다. 작전을 세우고 보고하도록."

"존명!"

"호공탁."

"옙! 주군!"

"수하들의 수련은 잘되고 있겠지?"

"지금이라도 명령만 내리시면 백운보의 쥐새끼들을 쓸어버릴 것입니다.”

“백운참마대(白雲斬魔隊)에 대한 정보는?”

“놈들이 제법 한가락 하는 놈들이라지만, 저희 풍천단도 결코 못하지 않습니다.”

“그 정도로는 안 된다. 놈들은 백운보 전력의 반을 차지하는 놈들이다. 그만큼 하나하나가 지옥 수련을 겪었다는 고수들이다. 너는 풍천단이 참마대 놈들과 같이 죽기를 바라는 것은 아니겠지?”

“그, 그, 그건……”

“홍요상!”

“예, 주군.”

조용히 대답하며 고개를 숙이는 자. 오대세력 중 암문(暗門)의 문주이자 대풍운보의 서열 육위.

“너의 아이들을 몇 써야겠다.”

“기다리고 있었습니다.”

홍요상의 나직한 대답에 호공탁은 뭐가 그리 불만인지 입을 씰룩거리며 백리단황을 쳐다봤다.

“저… 주군. 그냥 때려잡으면 될 것을 군이 저 음침한 놈의 아이들까지.”

“그만! 호공탁, 나는 나의 수하들이 한 명이라도 쓸데없는 죽음을 당하는 것을 원하지 않는다. 백운참마대를 상대하는 데는 암문의 아이들이 더 효율적일 것이다. 모든 것은 공야등과의 협의 하에 작전을 세우도록!”

“존명!”

불만을 거침없이 이야기하기도 하지만, 한 번 결정된 데는 결코 이유를 달지 않는다. 그게 패력신장(覇力神掌) 호공탁이 백리단황의 오른

팔로 자리잡은 가장 큰 이유 중 하나였다.

　수하들이 눈에 불길을 토하며 밖으로 나가자, 백리단황은 문득 오랜
세월 잠자고 있던 호승심이 치솟아오르는 것을 감추지 않았다.
　"한 번 승부를 가리고 싶구나. 도대체 어떤 자이기에 삼십삼천이 차
례대로 무너진단 말인가. 진고영이라… 진고영……."
　곤왕의 손자라 했다. 한데 곤왕보다 강할지 모른다고 한다. 참으로
놀라운 일이다. 아들의 최근 전언에 의하면 역수양과 귀왕 순우곤마저
죽었다 한다.
　두 손에 힘이 들어가고 마침내는 참지 못하고 벌떡 일어섰다. 그러
다 문득 백리단황은 그런 자신을 되돌아봤다.
　"후후후. 좋구나. 생각만 해도 이리 흥분되다니……. 나도 아직 늙
지 않은 모양이군. 후후하하하!!"

3

　온몸을 바닥에 깐 문인호용의 몸이 부들부들 떨리고 있었다.
　설마 역수양이 죽다니… 거기다 혈사령들까지 모두 죽어버렸다. 그
것은 자신의 목숨 열이 있어도 감당할 수 없는 일이었다. 그가 아는 혈
왕은 결코 용서를 모르는 사람이었던 것이다.
　"그래서 역수양이 죽었다? 그리고 동방설리는 살아서 무림련을 쥐
고 흔든다……. 호용… 너는 참으로 큰 실수를 저질렀구나."

혈왕의 일렁이는 혈안에선 금방이라도 문인호용을 녹여 버릴 것 같은 혈무가 피어오르고 있었다.

"혈왕이시여…… 용서를……."

"으흐흐흐. 너는 아느냐? 귀왕이 너의 목숨을 구했다는 것을 말이다. 네가 지은 죄는 열 번 죽어도 용서받을 수 없지만, 귀왕이 죽어 나의 기분이 좋으니 또한 용서를 받을 수도 있다는 말이다."

"오오……. 혈왕이시여!!"

고개를 드는 문인호용의 얼굴에 희망이 떠올랐다. 살 수 있다는 말은 그에게 새로운 생명이 부여된다는 말과도 같았다. 한데 그것이 귀왕이 죽어서라니, 새삼 혈왕의 종잡을 수 없는 성격을 알 수 있게 하는 말이었다.

"하나, 그냥 용서할 수는 없겠지. 어떤 방법을 써서든 동방설리를 죽여라. 죽이지 못하면… 흐흐흐. 삼 개월마다 사지 하나씩을 자를 것이다. 알겠느냐?"

"며, 명심 하, 하겠나이다."

4

천하가 술렁이고 있다. 강남에서 불던 피바람이 북상하더니 무림련에까지 몰아쳤다. 수십 년간 조용했던 강북무림이 단 한 순간에 요동치기 시작한 것이다.

소진천과 동방설리의 입에서 시작된 바람은 구름을 타고 전 중원에

비를 뿌리기 시작했다.

삼백 년 전, 강호를 피로 뒤덮었던 혈왕궁이 다시 열렸단다. 그들이 무림련 부군사 동방설리 일행을 덮쳐 백수십 명이 죽거나 부상을 입었고, 그 와중에 빙혼마령수 역수양이 혈왕궁의 고수로 등장했다고 한다. 혈천오사의 한 사람으로 천하를 종횡했던 그가 단지 혈왕궁의 수하였다니…….

한데 얼마 지나지 않아 천하의 역수양이 강호에 알려지지도 않은 무명의 고수에게 죽었다고 한다.

또 귀왕 순우곤이 천은산장의 사람으로 나타났으며, 그 이유가 도제 장무담과 천양신마 상관욱을 무너뜨린 자를 죽이기 위해서란다. 그런데 무엇이 진실이고 무엇이 거짓인지를 가릴 사이도 없이, 놀랍게도 귀왕 역시 역수양을 죽인 무명 고수에게 죽었단다.

이름이 진고영이라나? 그가 곤왕의 손자라는 소문도 심심치 않게 흘러 다녔다.

강호의 사람들은 코웃음을 쳤다. 거짓말도 적당히 해야 믿지 그걸 어떻게 믿느냐며 낄낄거렸다. 순서가 뒤바뀌고, 멀쩡한 사람들까지 죽었네, 살았네, 수많은 소문이 강호를 휩쓸었다.

심지어는 귀왕과의 싸움에서 장절 위경리가 귀왕을 끌어안고 장렬히 죽었다고도 한다.

그렇게 믿는 사람 반, 믿지 않는 사람 반으로 서로 갈린 채 설왕설래 소문만 무성하다.

믿는 자들은 '소진천은 지금껏 결코 거짓말을 하지 않았고, 동방설리가 왜 헛소리를 하겠냐'는 설변(舌辯)을 늘어놓았고, 믿지 않는 자들은 '천하에 그들을 죽일 고수가 몇이나 될 거며, 더구나 이름도 처음

들어본 사람이 아무리 곤왕의 손자라도 그렇지, 하늘로 불리던 사람들을 죽였다는 자체가 말이나 되냐 며, 밥 먹고 하릴없는 작자들이 거짓말만 퍼뜨린다고 웃어댔다.

하지만 그 두 부류의 사람들이 한 사람의 이름만은 똑같이 읊어댔다.

진고영.

한때 하늘로 불리던 두 고수를 죽이고, 도제와 상관욱을 이겼다는 사람의 이름이 진고영이라는 것만은 똑같았던 것이다. 한쪽에선 신협(神俠)으로, 한쪽에선 말쟁이 소진천이 만들어낸 가공의 이름으로. 그 바람에 소진천의 이름은 죽어도 원이 없을 정도로 강호를 진동시켰다.

그리고 그 와중에 천은산장이 마인들을 키우고 천하를 욕심 낸다는 소문도 조심스럽게 돌기 시작했다.

천은산장과 관계있는 문파들은 제자들의 입단속을 철저히 했지만, 그게 어디 가린다고 가려지는 것이던가?

그렇게 소문이 무성한 사이, 천은산장의 단단한 철벽에 금이 가기 시작했다.

그리고 강호인들은 무림련의 행보가 어디로 향할 건지에 촉각을 곤두세웠다.

5

"그게 지금 말이 된다 생각하시는가?"

"하면 부군사가 거짓말을 했단 말이오?"

"천하에 순우곤과 역수양을 죽일 수 있는 사람이 몇이나 된다 생각 하시는가?"

"몇이 있든 없든, 사실은 사실인 것이 아니겠소! 게다가 혈왕궁이 다 시 일어난 것은 이미 수하들의 피로 증명이 되질 않았습니까! 누가 죽 었다는 것보다 강호의 대의를 생각하셔야 합니다!"

원로원의 원주 명효 진인의 대갈에 무림련의 련주 위지천목이 눈을 치켜뜨고 대꾸했다.

그들 역시 두 부류로 갈린 사람들 중의 하나였다.

그간 명목상의 련주로써 힘이 없었던 위지천목은 이 기회를 놓치고 싶지 않았고, 원로원으로선 자파의 본산제자들을 내놓고 싶지 않은 것 이다. 하지만 이미 때가 늦었다는 것은 명효 진인도 잘 알고 있었다. 단지 본산제자들을 내놓더라도 주도권을 잃고 싶지 않은 욕심만이 있 을 뿐이었다.

*   *   *

천은산장의 영무각에서도 들려오는 소문에 바짝 긴장한 사람들이 있었다.

"우리가 자금을 대거나 무력을 지원하는 모든 문파에 전갈을 넣어 라! 앞으로 본 장에 대한 헛소문을 퍼뜨리는 문파는 모든 지원을 끊어 버린다고 말이다!"

"긴급으로 전달하겠습니다, 각주!"

사마중안의 얼굴이 붉게 달아올라 있었다. 앞에서 무릎을 꿇고 있는 조이경이 보이지 않을 지경이었다.

세상에……! 귀왕과 천루동의 천루인(天淚人)들이 죽다니, 도대체 진고영이란 놈은 사람이 아니란 말인가?

놈을 생각하면 공연히 몸서리가 쳐진다. 놈 하나로 인해 얼마만한 손해를 입었단 말인가. 한데 이번에는 아직은 절대 퍼져서는 안 되는 소문까지 퍼지고 있다.

심지어 절대부동일 것 같던 장주조차 한 번도 찡그러지지 않던 인상을 찡그리는 모습을 보였다. 그것은 자신의 생명에 대한 경종이었을 것이다. 부르르 몸을 떤 사마중안은 이를 악물고 소리쳤다.

"그리고 진고영과 관련된 모든 것을 최대한 빨리 알아내도록! 가족이든 무엇이든! 아니면 모두가 목숨을 내놓아야 할 거야! 나까지 말이야! 영무들을 모두 동원해!!"

"최, 최대한 빨리 알아보겠습니다, 각주!"

조이경도 사마중안의 흥분한 모습을 처음 본지라 부르르 몸이 떨렸다.

그렇게 조이경이 떨리는 발걸음을 하고 방을 나간 후, 천은산장의 야공을 타고 수많은 전서구가 하늘을 날았다.

6

천하가 격동하고 장강의 파도는 더욱 거세지고 있건만, 한 곳만은 오히려 천하태평이었다.

철한장의 내원 쪽에선 낄낄대며 들려오는 소문을 안주 삼아 술판이 벌어지고 있었다.

"소진천 고놈, 역시 말솜씨 하나는 기가 막히단 말이야! 혼자서 경극에 올려놓아도 굶어 죽지는 않을 놈이야! 안 그런가, 아우?"

위경리의 낄낄대는 소리에 진고영은 쓴 미소를 지었다.

"그러게 말입니다. 이 정도로 파장이 클 줄은 몰랐습니다."

"파장이란 계속 퍼져 나가는 법이지. 아마 더 시끄러워질 것이야. 지금쯤 천은산장도 똥줄이 탈 거야. 크크크⋯⋯."

"아따! 형님도. 좋은 음식 앞에 두고 뭔 냄새나는 소리를 한다요!"

"육가야, 먹기 싫으면 먹지 마! 누가 억지로 먹으라 입에 처넣든?"

"하여간 인정머리없는 소리는⋯⋯. 에잉!"

홀짝! 술 한 잔을 얼른 털어 넣은 육정기가 진고영을 쳐다보았다.

"그런데 소진천 그놈은 별호를 지어도 꼭 촌스럽게 신협이 뭡니까, 신협이⋯⋯."

"육 선배님이 그럼 하나 지어주시지 그럽니까? 하긴 뭐, 마개라는 별호도 좀⋯⋯."

우형욱의 흐리는 말에 육정기의 눈이 왕방울만해졌다.

"그게 어때서?"

"아, 그렇다는 말이지요. 한데 소문 중에 좀 이상한 것이 있던데⋯⋯."

"뭔데?"

위경리가 고개를 내밀고 궁금함이 가득 넘치는 표정으로 우형욱을 바라보았다.

"저⋯ 그것이⋯⋯."

"빨리 말 안 할래!"

"그게 말이죠⋯ 위 노선배가 귀왕을 끌어안고 장렬히 죽었다고······. 이크!"

휘익!

휘두른 손이 빗나가자 위경리의 얼굴이 붉어졌다.

"소진천!! 이놈의 자식. 잡히기만 해봐라!!"

"큭!"

"크큭!"

소리 죽인 웃음이 여기저기서 울렸지만, 감히 크게 소리 내어 웃는 사람은 없었다.

"푸하하하하!!"

육정기만 빼고. 이후 육정기는 이날의 일을 두고두고 후회해야 했다.

그리고 소진천은 소진천 나름대로······.

"매향아, 귀 좀 콱콱 파봐라. 대체 왜 이리 간지러운 거야?"

양양 매월루의 기녀 매향의 푹신한 허벅지에 머리를 얹고 귀만 파대고 있었다. 어찌나 가려운지, 결국은 그날 밤새도록 아무 짓도(?) 못하는 바람에 돈만 날렸다고 투덜대며 기루를 나섰다고 한다.

다음날, 진고영 일행이 철한장에 들어선 지 열흘이 지난 십이월 스무사흘, 아침이 밝자 철한장의 문이 열리고 십여 필의 말이 쏟아져 나와 서쪽을 향해 태양을 등지고 달려갔다. 그런 그들의 등에는, 떠오르는 태양이 그들이 가는 길이 결코 외롭지 않다는 것을 알려주려는 듯 밝게 비추고 있었다.

孤影 第七章

1

오랜만에 화창하게 개인 하늘에는 새털구름 한 점조차 보이지 않고, 짙푸른 쪽빛 하늘 아래 누런 갈대만이 무성한, 이름 모를 강가를 여섯 필의 말이 천천히 달리고 있었다.

염이상을 철한장에 남겨놓고 떠나온 진고영 일행이었다. 떠날 땐 열두 명이었지만, 이틀 전 중간에 철검산장의 첩검단원들은 모종의 임무를 띠고 따로 떨어져 나갔다.

싱그러운 햇살 아래 펼쳐진 강가의 갈대밭은 말 그대로 환상처럼 보였다. 사방을 둘러봐도 평원과 갈대밭으로 둘러싸인 호수와 강뿐이었다. 그나마 산이라고는 자그마한 야산 정도가 전부였다. 게다가 겨울의 날씨라고는 믿기기 않을 정도로 따뜻한 날씨에 산들산들 부는 바람은 말을 타고 달리기에는 그만이었다.

"날씨도 좋은 것이 어째 예감도 좋은데?"

"그러게 말입니다. 원단까진 천자산에 충분히 도착하겠습니다."

"에잉! 원단에 불효막심한 놈의 얼굴이나 봐야 하다니. 이놈의 자식 잡기만 해봐라."

사마정과 말을 주고받던 위경리는 인상을 가득 찌푸리며 주먹을 움켜쥐었다.

그랬다. 원단에 천자산에서 강창선을 잡기로 계획을 세운 것이다.

잠풍단을 먼저 보냈으니 상황이 곧 전해지기야 하겠지만, 다른 때는 돌아다녀도 원단에는 집으로 돌아올 것이라는 사마정의 말에 모두가 이견을 보이지 않았다. 어차피 장원에 있을지 확인이 안 된 상태, 기왕이면 가장 확실한 날을 잡기로 한 것이다. 그 바람에 원단을 외지에서 지내야 했지만, 헛걸음하는 것보다는 그게 나을 거라는 것이 모두의 공통된 생각이었다.

"그런데 길은 제대로 가고 있는 거요?"

육정기가 나른한지 하품이 나올 것 같은 얼굴로 위경리를 쳐다보며 물었다.

"길은 외줄기고, 서쪽 길로 삼백 리만 가면 형주 땅인데 틀릴 게 뭐 있겠나?"

"어디서 들어본 말 같은데…… 음."

육정기의 갸웃거리는 고갯짓에 위경리가 속으로 코웃음을 쳤다.

'흥! 니놈이 그 시를 알면 내가 장을 지진다. 크크.'

불어오는 바람에 몸을 맡기고 한적하니 길을 가던 위경리는 뒤를 돌아보았다. 그러자 나란히 오는 진고영과 백리웅천이 보였다. 한데, 아무리 봐도 재미가 없을 것만 같았다. 둘이서 마치 누구 얼굴이 더 차갑게 보이는가를 경쟁하고 있는 것처럼 보였던 것이다.

'아! 낭만강호를 모르는 청춘들 같으니라구. 이렇게 멋진 길에서 저런 표정들이라니……'

혀를 차던 위경리는 두 얼음덩이에게 낭만에 대해 가르침을 내릴까 생각하다, 문득 앞에서 달리는 우형욱을 보았다.

한데 휘날리는 머리카락을 젖히는 우형욱의 표정이 어째 심상치가 않다. 마치 실연당한 남자가 쓸쓸히 갈대밭을 거니는 듯한 그런 표정이었다.

옆으로 다가간 위경리가 고개를 모로 꼬고 그런 우형욱을 바라보았다.

"어째 실연당한 청승맞은 놈 같다?"

하지만 대꾸는커녕 고개도 돌리지 않는다.

'사랑도 해보지 못한 노인네가 어찌 잃어버린 사랑의 슬픔을 알겠소?'

우형욱의 눈빛은 더욱 슬퍼져 갔다.

'희매…… 이런 길을 그대와 같이 걸을 수 있었다면 얼마나…… 응?'

무심히 말을 몰아가던 우형욱은 왠지 이상한 기분에 주위를 돌아보다 얼굴이 구겨졌다. 조금 전까지 있었던 위경리가 보이지 않았다. 게다가 옆을 돌아다보니 자기 혼자만 가고 있는 것이 아닌가. 다른 사람들은?

뒤돌아보니 저만치 이십여 장 뒤쪽에 서서, 어딘가를 쳐다보며 뭐라 이야기하고 있는 것이 보였다.

잠시 망설이던 우형욱은 말을 돌리지 않을 수 없었다. 왠지 따로 있다는 것이 어색해진 것이다. 물론 뭘 보고 있는지 궁금하기도 했고.

사람들의 눈길을 따라 갈대밭 사이로 난 소로 길 저쪽, 폭이 삼십여 장 정도 되는 강가에 사람들이 보인다.

눈꼬리가 치켜 올라갔다. 한참 감정에 몰입하고 있거늘 주위 경치와 어울리지 않는 자들이라니.

'네 명인가? 아니 다섯 명이군.'

네 명에서 한 명을 공격하고 있는 것 같다. 조금은 작아 보이는 키에, 족히 넉 자도 넘어 보이는 칼을 들고 있는 자를 네 명에서 에워싸고 있는 것이다.

조금 멀기는 했지만, 그렇다고 저들의 기척을 모르고 그냥 지나쳤다는 것이 어이없을 지경이었다.

"누굽니까?"

나직한 진고영의 물음에 육정기가 입맛을 다셨다.

"저놈을 여기서 보다니… 재수가 없는 건지 좋은 건지 모르겠네."

"대체 누군데 그러십니까?"

궁금하긴 한데 육정기가 딴소리만 하자 백리웅천이 재차 물었다.

"전마도(戰魔刀) 궁무진이야. 들어봤지?"

"전마도? 십팔마 중의 그 전마도 말입니까?"

"그럼 다른 전마도도 있나?"

사마정의 놀람에 육정기가 별 우스운 소리 다한다는 듯 고개를 돌려 다시 전장으로 향했다.

"병산채 도적 백이십 명을 혼자서 베어버렸다는 놈이지. 한 번 미치면 아무도 못 말려."

"흠, 굉장한데요? 한데, 그런 전마도를 상대로 싸우는 저놈들은 또 뭡니까?"

다시 백리웅천이 묻자 이번에는 위경리가 입을 열었다.

"형문사수, 제법 한다는 놈들이지. 하지만 오늘은 상대를 잘못 만난 것 같군."

우형욱이 고개를 삐죽 내밀고 바라보니 대치 상태가 제법 오래된 듯 보인다. 그래서 저들을 발견하지 못하고 지나쳤나 보다.

"그래도 쉽게 지지는 않겠는데요?"

"흥! 그건 전마도의 무서움을 몰라서 하는 소리지. 저놈은 단순히 무공의 고하로 따질 놈이 아니거든."

"쳇! 무인이 무공의 고하로 안 따지면 말발로 따지나요?"

위경리의 눈초리가 사나워진다. 요놈이 감히 말대꾸를? 하는 눈빛이다. 그 서슬에 우형욱의 눈이 슬며시 돌아갔다.

"너같이 덤벙거리는 놈이 뭘 알겠느냐마는, 궁무진의 도가 무서운 이유가 있지. 그의 끈기와 집중력이 일반 고수들보다 훨씬 강하거든. 한 번 기회를 잡으면 자기보다 무공이 강한 자도 견디기가 힘들 정도로 몰아붙이지. 어지간하면 저런 놈하곤 싸우지 않는 게 신상에 이로운 법이다."

"그래도 차이가 많이 나면 그것도 소용이 없잖습니까?"

"문제는 무공 수준도 어느 정도 경지에 이르렀다는 거야. 그래서 고수라 불리는 사람들은 궁무진과 싸우려 들지를 않아."

위경리가 우형욱에게 하는 말을 듣는 중에도 백리웅천의 눈에는 불꽃 같은 호승심이 피어올랐다.

그 역시 냉혈무광이라 불릴 정도로 끈기와 투지에는 자신이 있는 것이다.

그렇게 백리웅천이 호승심을 불태우고 있을 때였다.

형문사수 중 검을 아래로 비켜 들고 있던 자가 더 이상의 대치 상태를 참지 못하겠는가 보다.

두어 걸음 앞으로 나서더니 검을 비껴 쳐올리자, 햇빛에 반사된 검광이 미처 검의 길을 알아채기도 전에 궁무진에게 쇄도한다.

번쩍!

그와 동시에 중단으로 찌를 듯 검을 뻗고 있던 자가 번개처럼 달려들며 순식간에 궁무진의 도의 진로를 막아버렸다.

그러자 궁무진의 눈빛이 번뜩이더니, 몸을 틀던 자세 그대로 도를 옆으로 휘두르며 달려드는 자에게 마주 쏟아져 나간다.

사선을 그리는 도의 궤적에 한 자루의 장검이 걸려 튕겨 나가고, 비껴 쳐오는 검을 얼굴 두 치 앞으로 흘린다. 그리고 빙글, 원을 그리며 휘도는 도에 검의 행로가 바뀌어 버렸다.

그것으로 두 사람의 검이 갈 길을 잃어버렸다.

"헉!"

다급한 신음이 터지고, 바라보며 기회만 보고 있던 두 사람의 신형이 궁무진을 향해 덮쳐 갔다.

하지만 냉정한 눈빛의 궁무진은 두 사람은 아랑곳없이 그대로 도를 휘둘러간다.

"크윽!"

형문사수 중 둘째, 여호상이 신음과 함께 뒤로 튕겨지고, 연이어지는 도의 궤적은 셋째 양정의 허리를 베어버렸다.

"흡!"

들이쉬는 신음과 함께 양정의 표정이 하얗게 질리자, 궁무진은 푸른 도기를 뿜어내는 칼날로 목줄기를 갈라 버렸다.

하지만 궁무진도 무사하지는 못했다. 나중에 달려든 첫째 영호광의 도가 그의 등을 그어버린 것이다.

다행히 몸을 낮추며 충격을 완화시켜 그리 깊지는 않았지만, 그렇다고 작은 부상도 아니었다.

궁무진으로서는 어쩔 수가 없었다. 표를 내지만 않았을 뿐, 이미 적지 않은 내상을 입고 있었던 것이다. 빨리 끝내고 내상을 치료해야만 또 올지 모르는 적을 상대할 수 있는 것이다.

이를 악물고, 달려드는 두 사람을 응시하는 눈빛이 점점 더 차가워진다. 코앞까지 다가온 검첨을 향해 몸을 던지자, 흠칫 놀란 넷째 구당혁의 눈이 흔들렸다.

그러자 궁무진의 도기가 가득 담긴 넉 자 대도가 빛살을 담고 휘둘러졌다. 순간 은은하던 도기가 점점 짙어지면서 구당혁의 막아오는 검에 그대로 부딪혀 가고,

쩡!

검을 그대로 부수어 버린 도강이 구당혁의 어깨에서 허리까지를 일직선으로 베어버렸다.

"커억!"

신음을 뒤로한 채, 구당혁을 가르고 지나간 궁무진의 대도가 방향을 바꾸더니 영호광의 도를 후려쳐 버린다.

쩌정!!

대경한 영호광이 새파랗게 질린 얼굴로 주르륵 물러났다. 하지만 보고만 있으면 전마도라 불리는 궁무진이 아니다.

"오옷!!"

일 장을 뛰어오른 궁무진의 신형이 허공에서 한 바퀴 공중제비를 도

는 듯하더니, 휘둘러오는 영호광의 도을 피하고 사선으로 도를 그어버렸다.

쨍!

"크으윽!"

그러자 신음과 함께 눈을 뒤집어 까는 영호광의 목덜미가 쩍 벌어지고 피가 분수처럼 뿜어져 나왔다.

단 십여 초 만에 제법 한다는 형문사수 넷이 거꾸러졌다. 참으로 격렬한 도격이었다.

자신의 몸을 돌보지 않는 궁무진의 과감함에 구경하던 우형욱의 입에서 감탄이 흘러나왔다.

"굉장하군요! 언뜻 보면 단순한 도세 같은데 엄청난 힘이 담겨 있는 것 같습니다!"

"어쭈? 우가가 이제 제법 보는 눈이 밝아졌는데?"

위경리의 칭찬에 우형욱이 어깨를 으쓱거릴 때였다.

사마정이 궁무진을 가리키며 소리쳤다.

"어? 저, 저런!"

궁무진이 비틀거리고 있었던 것이다. 등 쪽에 부상을 당했다지만, 그렇게까지 큰 부상으로는 보지 않았는데 몸을 가누지 못하다니. 아무래도 그 이상의 뭔가가 있는 것 같았다.

"아무래도 도와줘야 할 듯합니다."

뭔가를 감지한 듯 진고영의 목소리가 무겁게 흘러나오자 위경리가 고개를 돌려 궁무진을 쳐다보았다.

비틀거리던 궁무진이 도를 다시 움켜쥐고 자세를 세우는 게 보인다. 그리고 그가 바라보는 쪽, 저 멀리서 갈대를 제치고 달려오는 십여 명의 사람들이 눈에 들어왔다.

"부상을 당한 데다 이미 기가 많이 흐뜨러져 있습니다. 얼마나 버틸 진 몰라도 오는 자 중에 고수가 끼어 있어서 혼자는 힘들 것 같군요."

"고수?"

위경리는 눈을 빛내며 궁무진에게 다가가는 자들을 세밀히 살펴봤다. 오는 자들 중 제법 기세가 엄엄한 자들이 눈에 띈다.

"궁무진이 비록 십팔마에 속한다 하나 그것은 그의 도가 워낙 살벌하기 때문이지 악인이어서가 아니네. 아무래도 내가 좀 도와줘야 할 것 같군. 저놈이 도움받는 건 싫어할 테지만 어쩔 수 없지."

육정기가 인상을 잔뜩 찌푸리며 앞으로 나서자 백리웅천이 곧바로 뒤따라간다.

"저도 가지요."

"저 빼놓고 가시면 섭하지요!"

우형욱도 몸을 날리며 육정기의 옆으로 섰다.

뭐라 할 사이도 없이 세 명이 나란히 갈대밭 사이로 걸어가자, 그 모습을 보던 위경리가 뭐가 또 마음에 안 드는지 한 소리 한다.

"지놈들이 무슨 석양의 무법자라도 되는 줄 아나?"

약간은 부러움 비슷한 말투에 진고영이 빙그레 웃었다.

"그럼, 저희도 가보지요."

"응? 아니… 난 그냥……."

'쪼금 멋있어 보이긴 하네 뭐…….'

말의 목을 한 번 쓰다듬은 진고영이 가볍게 몸을 날려 그들의 뒤를 따라가자 위경리는 재빨리 진고영의 옆으로 따라붙었다. 그러면서 사마정을 쳐다본다.

"자네도 빨리 옆으로 서!"

'강호행의 맛은 이런 거라구! 어려운 자가 있으면 돕고, 가끔은 멋도 좀 내보고 말이지! 집 안에 처박혀 대가리만 굴리는 것들은 절대 모르지. 우하하하!!'

위경리가 강호행을 좋아하는 데는 나름대로 이유가 있었던 것이다.

앞에 세 명, 뒤로 세 명, 갈대를 제치고 여섯이 나타나자 달려오던 자들이 주춤거렸다. 생각지도 않았던 방해자는 사람들의 마음에 긴장을 불러일으키는 법이다.

궁무진과의 거리가 십여 장으로 줄어들자 육정기가 손을 들어올리며 퉁명한 목소리로 소리쳤다.

"궁무진! 오랜만이군!"

궁무진은 뒤에서 들린 기척에 그렇지 않아도 긴장해 있던 터에 느닷없는 목소리를 듣고 홱 돌아섰다. 한데, 거기에 몇 년 전 자신과 한바탕 드잡이질을 했던 육정기가 있는 게 아닌가? 게다가 옆과 뒤에도…….

'설마? 저자까지?'

하지만 세상일은 알 수 없는 법. 긴장을 늦추지 않은 채 육정기를 노려봤다.

"그렇게 노려볼 것 없네, 자네하고 싸우려고 온 거 아니니까. 그런데 저놈들은 누군가?"

궁무진의 눈빛이 흔들렸다. 육정기가 비록 제멋대로 사는 자이긴 하지만 거짓말은 않는다. 아니, 거짓말할 이유가 없다. 적이면 검으로 이야기하면 될 뿐이니까.

"백마보(百魔堡)외다."

"백마보?!'

육정기가 가볍게 놀랄 때였다.

백리웅천이 한 걸음 나서더니 궁무진을 한 번 쏘아보고는, 눈을 이십 장 뒤쪽 달려오는 자들에게로 돌린다. 십여 명의 사람들 중 앞서 오던 자들이 무기를 빼어 들고 달려오고 있는 것이다.

백마보라면 더 망설일 것이 없다. 마도십문의 하나라면 언제든 적이 될 수 있는 자들, 백리웅천의 신형이 다시 한 걸음 내딛는 싶은 순간 그들을 향해 쏘아져 나갔다.

그러자 궁무진의 눈빛이 흔들렸다.

자신의 싸움에 누가 끼어드는 것은 싫다. 하지만 자신은 지금 적들을 감당하기 힘든 상황, 놈들에게 복수하기 전에는 죽을 수 없다는 것과 자신의 자존심이 가슴속에서 부딪치고 있는 것이다.

그렇게 마음이 갈등을 일으킬 때, 또 한 사람이 창을 쥐고 신형을 날린다. 그리고…….

"잠깐 쉬게. 저놈들은 우리와도 볼일이 있을 것 같으니 굳이 마음 쓸 거 없네."

육정기가 천천히 달려오는 자들을 향해 걸어갔다.

'후우……'

궁무진은 긴장이 풀리자 몸이 물먹은 솜처럼 늘어지는 기분이었다. 내상도 내상이지만 너무 많은 피를 흘렸다. 제아무리 천하고수라도 피가 다 빠져나가면 죽음을 피할 수 없는 것이다.

위경리는 백리웅천이 쏘아져 가는 곳을 보더니 눈살을 찌푸렸다.

궁무진의 말로는 저들이 백마보의 고수들이란다. 사천의 사대세력

중 하나이며 마도십문의 하나. 그 수는 적으나 누구도 그들을 무시하지 못했다. 이름 그대로 백 명으로 이루어진 정예 고수들이 하나같이 일류 중의 일류였던 것이다.

그런데 다가오는 자들 중에 그중에서도 능히 절정고수라 불리기에 손색없는 자가 끼어 있었다.

위경리의 표정이 변하는 것을 보던 진고영이 말했다.

"육 노형님과 백리 형이라면 별일은 없을 겁니다."

그도 본 것이다, 청색 장포를 휘날리며 오는 오십대의 중노인을.

"곽도, 저놈이 백마보에 몸담았을 줄은 몰랐군."

"곽도라면 음산이괴(陰山二怪)의 둘째라고 하셨지 않습니까?"

"응, 맞아. 그렇다면 일괴도 백마보에 있다는 말이겠지?"

"한 문파에 절정의 고수가 몇이라는 건 그만큼 타 문파에 미치는 영향력이 크겠군요."

"그렇지. 아마 당문이나 청성, 아미파도 긴장하고 있을 거네."

두 사람이 곽도를 보며 백마보의 힘을 가늠하고 있을 때, 백리웅천이 검을 빼어 들고 허공으로 몸을 날리고 있었다. 목표는 다가오는 세 명의 갈의인이었다.

우형욱도 신형을 낮게 깔고 우측으로 다가오는 두 명 사이로 뛰어들었다.

"타앗!"

백리웅천이 평소와 다르게 처음부터 기합을 내지르며 검을 내려친다. 궁무진의 싸움을 보고 치솟아오른 호기를 살려 기세에 담아내려는 것이다.

후우웅!

가공할 경력이 하늘에서 몰려오자 달려들던 세 명의 안색이 새파랗게 질렸다.

"피해!"

막고 자시고 할 겨를이 없다. 자신들이 막기에는 너무 거대한 힘인 것이다.

급급히 피하는 자들 사이로 검풍이 쏟아지고, 대지에 처박힌 검력이 땅을 갈라 버리자 땅이 괴로움에 신음을 흘렸다.

거센 검력에 분분히 옆으로 피했던 자들도 미처 해소시키지 못한 여파에 안색이 창백히 질려 버렸다.

백리웅천은 발이 땅에 닿았다 느꼈을 때, 또다시 세 사람 사이로 짓쳐 들어간다. 정신 차릴 틈도 안 주고 밀려가는 기세는 거센 폭풍이었다.

검과 함께 한 명의 무사가 뒤로 튕겨져 나가고, 내려치는 검력을 감당 못한 무사는 땅에 발이 한 자는 박은 상태로 피를 뿜어냈다. 그러고서도 또 한 사람을 향해 달려들자, 그제야 지켜보던 황의중년인이 한 자루 대도를 휘두르며 달려들었다.

"이놈!!"

우형욱도 백리웅천의 기세에 영향을 받았는지 두 사람 사이에서 창을 풍차처럼 휘돌린다.

따당!

한 자루 단극과 부딪친 창대가 부러질 듯이 휘어지는가 싶더니 그 반동을 이용해 더욱 빠른 속도로 반대쪽 갈의인의 가슴을 헤집어간다. 사량발천근을 응용한 수법이다.

"헛!"

다급한 신음을 흘리던 검을 든 자가 신형을 뒤로 눕히며 일 장을 물러나고, 여유가 생긴 우형욱의 창이 번개처럼 극을 든 자의 가슴으로 쏘아간다.

가히 백리웅천이 폭풍이라면 우형욱은 번개였다.

그걸 보며 육정기가 흥이 동하는지 웃음을 배어 물고 청의인에게 다가갔다.

"잘하는데?"

위경리의 입가에 웃음이 걸렸다.

자기가 가르친 우형욱이 일류고수들 사이에서 제법 솜씨를 발휘하고 있었다, 풍산보를 제법 펼치면서.

비록 백리웅천에는 아직 미치지 못하지만 조금만 더 실력이 는다면 능히 하나의 벽을 넘을 것이고, 그러면 백리웅천과 큰 차이는 보이지 않을 성싶은 것이다.

위경리가 싱글벙글하고 있을 때, 진고영의 옆에 있던 사마정의 이마에는 골이 파였다.

"진 대형, 아무래도 백마보가 좀 수상해 보이지 않습니까?"

"저들도 혈왕의 수족이 아닌가 생각되십니까?"

"우내십팔마 중 둘이 백마보에 있었습니다. 한데, 음산이괴까지라면 넷입니다. 단순한 수치 이상의 의미가 있는 것 같습니다만."

진고영과 사마정이 백마보에 대한 생각을 말하자 삼 장여 떨어진 곳에 있던 궁무진이 힘겹게 입을 열었다.

"백마보는 그대들 말대로 혈왕궁의 하수인이네."

뜻밖에 궁무진이 확신한다는 듯 말하자 위경리의 고개가 끄덕여졌다. 하지만 궁무진에게 별다른 질문은 하지 않았다. 어차피 저들을 제압하면 드러날 일인 것이다.

"흠! 그러면 일단은 다섯 개가 모두 드러난 것인가?"

"다섯이라니 무슨 말이오?"

궁금한 눈으로 쳐다보는 궁무진을 일견한 위경리가 진고영을 바라보았다.

"어찌 생각하나? 더 있을까?"

"아마도……. 혈왕이 다섯으로 만족할 성격이라면 모를까, 또 다른 세력이 있을 겁니다."

"하긴, 천은산장을 생각하면 얼마든 가능한 추측이지."

타다당!!

난데없는 굉음이 대기를 뒤흔들었다.

육정기의 청망검과 곽도의 음혼조가 정면으로 부딪친 것이다.

뒤로 한 걸음 물러섰던 육정기의 검이 또다시 무식하게 곽도의 정면으로 내려쳐 갔다. 그러자 곽도도 입술을 악물고 손에 끼워진 새하얀 철조를 휘둘러 검을 잡아간다.

쩌러렁!

귀청을 찢을 듯한 소리가 사방으로 퍼지고, 육정기의 신형이 허공으로 이 장을 튀어 오르더니 다시 검을 머리 위로 치켜든다.

어이없다는 듯 곽도의 입이 벌어지더니 쫙 편 손가락의 철조에서 하얀 아지랑이가 뭉실뭉실 피어올랐다.

"무식한 놈이 싸우는 것도 하여간……. 쯧쯧."

위경리가 혀를 차며 한마디 하더니 걸음을 전장 쪽으로 옮겼다. 아직 저쪽에는 네 명이 더 있었던 것이다. 그러자 사마정이 마지못한 듯 뒤따라갔다.

"저도 몸 좀 풀고 오겠습니다."

궁무진은 진고영 일행의 하는 짓을 영 이해할 수가 없었다.

상대는 백마보다. 그것도 알려진 것보다 훨씬 강한 무력을 갖고 있다. 저들도 그것을 알고 있다.

한데 아무런 거리낌이 없다. 마치 백마보 정도는 자기들이 신경 쓸 필요가 없다는 듯이. 거기다 싸우는 자들의 얼굴에는 재미있는 장난감을 발견한 아이들 같은 표정이다.

저들을 보고 있자니 자기가 제정신이 아닌 것만 같다.

'대체 이들이 누구기에. 육정기는 알겠는데…….'

게다가 옆에 있는, 자기보다 한 자는 더 커 보이는 저자는 그 기도조차 느껴지질 않는다.

하지만 그래도 궁무진의 정신은 곽도보다는 훨씬 정상이었다.

곽도는 그야말로 미칠 것만 같았다.

목적했던 궁무진을 이제야 잡는구나 했었다. 한데 웬 젊은 놈들이 수하들을 폭풍처럼 쓸어가고 번개처럼 찔러간다.

뭐, 그때만 해도 그저 기분이 나쁜 정도였다. 한데 뒤이어서 자신에게 덤비는 놈이라니.

처음에는 잘 몰랐다. 하긴, 아무렇게나 하고 다니던 육정기와 조금은 깨끗해진 육정기를 분간할 사람은 육정기와 마주쳐 본 사람이 아니면 분간하기 힘들 것이다.

한데 검을 무식하게 휘둘러서 공격해 오는 게 장난이 아니다. 음혼조를 끼고 부딪쳐 봤다.

헛! 생각보다 강하다. 오히려 자신이 밀릴 지경이다. 그제야 보통 놈이 아니란 걸 알았다. 그래서 이를 악물고 십성의 공력을 끌어올렸다. 그리고 두 번째 공격을 막아갔다. 이런! 놈의 기세도 더 강해졌다.

224

꽝음과 함께 뒤로 밀리는 게 느껴진다. 그리고 놈이 허공으로 솟구치더니 커다란 검을 치켜들고 하얗게 웃고 있는 게 보인다.

미친놈! 무식한 놈! 고수라는 놈이 저렇게 무식한 공격을 하다니!

쾅!

꽝음이 땅을 울리고, 육정기의 몸이 훨훨 이 장을 날아간다.

그리고 곽도는 땅에 여섯 개의 발자국을 남기고 쿵쿵거리며 물러섰다. 창백한 얼굴로 입에서는 진득한 피를 흘리며 물러선 곽도는 이를 갈았다.

"무… 식한 놈……."

걸어서 다가서던 위경리가 피식 웃는다.

"육가가 마개라 불리는 게 무식해서라는 걸 이제야 알았나?"

육정기의 득의만면하던 얼굴이 구겨지고, 음산이괴 곽도의 입이 어이없다는 듯 벌어졌다.

"마개? 헉! 당신은!! 장절 위경리!!"

엎친 데 덮친 격이다. 육정기와 장절 위경리가 왜 여기에 있단 말인가!

"오랜만이네. 십 년 쯤 되었나?"

다가오는 위경리에게 달려들려던 황의인 둘의 발걸음이 장절이라는 소리와 함께 우뚝 서버렸다.

맙소사! 대체 어찌 된 일이란 말인가. 전마도 궁무진 한 사람 잡으려 고수가 몇이나 출동했는데, 이제 마개에 이어 장절이라니! 가만, 장절 위경리?

경악으로 얼굴이 굳어 있던 곽도를 비롯한 다른 사람들의 얼굴이 갑자기 무슨 생각을 했는지 급히 주위를 두리번거렸다. 그러다 십오 장

정도 떨어진 곳에 고요히 서 있는 진고영을 보고 해쓱하게 변했다.

그들의 생각은 모두가 오직 한 가지뿐이었다.

혹시, 저 사람이…… 하늘을 무너뜨리며 전설을 만들어가고 있다는 사람, 그 소문의 주인공일까?

정말 저 사람이 역수양을 죽이고 귀왕을 죽였을까?

그들도 궁무진을 쫓던 중에 소문을 들은 것이다.

그냥 웃어 넘겼는데, 진짜라고 우기는 놈을 반 죽도록 패주기도 했었는데 막상 위경리와 육정기를 보니 그 소문이 사실처럼 느껴지기 시작한 것이다.

사실이라면 자신들의 목숨은 여기다 놓고 가야 한다.

이런! 제기랄! 제기랄! 제기랄!

그때, 사신의 음울하고 무거운 목소리가 들려온다.

"위 노형님, 죽이지는 마십시오."

오오…… 살려주려나 보다!

"알았네! 죽이지는 않고 반 죽도록 패주기만 하지!"

커억! 어떻게 알았을까…….

위경리와 사마정이 합세하자 싸움은 의외로 싱겁게 끝나 버렸다. 이미 기세가 죽은 그들은 위경리 등의 상대가 아니었던 것이다. 위경리와 육정기는 진짜로 그들을 반쯤 죽여서 붙잡았다.

진고영 등은 반쯤 죽어가는 곽도에게 물어 백마보가 혈왕의 주구 중하나라는 것을 확인하고 몇 가지 정보를 더 알 수 있었다.

그렇게 상황이 끝나자, 이제는 이들의 처리가 문제였다.

그들은 '죽여서 묻어버리지' 하는 육정기의 말에 새파랗게 질렸다가, '힘도 못 쓰는 놈들을 죽여 뭐 하냐'는 위경리의 말에 위경리를 보살처럼 우러러 보기도 했다. 그러다 진고영의 공연한 피는 보고 싶지 않다는 말에 겨우 풀려날 수 있었다. 무공이 전폐되다시피 한 그들은 이미 두통거리도 되지 못했던 것이다.

궁무진의 상처는 의외로 깊었다. 금창약을 바르고 일단 상처를 감싸 긴 했지만 당분간 거동이 불편할 정도였다. 게다가 피를 많이 흘려 내 상도 쉽게 나을 것 같지가 않았다.

"갈 데는 있나?"

육정기의 말에 궁무진은 쓰게 웃었다.

"이 한 몸 어디 갈 데가 없겠소?"

"쿵! 마땅히 갈 데가 없다면 내가 일러주는 데로 가게."

"괜찮소."

몸을 일으키려던 궁무진이 비틀거리자 위경리가 도끼눈을 떴다.

"아, 누가 공짜로 있으라 했나? 일단 몸이라도 추슬러야 할 게 아닌 가? 잔말 말고 가봐, 손해 볼 거 없으니까!"

아무 말 없이 서 있는 궁무진에게 철한장의 위치를 알려줬다.

"거기 가면 자네처럼 칼 들고 설치다 자네 꼴 된 놈 있을 거야. 아마 심심하지는 않을 걸세."

궁무진은 마치 뭐 씹은 듯 인상을 구겼지만, 어쩔 수 없다는 표정으로 고개를 끄덕였다.

생각지도 못한 소득이었다. 백마보의 일을 덤으로 알게 됐으니 강창 선의 일만 해결되면 좀 더 확실한 무언가가 나올 것이다.

그리고 궁무진의 성격상 그냥 떠날 사람도 아니니 적지 않은 보탬도 될 것이고, 무슨 일로 쫓겼는지도 그때 가면 알 수 있을 것이다. 아픈 사람 붙잡고 이야기해 봐야 지금 이야기할 기분도 아닐 테니까.

그렇게 궁무진마저 떠나자 일행의 보다 가벼운 발걸음이 다시 서쪽으로 향했다.

"가세! 이랴! 하!!"

두두두두…….

2

차가운 겨울의 서북풍을 가슴에 안고 형주로 들어섰던 진고영 일행이 다음날 아침에는 남문 쪽에 모습을 드러냈다.

원단이 얼마 남지 않아서인지 형주성 남문을 지나는 사람들의 얼굴에는 환한 웃음꽃이 피어 있었다.

사람들은 속아도 속아도 새해만 되면 무언가가 잘될 거라는 믿음을 버리지 않는다. 거기에 하늘은 마치 시기라도 하는 것마냥 그런 사람들의 믿음을 저버리고 고통을 안겨주기가 일쑤였다.

하지만 사람들은 포기하지 않고 새해가 다가오면 또다시 새로운 희망에 부풀어 하늘에 원을 빈다.

성문을 나와 구량포구로 향하는 여섯 사람의 얼굴에도 희망에 찬 밝은 표정이 가득했다.

말을 첩검단 형주 분타에서 나온 이들에게 넘기고, 장강을 건너기 위해서 남하하는 진고영 일행이었다.

한데, 어딘가 일행의 모습이 조금 이상하다. 뭐가 그리 어색한지 자꾸 옷을 손보는 진고영이나, 희희낙락 웃음이 떠나지 않는 위경리도 그렇고, 또한 그들을 보고 웃음을 머금고 있는 백리웅천까지.

거기다 육정기는 아예 울상이다.

사마정은 뭘 생각하는지 고민에 빠져 있고, 우형욱은 여전히 발놀림에만 신경을 쓰고 있었다.

전날 저녁, 식사를 마치고 간단한 회의를 했었다.

거기서 나온 의견이 약간의 변화된 모습을 보이자는 것이었다.

앞으로의 행로에서 사람들의 시선을 끌어봐야 좋을 게 없다는 위경리의 의견을 받아들인 것이다. 하긴 큰 소리로 밀어붙이는 그의 말을 듣지 않으면 뒤끝이 찜찜하기도 했을 것이다.

갑론을박 끝에 결국 택한 방법이 변장까지는 아니어도 외모를 조금 바꾸자는 쪽으로 결정됐다.

그래서 택한 방법이, 진고영의 칙칙한 청회색 장삼을 벗기고 하늘색 청삼을 입힌 것을 시작으로, 수염도 깎고 머리도 뒤로 묶었다.

그리고 육정기도 텁수룩한 수염을 밀어버리고 깨끗한 황의로 갈아입게 했다.

진고영이 하늘색 장삼을 입고 머리와 수염까지 깨끗하게 단장하자 분위기가 완전히 달라져 버렸다.

거기다 관천곤까지 봇짐 속에 넣어버렸으니, 누가 봐도 소문의 진고영과는 완전 딴판이었다. 위경리는 그런 진고영을 보며 환한 웃음으로 자기의 기분이 어떻다는 것을 보여주고 있었다.

하지만 진고영은 뭐가 그리도 어색한지 자꾸 옷을 뒤돌아봤다.

육정기는 옷이야 그렇다지만 수염이 사라진 것이 못내 아쉬운가 보다. 위경리를 흘겨보는 눈초리에는 질렸다는 듯한 빛이 떠올라 있었고,

찡그린 표정에는 며칠 전의 사소한 실수가 이런 식으로 돌아왔다는 것에, 나중에 두고 보자는 후회 섞인 다짐이 담겨 있었다.

'젠장 한 번 웃었다고 수염을 밀어버리다니……'

그리고 비록 웃고는 있지만 백리웅천의 속도 그리 편한 것은 아니었다. 얼굴 표정만 바꿔도 반은 바뀐다는 말을 하더니 억지로라도 웃는 모습을 보이란다. 그게 어디 쉽게 되는 일인가?

하지만 일행이 된 이상 아주 나 몰라라 할 수는 없는 일. 결국은 가끔씩이라도 웃음을 보여줘야 했다.

그러지 않으면 위경리의 심술이 언제 자신에게 튈지 모르니까.

어쨌든 이상한(?) 일행이 구량포구에 도착한 것은 정오가 조금 지난 시각이었다.

사람들이 이전보다는 그다지 주목해서 보지 않는 것이 일단 변신은 성공적이었나 보다. 잘하면 천은산장이나 혈왕궁의 눈까지 무사히 피할 수 있을 듯하다.

포구에는 미리 첩검단에서 수소문해 놓은 객선 한 척이 정박해 있었다. 그리 크지는 않았지만 여섯이 타기에는 과분할 정도의 크기였다.

승선을 하고 선실로 들어가자 점심 식사까지 완벽히 준비되어 있었다. 그걸 본 사람들의 표정이 언제 그랬냐는 듯 환해졌다.

그렇게 기분 좋은 식사가 끝날 때쯤 되자 사마정이 잠시 나갔다 오더니 모두를 둘러보고 말했다.

"곧 출발할 것입니다. 그전에 말씀드릴 게 있습니다. 조금 전 철한장으로부터 두 가지 소식을 가지고 전서가 날아왔습니다. 첫 번째는 유지화 대협께서 원단이 지나는 대로 빠른 시일 안에 합류를 하신다는 회신입니다."

사람들의 표정이 밝게 빛났다. 큰일을 행하기 전에 듣는 좋은 소식은 언제 들어도 좋은 것이다.

"두 번째는…… 후우… 련아가 산장으로 돌아갔다는 외숙의 전갈입니다."

"흠! 잘됐구먼."

위경리가 홀가분하다는 듯 말하자 모두가 고개를 끄덕였다. 그러자 사마정은 뒤늦게 고개를 떨구며 남은 말을 마저 했다.

"그런데…… 서문 소저와 함께 갔다 합니다."

"……."

"안됐네……."

"거참… 뭐라 할 말이 없네……."

"힘내십시오, 사마 형."

"진 대형, 우리가 가까운 시일에 철검산장에 다시 갈 일이 있던가요?"

우형욱의 물음에 조용히 고개 젓는 진고영까지, 모두가 진심으로(?) 사마정을 위로해 주었다.

그렇게 한 사람의 어두운 미래를 싣고 배가 움직이기 시작하려 할 때였다.

밖에서 선부의 외치는 소리와 함께 시끄러운 소리가 선실까지 들려왔다.

"내가 비록 덩치가 남보단 크다고 하지만 그렇다고 배가 가라앉을 것도 아닌데 좀 타고 가자니까!"

"아, 글쎄 이 배는 전세를 낸 배라 안 된다니까요! 조금 있으면 다른 배가 들어오니 그 배를 타시라구요!"

"흥! 어떤 돈 많은 부잣집는 몰라도 이러면 안 되지!"

"허! 이 양반! 정말 말귀를 못 알아들으시네!"

소리가 계속 커지자 우형욱이 빼꼼히 고개를 내밀고 밖을 쳐다보더니 입을 크게 벌렸다.

"세상에! 저게 사람이여 곰이여?"

우형욱의 놀라는 표정이 궁금했나 보다. 위경리는 도대체 저놈이 뭘 보고 저리 놀라나 하는 심정으로 밖을 보더니 역시나 마찬가지로 입을 크게 벌린다. 하지만 그 내용은 우형욱과 사뭇 달랐다.

"저, 저, 저놈. 곰새끼 아녀?"

우형욱과 위경리의 눈에 보인 사람은 진짜 곰처럼 보일 만도 했다.

칠 척에 가까운 키, 거대한 항아리 같은 허리. 곰이 아니고서는 상상하기 힘든 거구였다.

그 거구가 선실 문틈으로 고개를 내미는 사람을 보더니 함박웃음을 짓는다. 그리고는 쿵쿵거리며 선실로 다가왔다.

"아이고! 이게 누구래요? 위 숙부! 맞죠? 천방지축 위 숙부가 여긴 어쩐 일이다요!"

위경리의 그 좋던 얼굴이 찌그러진 냄비처럼 구겨졌다.

"끄응. 너야말로 웬일이냐?"

"음화화화!! 그야 당연히 볼일이 있어서…… 가만! 위 숙부가 이 배를 빌린 부자 놈이에요?"

붉어지는 얼굴이 금방이라도 터질 것만 같다. 하지만 저놈하고 말싸움을 해봐야 자기만 손해란 것도 잘 알고 있는 위경리였다.

말이 통하지 않는 놈, 이해시키느니 두들겨 패서 기절시키는 게 차라리 나은 놈. 한데 아무리 패도 기절도 잘 안 되는 놈이 또한 저놈이었으니 환장할 일이었다.

"니 아버지가 너 나가도 된다고 하든?"

"헤헤헤……. 그거야 영감이 이제 말리려고 해도 기력이 달리신다고 니 맘대로 하라던데요?"

"휴우. 하긴…… 방 형도 이제는 포기할 때가 됐지."

옆까지 다가온 우형욱이 꽤나 궁금했는지 두 사람을 번갈아 보더니 묻는다.

"저분은 누구십니까?"

"저분? 저 곰?"

"예."

"너, 혹시 움직이는 화산이라는 말 들어봤냐?"

"예? 움직이는…… 화산요?"

어리둥절한 우형욱의 뒤에서 육정기의 걸걸한 음성에 놀람이 담겨 터졌다.

"헉! 혹시, 방일통을 말하시는 겁니까?"

"육가도 아는군. 그래, 그 방가의 아들이다. 근데 지 아비보다 더한 놈이야."

"크윽! 설마 그렇게까지야……."

"나도 첨에는 그렇게 생각했지. 덩치만 크지 워낙 순박해 보였거든. 한데 말이지, 한 사흘 같이 있어보니까 대책이 안 서더라고. 방일통이 왜 그렇게 말라가는지 이해가 가더라니까."

선실 안에서 위경리의 말을 듣던 사람들은 도대체 무슨 말을 하는지 이해가 가지 않았다. 대체 방일통이 누구기에 천하의 위경리가 저러나, 할 뿐이었다.

그때, 곰 같은 거한의 목소리가 선실을 뒤흔들며 울렸다.

"우와! 이거 제가 먹어도 됩니까, 숙부?"

"으휴…… 먹지 말라면 안 먹을래?"

"조금은 참아야죠, 숨 세 번 쉴 때까지는."

"어쭈? 그래도 참을성은 제법 늘었는……."

"말리는 놈 처박을 때까지라도 참아야죠 뭐."

선실 안이 조용해졌다. 사람들은 그제야 왜 위경리가 저 거한을 꺼리고 있는지 서서히 이해가 되기 시작한 것이다. 그야말로 위경리의 말이 하나도 안 먹혀들어 가는 것이다. 그리고 그들 중 사마정은 위경리가 말한 움직이는 화산이라는 말이 누굴 말하는지도 알 것 같았다.

"위 노선배님, 그 화산이라는 게 혹, 칠절 중 한 분인 패웅(覇熊) 방소철 대협을 말씀하시는 겁니까?"

놀란 얼굴을 짓는 사마정의 표정을 바라보던 위경리가 같잖지도 않다는 듯 풀썩 웃는다.

"대협은 무슨……. 우리는 그 친구를 방일통이라 부른다. 왠지 아냐? 그 친구는 오직 한 가지밖에 모르거든."

"그게 뭔데요?"

우형욱이 끈질기게 물었다.

"힘. 힘. 오로지 힘만이 모든 걸 해결해 준다고 믿는 친구지. 그런데 말이야, 저놈은 더해. 방일통은 참을성이라도 좀 있었는데, 저놈은 그나마 그것도 없어. 힘도 더 세고. 어? 쟤들 뭐 하는 거냐?"

은근히 선실을 덮는 무거운 기운에 사람들의 표정이 변하기 시작했다.

고개를 돌리고 쳐다보니 거한과 백리웅천이 눈싸움을 하고 있었다.

무엇 때문인지는 몰라도 백리웅천의 표정이 딱딱하니 굳은 채 거한을 노려보고 있었고, 거한도 지지 않겠다는 듯 마주 노려보고 있었다.

사실 백리웅천은 거한에 대해 신경을 쓰려 하지 않았었다. 한데 앞에서 음식을 집어먹던 거한이 갑자기 노려보는 게 아닌가? 왜 인지는 알 수 없지만 기분이 묘했다. 마치 천적을 만난 기분이랄까?

그래서 마주 보고 눈에 힘을 주었는데 거한의 눈빛이 장난이 아니었다. 시간이 지나며 점점 거세지는 눈빛에 백리웅천도 공력을 끌어올려야만 했다. 그러다 보니 이제는 빼도 박도 못하는 상황이 되어버린 것이다.

백리웅천이 어찌 알까. 거한, 방거산은 적수가 될 만한 사람만 보면 일단 눈싸움부터 시작한다는 것을.

앞에 있던 탁자 위의 술잔들이 요동을 치기 시작하고, 접시들도 금방이라도 깨질 듯이 흔들린다.

그렇게 기세 싸움이 한창일 때,

"그만 하시고 기운들 푸시죠. 이러다 배가 부서지겠습니다."

진고영의 목소리가 들리고, 부드러운 기운이 퍼지면서 두 사람의 강한 기운이 눈 녹듯 사라져 버렸다.

그러자 방거산의 눈빛이 믿을 수 없는 일을 당했다는 듯, 놀람을 담고 진고영을 향했다. 조용히 앉아 있어 신경도 안 썼던 자였는데…….

방거산은 오기가 솟는지 눈을 더욱 크게 뜨고, 진고영을 눈빛으로 말려 버리겠다는 듯이 쳐다봤다.

지금까지 자기의 눈빛을 제대로 견딘 사람이 없었는데 저자는 한순간에 자기의 힘을 풀어버린 것이다.

아버지라도 그렇게 할 수는 없었다.

그렇게, 얼굴이 붉게 달아오르도록 눈에 힘을 주던 방거산이 어느 순간 갑자기 꼬리 내린 강아지마냥 눈에서 힘을 풀어버렸다. 아니, 절로 눈빛이 풀려 버린 것이다. 아무리 용을 써봐야 무저의 늪으로 다 빨려 들어가는 데야…….

"혀, 형은 누, 누구슈?"

겁에 질린 듯한 방거산의 말투에 바라보던 사람들이 멍해져 버렸다.

특히나 위경리는 어이가 없는지 벌린 입을 다물지 못하고 곰처럼 커다란 방거산을 쳐다봤다.

그러다 무슨 생각을 했는지 방거산에게 소리쳤다.

"이놈아! 형이라니! 숙부라고 불러!!"

하마터면 멍해 있던 사람들이 뒤로 넘어갈 뻔했다, 조용히 있던 진고영까지도.

탁자를 둘러싸고 일곱 명이 앉아 있다. 하지만 그중 여섯 명의 눈동자는 오직 한곳만을 바라보고 있었다.

거한, 방거산이라는 이름을 가진 거한을 향해 집중돼 있는 것이다.

"그래서, 신부감 구하러 나왔다 이거냐?"

"예."

처음보다는 훨씬 기죽은 그의 모습은 이제 야생의 곰과는 거리가 멀었다. 한 마리 순한 황소라고나 해야 할까?

"아무런 대책도 없이? 어디로 가려는 목적도 없이?"

신부를 구하러 나왔단다. 하기는 저 덩치로 신부감 구하기가 만만치 않았을 것이다.

중인들은 웃을 수도, 울 수도 없는 상황에 한 마리 황소만 쳐다봤다.

그런데…….

"있어요, 신부감! 아버지가 봐놨다고 했거든요!"

"정말?"

믿을 수 없다는 듯 위경리의 눈이 커진다.

"십 년 전에 골라놨다는데요?"

황소, 방거산의 말에 위경리의 어깨가 축 늘어졌다.

참으로 난감한 일이었다. 저 순해 빠지고 고집만 센 놈이, 더욱이 힘까지 무식하게 센 놈이 십 년 전에, 단지 아버지가 골라놨다는 말만 듣고 신부를 찾으러 나왔단다. 도대체 무슨 일이 벌어질지도 모를 일이 아닌가 말이다.

그냥 그러려니 할 수도 있지만, 절친한 친구의 아들이니 그냥 모른 척할 수도 없었다.

"휴우…… 그 여자가 아직도 시집을 안 가고 기다리고 있겠냐?"

"그래도 아부지가 그 여자라면 나하고 맞을 거라고 했는데……."

방거산에 말에 사람들은 그 미지의 여자 모습을 머리 속에 그려보다가 후다닥 지워 버렸다. 아무래도 더 그렸다가는 감당하기가 힘들 것 같았던 것이다.

힘이 빠진 방거산을 보던 위경리가 안됐다는 듯 속으로 혀를 차고 있을 때, 귓전으로 백리웅천의 목리가 들려왔다.

"노선배님, 제가 아는 여자 중에 저분하고 어울릴 것 같은 여자가 있는데, 나이가 좀 어려서 어떨지 모르겠습니다. 이제 스물셋인가밖에 안 될 텐데, 아직 혼인은 안 했을 겁니다만."

순간 위경리의 눈이 번쩍 뜨였다.

"그래?"

"예. 호공탁 어른의 딸인데 몸이 좀 튼.튼.한. 편입니다."

"스물셋이라고? 그럼 됐네! 저 애는 이제 스물둘이거든! 내 말이 맞지. 그렇지?"

위경리가 바라보자 들떠서 헤벌레 웃는 모습이 맞는다는 말 같다.

자꾸 놀라면 면역이 되나 보다. 아무런 말 없이 위경리를 쳐다보는 눈빛들도 그러려니 하는 것 같았다.

하지만 끝내 참지 못하고 우형욱이 한마디 했다.

"나이 속이고 혼인하면…… 그거… 사기죄에 걸립니다. 서른둘을 어떻게……."

장강을 거슬러 올라가려던 배를 다시 포구에 대고 방거산을 내려줬다. 대풍운보로 가기 위해선 장강 아래로 내려가는 배를 타야 했으니까.

배에서 내려선 방거산이 배 위에 탄 사람들을 올려다보더니 포권을 취하며 큰 소리로 인사를 한다.

"나중에 뵙겠습니다! 안녕히 가십시오, 작은숙부님!!"

진고영에게 허리가 꺾어지도록 숙이며 인사를 하는 목소리가 선창을 울렸다.

정말, 가는 길에도 사람을 어이없게 하는 재주가 있는 사람이었다.

진고영이 무안한 듯 마주 인사하자, 위경리가 방거산을 향해 소리쳤다.

"이놈아! 너는 작은숙부만 보이고 우리는 안 보이냐?"

심통난 위경리의 목소리가 고막을 간지럽히자, 별것도 아닌 걸 가지고 소리친다는 눈빛으로 쳐다보더니,

"위 숙부! 육 숙부! 잘 가슈!!"

크게 소리 지르고는 홱, 돌아서 가는 방거산이었다.

그걸 보던 우형욱의 뒤돌아서는 입가에 웃음이 맺혔다.

'속이 다 시원하네. 그건 그렇고…… 아고, 골이 다 흔들리네…….
망할 영감…….'

그렇게 원단이 다가오는 날, 한바탕 강동 일대를 뒤흔들 새로운 광
풍이 장강을 타고 아래로 내려갔다.

3

배가 구량포구를 빠져나가 북상을 시작하자 때마침 동풍이 불어준
다. 바람에 펄럭이는 돛이 휘어진 활처럼 배를 내밀자 배의 속도에 가
속이 붙기 시작했다.

그렇게 한나절을 올라가자, 석양이 지고 바람의 방향이 바뀌면서 속
도가 줄어들기 시작했다.

선미에서 저물어가는 석양을 받으며 바람을 쐬고 있던 진고영은 문
득 자신의 바뀐 옷차림을 돌아보았다.

그러고 보니 외모에는 신경조차 안 쓰고 지내온 강호행이었다. 얼마
나 신경이 쓰였으면 그런 핑계로 외모를 가다듬게 했을까, 하고 생각해
보니 조금은 너무했다는 생각도 든다.

그런데 홍류비로 수염을 깎았다는 것을 사부께서 알면 뭐라 하실까?
후후! '아예 도끼로 하지 그랬냐 고 하실지도 모르겠다. 쇠조차 잘라

버리는 비수로 수염이나 밀었으니…….

　잠시 후, 석양마저 완전히 장강에 가라앉아 버렸다. 본래 일반 여객선들은 특별한 목적이 없는 한 어둠 속에서 운항을 하지 않는다. 가까운 포구에서 쉬었다가 새벽이 밝아오면 다시 돛을 펴고 출항을 한다.

　하지만 이 배를 타고 가는 사람들은 목적이 있기에 많은 돈을 받고 컴컴한 밤에도 운항을 하고 있는 것이다.

　동편 저쪽에서 달이 떠오른다. 그믐 전날이어서인지 떠오르는 얇은 달이 쓸쓸함을 더해준다.

　문득 얼굴 하나가 달을 따라 떠올라 진고영의 눈 속에 자리잡았다. 촉촉이 젖은 눈으로 감사의 인사를 하던 여인.

　후우……. 이제는 잊는 것도 포기해 버렸다.

　그냥 있는 대로, 떠오르면 그런가 보다 하기로 한 것이다. 원수지간이 될지도 모르는 사람의 딸인데……. 결국은 이치대로 흐르겠지.

　또 한 여인의 얼굴이 떠오른다. 이제는 모든 힘을 자신의 의지대로 움직일 수 있게 되었으리라.

　하나… 그로 인해 너무 많은 피가 흐르지 않아야 할 텐데…….

　고개를 저으며 돌아서 선실로 향하는 진고영의 등을 가느다란 그믐달이 실눈을 뜨고 바라보고 있었다.

　어스름한 빛이 어둠을 밀어내며 새벽이 기지개를 켜기 시작했을 때, 마침내 배의 선수가 육지 쪽으로 돌려졌다. 의도포구에서 삼십여 리 아래쪽에 있는 자그마한 포구였다.

　수심이 워낙 낮아 배가 삼 장여 떨어진 곳에 멈춰 서자 여섯 인영이 배에서 날아 내렸다. 그들 중 백의를 산뜻하니 차려입은 사마정이 뱃머리를 향해 소리쳤다.

"사흘 후, 이곳에서 봅시다!"

"알겠습니다! 하루는 기다립죠!"

선장의 대답과 함께 천천히 뒤로 미끄러져 가는 배를 보던 사람들이 빠른 걸음으로 포구를 벗어났다. 그리고 숲 사이로 난 길이 보이자 그 속도는 더욱 빨라지기 시작했다.

이제 천자산의 장원까지는 사백여 리 길, 자신들의 빠른 경신법이라면 만 하루면 도착할 수 있는 거리였다.

새벽길에 백여 리를 단숨에 달려갔다.

사람들이 활동하기 전에 조금이라도 더 가기 위해서는 조금 무리가 가더라도 새벽길을 재촉해야 했다.

그렇게 빨리 달리는 사이 서서히 태양이 하늘 위로 떠오르기 시작하자 차가웠던 공기도 서서히 열기가 느껴지기 시작했다.

삼십여 리를 더 갔을 때였다. 백리웅천이 손짓으로 사람들을 세웠다.

"표기가 있습니다."

거대한 고송 아래 좌측 구석, 소나무 껍질이 벗겨진 곳에 아이들이 장난으로 그어놓은 듯한 자국이 보였다.

"이곳으로 잠풍단원 다섯 명이 지나갔습니다. 지나간 날짜는 삼 일 정도 지난 것 같습니다."

고개를 내밀고 있던 육정기가 궁금한 듯 물었다.

"대체 뭘 보고 그렇게 자세히 아는 건가?"

"그건……."

"각파에는 나름대로의 비밀 연락 방법이 있는 법인데, 그걸 알려달라고? 자네라면 알려주겠나?"

위경리가 핀잔을 주었지만 맞는 말인지라 육정기는 눈만 흘길 뿐 꿀먹은 벙어리처럼 아무 말도 하지 못했다.

"조금만 더 빨리 가면 시간이 줄어들 것 같습니다. 힘은 들겠지만 추운 데서 고생하시는 분들 생각해서 우리가 좀 더 힘을 내도록 하죠."

진고영의 말에 모두가 고개를 끄덕였다. 그들은 삼 일간 잠복하고 있었을 터. 자신들의 고생은 그들에 비하면 아무것도 아닌 것이다.

사람이 안 보일 때는 신법을 써서, 가끔 지나는 사람이 있으면 속보로, 사람들의 왕래가 많으면 숲 속 길을 타고, 그렇게 백여 리를 더 가서야 잠풍단원 중의 한 사람을 만날 수 있었다.

"삼조 조장 오신환이 단주를 뵈오이다."

"음."

백리웅천의 멋대가리없는 답에도 아랑곳없이 오신환은 보고했다.

"단원들은 장원에서 십여 리 떨어진 곳에 은신처를 잡고 원거리 감시 체제를 유지하고 있습니다."

"근거리 접근 인원은?"

"각 조 이 인씩 십육 명이 팔방을 감시하고 있습니다."

"상황은?"

"아직 별다른 움직임은 보이지 않고 있으나, 신월문(新月門)의 무사들로 보이는 자들이 군데군데 매복해 있는 것으로 파악되었습니다."

"그들이 얼마나 되는지는 알아봤나?"

"신월문 이외에도 상당한 고수로 보이는 자들이 자주 순찰을 도는지라, 초근거리 접근은 하지 못한 상태입니다."

"음. 알았다. 수고했다."

백리웅천의 말에 고개를 숙이고 있던 오신환이 고개를 들었다.

"별말씀을……."

옆에서 상황을 전해 들은 사람들의 표정이 무겁게 변했다. 신월문의 고수들에다 정체 모를 자들까지.

아무래도 강창선을 조용히 잡기는 틀린 듯하다.

모두가 그렇게 생각할 때였다.

"일단 가까이 접근해서 방법을 강구해 보기로 합시다. 분명 어딘가 구멍이 있을 것입니다. 정 없다면 만들어야겠지요."

진고영의 조용한 한마디에 무언가 방법이 있을 것만 같은 생각이 든 사람들의 표정이 편안하게 풀어졌다. 진고영이 그렇다면 그런 것이다.

4

안개가 자욱이 깔린 계곡은 소나무와 깎아지른 듯한 바위 절벽이 어우러져 있어 절로 감탄이 새어 나오게 할 정도였다.

한데, 그 깊숙한 곳에는 아름다운 경관과는 달리 붉은 벽돌로 지어진 전각들이 줄지어 세워져 있어, 짐승들조차 가까이 다가가기를 주저하게 만들었다.

그 붉은 전각 중에서도 깊숙한 곳에 있는 전각의 이층에서 놀란 목소리가 크게 터져 나왔다.

"뭐야?! 음산이괴 곽도가 궁무진을 죽이러 갔다가 오히려 당했다고? 그것도 위경리 일행에게?"

"전해온 바에 따르면 그렇다 합니다. 한데 놈들이 무슨 일로 그리 급박히 움직였는지……."

문인호용의 얼굴이 일그러졌다. 이제 겨우 놈들의 행방을 무창에서 찾았나 했는데 또 움직이고 있다.

거기다 백마보에 적지 않은 손실까지 끼치면서. 한데 무슨 이유로?

"지금 즉시 형주로 지급전서를 띄워 놈들의 움직임을 알아내도록 해라!"

"복명!!"

수하가 나가자 문인호용은 깊은 생각에 빠졌다.

도대체 놈들의 의중은 뭐란 말인가. 천은산장인가, 본 궁인가. 지금까지의 움직임으로 봐서는 천은산장을 적으로 삼고 움직이는 게 분명했는데… 안개처럼 종잡을 수가 없는 움직임이었다.

무림련까지 움직이는 마당에……. 아무래도 꺼림칙하다.

문인호용은 무창에서 형주 쪽으로 쭈욱, 지도를 따라 선을 그어봤다. 선을 따라가며 위아래…… 위아래…… 아래쪽?

'가만! 호, 혹시?'

손이 멈춘 곳에는 천자산이라는 글자가 붉은 주사로 쓰여 있었다.

5

강운장(江雲莊).

천자산 자락 동쪽 송림에 자리한 장원은 고즈넉한 적막 속에 원단(元旦)의 새벽을 맞이하고 있었다.

아직 아침 해가 뜨기 전이어서인지 사람의 움직임이 그다지 많지는 않았다. 하지만 그것은 겉모습일 뿐이었다.

장원의 곳곳에 움직이는 사람의 기척이 느껴진다, 그것도 일반인들이 아닌 상당한 수준을 갖춘 무인의 움직임이.

담장에서 백여 장 떨어진 곳, 장원이 내려다보이는 이십여 장 높이의 절벽에서 진고영은 자신이 느낀 기운들을 하나하나 짚어보았다.

"아무래도 우리의 움직임을 느낀 것 같습니다. 원단이라면 음식을 마련하기 위한 여인들의 모습이 보여야 하건만, 여인들의 움직임은 그다지 많지가 않습니다. 오히려 무사들이 긴장한 채 경비를 강화하고 있습니다."

"음… 그럴지도 모르네. 잠풍단이 저들을 감시한 지 사흘일세. 모른다면 오히려 이상하다고 봐야겠지. 하지만 저들도 우리가 누군지는 정확히 모르는 것 같네. 안다면 경비만 하면서 지키고 있겠나? 진작 도망갔지."

위경리의 말은 일리가 있었다.

한밤중인 축시에 도착해서 잠깐의 휴식을 취하며 잠풍단과 함께 계획을 짰다.

일행이 오기 전에 저들이 우리의 정확한 정체를 알았다면 단순히 경계만 하며 시간을 보내지는 않았을 것이다. 도망가던가, 아니면 무력에 자신이 있다면 선제공격을 했을 터. 누군가가 자신들을 감시하는 건 알지만 정체를 모르기에 아직 기다리고 있는 것이다.

강서의 잠풍단은 생각조차 못할 것이고, 최소한 신월문이라는 이름에 자부심을 느끼고 있을 테니까.

게다가 배에서 내리자마자 제대로 쉬지도 않고 달려왔다. 무창에서부터 알았다면 모를까, 그렇지 않다면 아직 저들은 진고영 등이 온 것을 모를 것이다.

장원을 쳐다보던 임수행이 손으로 장원의 북쪽을 가리켰다.

"전에 저희들이 들어갔던 곳이 저 서쪽의 숲을 통해서입니다. 그때에는 많은 경비 무사들도 안 보였고 해서 멋모르고 들어갔었는데……."

음침해 보이는 서쪽 숲은 유난히 어두웠다. 하지만 그곳을 바라보던 진고영은 이미 숲 안에서 느껴지는 기운을 감지하고 있었기에 상황이 전과는 다르다는 것을 알 수 있었다.

"음…… 일단 계획대로 잠풍단은 양쪽을 치십시오. 밖에 있는 자들 중 우려할 만한 자들은 삼십여 명. 너무 깊숙이는 들어가지 마시고 흔들기만 하십시오. 내부에 있는 고수들이 뛰쳐나오면 저희들이 중앙을 치겠습니다. 위 노형님께선 다른 자들은 놔두시고 강창선을 잡는 데만 주력하십시오. 하지만 조심하셔야 합니다. 그가 혈왕의 제자라면 결코 지닌 바 무공이 가볍지는 않을 것입니다."

"걱정 말게. 그놈 만큼은 내가 꼭 잡겠네. 썩을 놈……."

"육 노형님과 사마 형은 위 노형님 뒤를 받쳐 주시고 앞을 막는 거추장스러운 벽을 제거해 주십시오. 뒤는 저와 우 형이 받치겠습니다."

"흠……. 싸움은 실컷 하겠군."

육정기는 자신이 위경리의 들러리를 해야 하는 것에는 불만이었지만, 대신 실컷 싸울 수 있다는 것에서 위로를 삼기로 했다.

"도망갈 시간을 주면 안 됩니다. 우리의 목적은 적들의 추살이 아니라 강창선이니까요."

사람들의 고개가 끄덕여지고,

"시작하지요."

진고영의 나지막한 한마디와 함께 마침내 은밀한 움직임이 시작됐다.

백리웅천이 잠풍단의 사 개 조를 이끄는 조장들에게 수신호를 보냈다. 그러자 절벽 아래쪽 구석구석에서 이십 명의 잠풍단원들이 장원을 향해 쏟아져 갔다.

남현강이 이끄는 이 개 조 열 명이 한 무리가 되어 남쪽으로 돌아가고, 또 다른 한 무리가 서쪽으로 스며든다. 그러자 백리웅천도 신형을 날려 서쪽의 후미를 따라붙었다.

잠풍단원들이 움직이자 위경리를 비롯한 강창선 체포조가 은밀히 장원을 향해 움직였다.

그리고 공격은 남쪽에서부터 시작됐다.

남현강은 허리를 숙이고 담장 가까이 다가가자 그때서야 검을 빼 들었다.

담장의 높이는 일 장 정도. 훌쩍 신형을 날리는 남현강의 입가에 비릿한 살소가 맺혔다. 어차피 단순히 공격만 하다가 물러날 수는 없는 일, 주저없이 검을 날려야 한다. 사람을 죽이는 것을 피할 수 없는 것이다.

뒤를 따라 열 명의 수하가 일제히 신형을 날린다. 그리고 먼저 넘어간 남현강의 시야에 놀란 눈을 크게 뜨는 경비 무사가 들어왔다.

쉬익! 바람 소리마저 죽인 살검이 쏟아져 가자 눈을 크게 뜬 자가 소리를 지르려 한다. 하지만 먼저 검이 그자의 목을 꿰뚫어 버렸다.

"끄……."

쓰러지는 몸을 스쳐 안쪽으로 신형을 날리자, 그때서야 침입을 알아챈 자들이 소리를 질러댔다.

"적이다! 막아!"

단순한 경비들은 삼류무인들이다. 하지만 기척을 숨기고 숨어 있던 자들은 결코 삼류가 아니었다.

남현강과 잠풍단원들을 향해 쇄도하는 자들의 무기에서 공기를 가르는 소리가 들린다. 진고영이 말했던 일류고수들이다.

그들이 휘두르는 칼에서 신월이 피어오른다. 역시 예상대로였다. 이들은 신월문의 고수들인 것이다.

서쪽 숲으로 들어갔던 백리웅천 일행도 막아서는 자들을 향해 도검을 빼 들었다. 일단 백리웅천이 잠풍검을 휘둘러 다가오는 자들을 쳐나가자, 기러기처럼 옆으로 늘어선 단원들이 적들을 맞이해 간다.

쩌저정!

백리웅천의 검이 빛살처럼 내려쳐 오는 한 자루 칼을 쳐내고, 가공할 검의 역도에 당황하는 적의 허리를 베어버렸다. 그리고 그대로 전진했다. 그러자 두 명이 연수하며 칼을 휘둘러온다.

적의 칼에서 튀어나오는 신월을 보고 백리웅천의 입가에 냉소가 걸리더니, 번개처럼 찔러가는 그의 검에서 푸른 검기가 넘실거렸다.

취리릭!

한줄기 푸른 바람에 신월이 사그라졌다. 넘실대는 푸른 검기가 두 번째 신월을 부숴 버리더니 그자의 가슴에 붉은 꽃을 수놓았다. 순간 빙글, 휘도는 백리웅천의 검이 뒤에서 달려들던 또 다른 자의 칼과 부딪쳐 간다.

쩡!

도검이 부딪치는 소리가 숲을 울렸다. 충격에 뒤로 물러서는 자의 얼굴이 일그러지는 게 보이자 백리웅천은 적의 가슴으로 번갯불을 동반한 채 뛰어들었다.

"커억!"

답답한 신음과 함께 쓰러지는 자의 가슴에서 검을 빼어 든 백리웅천은 담장 너머로 신형을 날렸다.

뒤따라서 자신의 상대를 눕힌 잠풍단원들도 담장을 넘어간다. 숨 두어 번 몰아쉴 시간, 가히 한여름의 폭풍과 같은 기세였다.

장원의 서쪽 숲을 지키는 자들은 신월문의 무사들과 일반 무사들이 섞여 있었다. 일단 신월문의 무사들을 먼저 쳐나가자 일반 경비 무사들의 눈이 두려움으로 거세게 흔들리고 있었다.

한 번 흔들린 자들은 이미 잠풍단원들의 상대가 아니었다.

하지만 담장 안으로 들어가자 상황은 또 달라졌다. 안쪽에는 신월문의 고수들이 훨씬 많았던 것이다.

남현강이 먼저 안으로 들어가 싸움이 시작되는 바람에, 백리웅천이 담장을 넘었을 때는 이미 많은 수의 무사들이 몰려나와 있었다.

"웬 놈들이 감히 침입을 한 것이냐!"

말이 무슨 필요인가. 저놈은 입으로 싸우겠다는 것인가?

대답도 없이 백리웅천이 검을 앞세워 짓쳐 들어가자 소리 지른 놈의 눈이 격하게 흔들렸다.

밖에서 살펴보던 위경리의 눈에 그나마 숨어 있던 자들마저 어쩔 수 없이 남쪽과 서쪽으로 빠르게 움직이는 게 보였다.

"가지!"

위경리가 굳은 목소리로 짤막한 한마디를 남기고 정문 옆의 담을 타 넘었다. 그러자 육정기와 사마정도 동시에 좌우측 담장을 넘어갔다. 생각대로 맞이하는 자들이 없었다. 빠르게 안쪽으로 다가가자 방문을 열고 밖으로 나오던 자가 놀란 눈으로 세 사람을 바라보았다.

"네놈들은 누구…… 컥!"

미처 말을 끝맺기도 전에 사마정의 검이 나오던 자의 가슴을 헤집었다.

뒤로 쓰러지는 자를 타 넘고 위경리의 신형이 안채 쪽으로 들어간다. 뒤질세라 육정기와 사마정도 위경리의 좌우를 보호하며 안으로 뛰어들어 갔다.

안채의 안쪽으로 또 건물들이 늘어서 있다. 대충 강창선이 있을 거라 예상했던 별원을 향해 들어가려 할 때였다.

"이놈들이 어딜!!"

일성 고함과 함께 세 명이 튀어나온다. 사십대 중년인 두 명과 오십대 초로인 한 명이었다.

위경리가 쌍장을 들어올릴 틈도 없이 육정기의 신형이 초로의 백의인을 향해 돌진하고 있었다. 그러자 사마정은 우측으로 다가오는 자를 향해 검을 찔러간다. 서로 간에 말은 없어도, 마치 사전에 입이라도 맞춘 양 맞물려 돌아갔다.

위경리는 잠시 주춤하더니 그대로 나머지 좌측의 중년인을 향해 현고장력을 펼쳐 냈다.

쩌러링!

육정기의 청망검이 응패사자검기를 뿜어내며 초로인의 철필과 부딪치자, 사마정이 우측 혈의중년인의 머리를 타 넘으며 철검대구식 중의 철검개화가 펼쳤다. 그러자 여섯 개의 검화가 혈의인의 머리 위에 쏟아져 내렸다.

대경한 혈의인이 도를 휘둘러 검화를 산개시키려 하지만, 쉽지가 않은지 얼굴이 새파랗게 질려간다.

이제 사마정은 예전의 사마정이 아니었다. 몇 번의 격렬한 싸움을 거치면서 갈고닦은 그의 실력은 절정의 벽을 넘보기 시작한 것이다.

"우욱!"

현고장력과 부딪친 좌측의 중년인이 신음과 함께 뒤로 밀려나자 위경리가 다시 묵기 가득한 장력을 앞세우고 가슴으로 뛰어들었다.

일말의 사정도 없다. 탐색도 필요없다. 오직 속전속결, 상대는 미처 그걸 몰랐기에 속수무책으로 밀리고 있었다.

콰쾅!

위경리의 우장이 상대의 만도를 휘감아 떨쳐 내고, 좌장이 가슴에 작렬한다. 그러자 중년인의 신형이 이 장여를 나뒹굴다 벽에 처박혔다.

그리고…….

"위 노형님, 저희가 맡지요!"

뒤에서 진고영의 목소리가 들리자 위경리는 지체없이 별원 쪽으로 몸을 돌렸다. 그러자 육정기와 사마정도 상대가 물러선 틈을 이용해 위경리의 뒤를 좇아 신형을 날렸다.

초로인은 느닷없이 상대가 등을 돌리자 어이가 없는지 창백한 안색이 노화로 붉게 물들었다.

"감히!!"

그가 두 자 반에 이르는 철필을 움켜쥐고 육정기의 뒤를 향해 몸을 날리려 할 때였다.

"당신은 갈 수 없소."

바로 뒤에서, 너무도 무거워 전신을 짓누를 듯한 목소리가 들렸다. 순간 초로인, 귀환필(鬼幻筆) 육상은 갑자기 등줄기를 타고 훑어내리는 소름에 몸을 부르르 떨어야 했다.

천천히 뒤돌아서자 한 명의 키가 큰 젊은 자가 보인다. 육상의 얼굴에 곤혹함이 가득 찼다.

조금 전의 음성이 분명 저자의 것이란 말인가?

그때, 다시 진고영이 육상을 향해 말했다.

"시간이 없으니 시작합시다."

아! 목소리는 맞다. 한데 조금 전의 느낌은 뭐란 말인가…….

앞에 있는 자가 손에 들린 한 자루 곤을 앞으로 내밀고는 다가오는 게 보인다. 그리고 잠시 후, 육상은 곤 한 자루가 사람에게 얼마만한 두려움을 줄 수 있는지 처음으로 느껴야 했다.

둥글게 하나의 원이 그려지는 곤의 끝에서 하나의 묵환이 만들어지고, 또다시 그려지는 원, 원, 원…….

그렇게 아홉 개의 묵환이 허공에 만들어지자, 육상은 그물에 갇힌 물고기 신세가 된 자신을 느낄 수 있었다. 놀라 부릅뜬 눈으로 묵환(墨環)을 쳐다봤다. 한데 묵환이 흔들리며 다가오는 듯하다.

그렇게 천천히 다가오던 묵환이 어느 순간 뇌전이 되어 쏘아져 온다.

"헉!"

대경실색한 육상은 다급하게 철필을 들어 전신의 모든 힘을 집중했다. 그리고는 몰려오는 묵환을 향해 이를 악물고 찍어갔다.

쾅!

철필의 철모가 가루가 되어 흩날린다.

콰웅! 쩌적!

철필의 대롱이 끝에서부터 찢어지는 게 눈에 들어온다.

콰쾅!

찢어지던 철필의 대롱이 산산이 부서져 허공으로 스러지고, 팔을 통해 전신에 들이닥치는 엄청난 충격에 뇌리가 하얗게 비어갔다.

"크억!!"

휘두르는 철퇴에 튕겨져 나가는 쇠구슬처럼, 육상은 피를 뿜어내며 삼 장 밖으로 튕겨 나갔다.

"죽지는 않을지 몰라도 아마 다시는 오른손으로 철필을 잡을 수 없을 거요."

안간힘을 쓰며 일어나려는 육상을 일견한 진고영은 한마디만을 남긴 채 안쪽으로 미끄러져 들어갔다.

그러자 혈의중년인의 가슴에서 창을 빼낸 우형욱이 급히 뒤따라가다가 힐끔, 육상을 돌아다보고 말했다.

"운이 좋은 줄 아쇼. 진 대형이 아니라 위 노선배였다면 살려두지 않았을 거외다."

입에서 핏물이 흘러나오는 것도 잊고, 귀환필 육상은 망연한 눈으로 진고영이 들어간 안쪽을 쳐다보았다. 그러다 무언가가 생각났는지 망연한 눈이 더욱 커졌다.

'그럼… 저자가? 소문이…… 사실이었단 말인가?'

쿨룩! 한 사발의 선지피가 목구멍을 타고 흘러나오건만 육상은 자신이 살았다는 것이 믿어지지 않았다. 비록 오른손은 완전히 부서졌지만 목숨이 붙어 있고 왼손이 있지 않은가.

긴장이 풀리자 오른손에서 전해지는 엄청난 통증에, 육상은 눈을 까뒤집고 기절을 해버렸다.

안으로 들어가자 위경리가 보이지 않는다. 육정기도 사마정도 어디로 갔는지 보이지 않는다.

진고영은 눈을 감고 그들을 찾기 시작했다. 강력하면서도 도가에 바탕을 둔 위경리의 내력은 매우 특이했다. 그러기에 진고영은 눈과 귀로 찾는 것보다 기운으로 찾는 것이 더 빠를 거라 생각했다.

별원의 안쪽 깊숙한 곳에서 위경리의 기운이 느껴진다.

한데 무척 격렬하고도 급박하다.

누군가 고수가 있다. 그것도 위경리를 곤혹하게 하는 고수가…….

거기다 사악한 기운까지…….

그때였다. 별원의 안쪽에서 굉음이 터져 나왔다.

콰광!! 우르르릉!

"이런!"

순간, 별다른 움직임도 없었건만 진고영의 신형은 빛이 되어 안쪽으로 빨려 들어간다.

그걸 본 우형욱은 해연히 놀란 얼굴로 정신없이 진고영의 뒤를 좇아 들어갔다.

'세상에……! 사람이 어찌…….'

별원의 안쪽으로 들어간 진고영은 산발된 머리를 흩날리며 뒤로 물러서는 위경리를 볼 수 있었다.

창백한 표정에, 입가에는 한줄기 핏줄기가 흘러내린다. 적지 않은 부상을 입은 듯하다.

한쪽에선 육정기와 사마정이 가슴에 붉은 신월을 새긴 두 중년인과 한바탕 드잡이질을 벌이고 있다. 아마도 신월문의 간부급 고수로 보였지만 다행히 그리 급박하지는 않은 듯 보였다.

일순간에 장내를 둘러본 진고영은 위경리의 건너편을 바라보았다.

그곳에는 혈의를 입은 중년인이 사악한 마기를 흘리며 서 있었다. 잘해야 마흔 정도 되는 자이다. 한데 떠오른 표정이 괴이하다. 웃는 듯 우는 듯 종잡을 수 없는 표정이다.

"흐흐흐……. 위 숙부, 그리 쉽게는 안 될 것이오. 나는 이미 위 숙부가 어찌할 수 있는 사람이 아니란 말이외다. 우흐흐흐……."

맙소사! 강창선! 저자가 바로 강창선이다!

"크윽! 이놈…… 창선! 네놈이 감히……!"

위경리가 창백한 얼굴에 분노를 담고 말을 하지만, 내상으로 인해 말하기도 쉽지가 않은지 표정이 일그러졌다.

'무공에 대한 자질도 없던 놈이 어떻게…….'

그런 위경리를 바라보던 진고영은 천천히 강창선을 향해 걸음을 옮겼다. 더 이상 위경리를 저리 놔둘 수는 없는 것이다.

내상이 깊어지면 그만큼 회복도 늦어질 것은 자명한 일이다.

기껏 해야 두어 번의 손속을 나눌 시간밖에 없었는데……. 생각보다 더 강하다는 말일 것이다.

"진 아우…… 죽이지만 말게, 들어야 할 말이 있으니까……."

쥐어짜듯 음성을 내뱉는 위경리의 목소리가 떨려 나왔다.

강창선의 눈이 붉게 물들었다.

그도 궁으로부터 연락을 받았다. 위경리와 함께 다닌다는 절대고수. 궁의 역수양을 죽였다는 자. 만나면 조심하고, 될 수 있으면 피하라는 연락이었다.

그래서 몸을 피하려 했는데 위경리에게 발목을 잡혔다. 피할 수 없다면……. 어차피 이판사판이다.

강창선은 몸 깊숙이 뭉쳐 놓았던 기운을 끌어올렸다.

봉인된 혈기를 끌어올리면 나중에 정상을 되찾기 위해서 십 년은 고생을 해야 한다. 하지만 우선 당장 눈앞의 일을 해결하기 위해선 어쩔 수 없었다. 위경리만큼은 아니어도 자신 역시 가벼운 내상이 아닌 것이다.

붉은 혈기가 전신에서 피어오르자 강창선의 얼굴에 떠오른 혈소가 더욱 짙어져 간다. 그리고.

"으흐흐흐… 크하하하!!"

광소와 함께 강창선의 붉은 신형이 진고영을 향해 폭사되었다.

혈운을 일으키며 날아오는 강창선을 바라보는 진고영의 눈이 깊게 가라앉았다. 그리고 강창선의 붉은 그림자가 일 장 앞으로 다가오자 그때서야 진고영의 관천곤이 움직이기 시작했다.

관천곤을 중단으로 향하자 주위의 대기가 관천곤을 중심으로 휘돈다. 그렇게 휘돌던 기운이 곤을 중심으로 시커멓게 물들었다. 그리곤 하나의 원이 환영처럼 허공에 매달리는가 싶더니 그대로 쏘아져 간다. 관천뇌곤 중 육식 중 뇌일제마(雷一制魔)!

몰려오는 혈운을 향해 찍어가는 곤영이 마치 아지랑이가 일렁이는 것만 같았다. 시커먼 아지랑이, 닿는 것은 무엇이든 부숴 버릴 것 같은 그런 아지랑이 속에서 묵빛 뇌전이 번쩍였다.

찌지직!! 쩌적!!

붉은 핏빛 구름을 찢어발기며 묵색 곤강이 쏘아져 나가자, 강창선의 얼굴이 일그러지고 진고영을 향해 내밀어진 혈수에서 시뻘건 장력이 사방으로 비산했다.

혈왕마기(血王魔氣)를 끌어올린 강창선의 쌍장은 말 그대로 혈수였다.

시뻘건 혈수. 그 혈수에서 핏빛 수강이 번뜩이며 곤강을 해소시키려 휘둘러지자, 묵빛 곤강이 좌우로 흔들리더니 쫙 퍼져 나간다. 낙일망휴(落日網休)였다!

일 장을 두고 마주 선 강창선의 눈에 다급한 빛이 떠올랐다. 묵빛 곤강이 부챗살처럼 퍼진 채 자신의 혈왕마기를 바스러뜨리는 것이 아닌가!

"크앗!!"

괴성을 내지른 강창선은 자신을 향해 뻗어오는 아홉 가닥 뇌전을 향해 혈왕수(血王手)를 내쳤다.

콰웅! 굉음이 일며 묵강이 흔들린다. 하지만 그뿐이었다. 뇌전이 다시 덮쳐 오는 것이다. 마지막이란 생각에 저 깊은 곳에 잠자고 있는 모든 혈왕마기를 끌어올렸다. 그리고 부딪쳐 갔다.

"죽어!! 죽어! 악마 같은 놈!!"

진고영은 강창선이 붉은 구름에 휩싸인 채 혈수를 휘둘러대자, 내지르던 곤을 휘저었다.

군마벽파(群馬霹破)의 초식이 펼쳐지자 시커먼 곤강에 혈운이 찢어지고 갈라지더니 흐트러진다.

그러자 이어지는 칠성귀혼(七晟鬼魂)! 일곱 가닥의 뇌전이 요혈을 향

해 쏘아져 가자, 이를 악다문 강창선의 핏빛 혈왕수가 뇌전을 후려쳐
온다. 두 가지 기운이 정면으로 부딪치고,

꽈과광!

강창선의 몸이 뒤로 주르륵 물러났다.

하지만 진고영의 곤은 한순간의 망설임도 없이 잠깐 주춤했던 뇌전
을 처음보다 더 빠르게 쏘아냈다.

그러자 빨랫줄처럼 쭉 뻗은 번개가 그대로 강창선의 우측 어깨를 관
통해 버렸다. 관풍뇌동(關風雷動)이었다.

"크억!"

비명과 함께 뒤로 튕겨 나가는 강창선을 쫓아 진고영의 신형이 그림
자처럼 따라붙는다. 우수의 관천곤은 강창선의 좌측 어깨로 떨어져 내
리고,

꽈직!

좌수의 은은한 금빛이 어린 양유미가수(陽柔彌加手)는 가슴의 요혈
을 점해갔다.

"끄어억!"

부서져 버린 좌측 어깨가 덜렁거리고, 입에서는 피가 품어져 나온
다. 가슴에 양유미가수를 맞은 강창선은 몸을 부들부들 떨며 주춤주춤
뒤로 물러났다. 그런 그의 두 눈에는 절망과 공포가 복잡하게 어우러
져 있었다.

"끄으…… 끄으…… 안……돼……."

혈왕마기가 양유미가수의 일장에 흐트러지자 강창선의 전신으로 고
통과 절망이 치달렸다.

혈왕마기는 자신에게 천하를 질타할 힘을 주기도 하지만 깨어질 경

우, 그것은 죽음보다 더한 고통을 가져다준다는 것을 강창선은 알고 있는 것이다.

혈왕마기가 깨어진 강창선은 이제 조금 전의 자신만만하던 그 강창선이 아니었다. 진고영이 다가가자 강창선의 눈이 정신없이 흔들렸다.

"으…… 오지…… 마."

강창선에게는 진고영이 오로지 자신을 지옥에 빠뜨리는 악마로만 보이는 것이다.

씁쓸한 고소를 짓던 진고영의 관천곤이 강창선을 향해 뻗었다 느낀 순간, 마혈을 제압당한 강창선의 몸은 더 이상 견디지를 못하고 스르르 무너져 내렸다.

한쪽에서는 붉은 신월을 가슴에 새긴 혈신월(血新月)을 어렵게 두 쪽 낸 육정기가 위경리에게 다가가더니 안됐다는 눈으로 쳐다본다. 강창선 잡는 것을 별것도 아닌 것으로 생각하더니 이게 뭔 꼴이냐, 는 눈빛이다. 하지만 밖으로 표시 내지는 않았다.

"괜찮소?"

"그럼, 괜찮지. 다치기라도 하면 기분이 좋겠냐? 끄응……."

'하여간 곧 죽어도 자존심은 있어 가지고…….'

두 사람의 눈빛이 서로 다른 꿍꿍이로 빛나고 있을 때였다.

짜라랑! 쩌정!

"크으억!"

무기가 부딪치고 답답한 신음과 함께 나머지 한 명의 혈신월이 담장에 부딪치며 나가떨어졌다. 사마정이 비등한 싸움을 하고 있자, 우형욱이 같이 합세해서 싸움을 끝내 버린 것이다.

천천히 강창선에게 다가간 위경리가 착잡한 눈으로 강창선을 쳐다보더니, 고개를 흔들며 그의 몸을 어깨에 걸치려 하자, 육정기가 나서서 대뜸 강창선을 집어 들었다. 그러더니 위경리를 보고 씩, 웃는다.

"내가 들고 가겠소."

위경리는 맘대로 하라는 듯 슬쩍 쳐다보고는 고개를 돌렸다.

"일단 나가세. 다른 놈들까지 몰려와 봐야 피 볼 일밖에 더 있겠나?"

들어올 때와 마찬가지로 육정기가 앞서고 진고영이 뒤를 받쳤다. 나가는 길은 그다지 어렵지 않았다. 잠풍단이 워낙 휘저어놓았기에, 다른 자들은 별원 쪽에 정신 쓸 겨를이 없는 것이다.

일행이 강운장을 빠져나오자 대기하고 있던 임수행이 길게 휘파람을 불었다. 백리웅천과 잠풍단에 상황 종료를 알리는 소리인 것이다.

그렇게 진고영 등이 바람처럼 빠져나간 강운장의 별원.

머리가 반쯤 쪼개지고 가슴에 구멍이 뚫린 혈신월의 시신에서 풍기는 비릿한 피 냄새만이 남아 있는 별원의 한쪽 전각 창틀에, 하얀 비둘기 한 마리가 내려앉았다.

발목에 전서통을 달고 있던 하얀 비둘기는 한참을 그대로 앉아 있었지만 아무도 자신을 반기지 않자 푸드득, 몸을 날려 하늘로 솟구쳐 올라갔다. 그리고 자신이 날아왔던 곳을 향해 날아가 버렸다.

孤影·第八章

1

장강까지 가는 동안 행여나 하는 마음으로 뒤를 살펴봤지만 뒤를 쫓는 자는 없었다. 아니, 쫓을 간담을 지닌 자도 없었을 터였다.

백리웅천의 말대로라면, 밖을 지키던 자들 중 제대로 걸어 다닐 사람이 열도 안 될 거라 했으니······.

일행이 이름없는 어촌 포구에 도착했을 때는 아직 석양이 물들기 전이었다. 아무래도 강창선으로 인해 올 때보다는 시간이 더 걸릴 수밖에 없었지만, 다행히 그곳에는 약속대로 배가 접안해 있었다.

선실 안에는 무거운 침묵만이 흐르고 있었다.

강창선의 상태가 생각보다 더 심한 것이다.

넋 놓고 있는 모습이 완전히 혼이 빠져 버린 모습이었다.

위경라나 육정기 등은 그것이 마공이 깨어지면서 정신이 견디지 못해 일어나는 현상이란 것을 한눈에 알 수 있었다.

그래서 마공은 마공인 것이다. 아무리 착한 자도 심성이 변한다. 천사가 악마의 마음을 갖게 되는 것이다. 그것이 마공이다. 단순히 패를 추구하는 무공과는 엄연히 다른 게 마공인 것이다.

마공을 익힌 자는 마공이 깨지면서 몸도, 정신도 깨어져 버린다.

게다가 혈왕마공(血王魔功)은 그중에서도 능히 고금을 통틀어 손가락에 꼽힐 만한 마공이었다. 그런 만큼 악마의 공력이 깨어지는 충격도 더 클 수밖에 없었을 것이다.

백치처럼 변한 강창선을 바라보는 사람들의 눈은 착잡하기 이를 데 없었다. 하지만 위경리는 차라리 잘됐다는 듯 나지막하게 입을 열었다.

"제정신이 들면 오히려 더 고통스러울 거네. 차라리 저대로 숨이 끊어지는 게 나을 게야. 다만, 이놈이 죽기 전에 알고 있는 사실을 털어놓기만을 바랄 수밖에."

그것은 모두의 한결같은 희망이었다.

그들을 실은 배는 그대로 형주를 지나 무창으로 향했다. 가는 길 다르고 오는 길 다르니, 아마 쫓으려는 놈들도 조금은 헷갈릴 것이다.

그렇게 열흘간의 긴 항해 끝에 배가 무창에 도착했지만, 그때까지도 강창선의 정신은 제대로 돌아오지 않았고, 몸은 겨우 숨만 쉴 수 있을 정도였다.

배에서 내리자마자 한 대의 마차를 빌린 일행은 강창선을 마차에 싣고 철한장으로 향했다.

철한장의 문이 열리고 마차와 함께 일행들이 안으로 들어가자 안쪽에서 몇몇 사람이 마중을 나왔다. 그리고 그중에는 단홍수사 유지화도 있었다.

"안녕하셨습니까, 위 선배님."

"흠, 오랜만이네."

"육 선배께서도⋯⋯."

"오랜만이구만. 잘 왔네!"

이런 저런 인사를 나누던 유지화의 눈이 진고영을 향했다.

"잘 있었소, 진 공자."

"예. 이렇게 와주셔서 감사합니다."

"아니오. 당연히 와야지요. 안 왔다가는 큰일날 뻔했습니다."

"예?"

어리둥절한 눈들이 유지화를 바라본다.

"허허⋯⋯ 옥하가 고집 피우면 천하없어도⋯⋯."

"아, 아버지⋯⋯."

유지화의 뒤에 있던 유옥하가 그제야 눈에 들어왔다. 미적미적 말을 끄는 그녀의 모습은 예전이나 다름이 없다. 하지만 그녀가 알까? 사람들의 시선이 한결같이 말하고 있다는 것을⋯⋯.

'여자는 저렇게 조용하고 다소곳한 맛이 있어야 하는데⋯⋯.'

더구나 사마정의 눈빛은 처량해 보이기까지 한다. 그러다 무슨 생각이 들었는지 고개를 돌려 진고영을 바라보았다.

"진 대형은 복도 많소⋯⋯. 후우."

"예?"

고수의 말은 하수가 알아듣기 힘든 것이다. 웬만한 것은 다 그렇다. 무공도, 기예(碁藝)도, 그리고 여자에 대한 것도 그렇다.

진고영은 사마정의 말이 뭘 뜻하는지 알 수가 없었다. 우형욱이 보기는 잘 본 것이다. 천하제일쑥맥…….

일단 강창선은 후원의 밀실에 수감 아닌 수감을 했다. 무공을 잃고 움직이지도 못하니 그저 수발들 사람 한 명만 있으면 되었다.

안으로 들어가자 염이상과 궁무진이 나란히 나오는 게 보였다.

"잘 다녀오셨습니까, 진 대형!"

"예. 몸은 좀 어떠십니까?"

"이제 다 나았습니다. 더구나 궁 형님 덕분에 진 대형께서 가르쳐 준 도결도 어느 정도 익혔습니다."

"아! 잘됐군요."

진고영과 염이상의 이야기를 듣던 위경리가 무엇이 이상한지 고개를 갸웃거리더니 고개를 번쩍 들고 말했다.

"궁 형님? 너네들 언제 그렇게 됐냐?"

"누구누구만 형님 동생 하란 법 있습니까? 안 그렇습니까, 궁 형님?"

염이상의 말에 묵묵히 고개를 끄덕이는 궁무진이었다.

그래, 너 잘났다는 표정으로 염이상을 쳐다본 육정기가 안으로 들어가자, 위경리도 입맛을 다시며 따라 들어갔다. 그러자 진고영이 뒤따라가며 빙그레 웃는다.

"궁 선배의 마음이 안정이 된 것 같아 보기가 좋습니다. 염 형의 얼굴도 왠지 전보다 더 밝아진 것 같군요."

"하긴…… 저 녀석도 외로운 녀석이니까."

위경리는 이해한다는 표정으로 고소를 지었다.

안으로 들어가자 커다란 탁자를 중심으로 열 개의 의자가 놓여 있었다.

유지화를 비롯해 진고영 등이 모두 자리에 앉자 유지화가 일어섰다.

"보잘것없는 저를 불러주셔서 우선 감사하단 인사부터 올리겠습니다. 또한, 아무도 모르는 사이 누가 알아주지 않아도 의를 위해서 일하시는 여러분께 진심으로 존경을 표하는 바입니다."

"흠흠……. 거 쑥스럽구먼. 험!"

위경리의 얼굴이 살짝 붉어지자 유지화의 얼굴에 웃음이 맺힌다.

사람들은 자신이 한 일에 자랑을 서슴지 않는다. 한데 이들은 오히려 쑥스러워하고 있다. 역시 잘 왔다는 생각이 든다. 그리 내세울 건 없지만, 이제 자신이 가진 바를 마음껏 써볼 수 있는 사람들을 만난 것이다.

"소생의 모든 것을 여러분과 함께하겠습니다."

깊숙이 고개 숙이는 그의 전신에서 진심이 묻어 나온다. 그걸 느낀 사람들은 모두 일어서서 진심으로 그를 반기며 마주 인사를 했다. 진심이라는 화로를 가슴에 담은 사람들이 서로를 감싸며 실내를 훈훈하게 달구고 있었다.

"우선은 힘을 조직적으로 쓸 수 있는 체계가 필요합니다. 비록 많지 않은 인원이지만 모두 정예라 할 수 있습니다. 게다가 뒤를 받치는 힘은 강호의 누구도 무시할 수 없는 힘이지요. 하지만 일단은, 여기서 움직이는 인원을 중심으로 계획을 짜야 할 듯싶습니다."

"흠, 그건 그렇지. 철검산장이나 대풍운보도 함부로 움직이기에는 부담이 많으니까."

유지화의 말에 위경리가 고개를 끄덕이자 백리웅천이 맞받았다.

"저희 보에서도 곧 절강 백운보에 대한 처리를 할 겁니다. 그러면 아무래도 당장 저희를 돕는 인원은 많지 않을 수밖에 없을 겁니다."

그러자 사마정이 나선다.

"어차피 저희들의 힘으로 대규모 싸움을 할 수는 없습니다. 만일 한다 해도, 그건 무림련과 혈왕궁의 싸움을 지켜보며 진행할 일인 듯합니다."

그때였다. 상황과 전혀 어울리지 않는 소리가 실내의 긴장을 깨버렸다.

"하암!"

하품 소리였다. 육정기의 하품에 모두의 시선이 쏠린다.

참으로 대책이 없다는 눈빛들이다. 보니 눈물까지 맺혀 있는 게 아닌가.

그걸 그냥 놔둘까? 절대 그럴 리 없는 위경이다.

"분위기 깨지 말고 그냥 가서 자라, 응?"

"그럴까요?"

육정기는 부스스 일어나더니 밖으로 나가 버렸다. 그러자 사람들의 표정이 모두 한가지로 바뀌었다.

어이가 없으면 웃음이 나오는 게 사람이다. 푸들거리는 웃음을 참느라 모두의 입가가 불룩해졌다. 그러다 보니 오히려 더 편안해진 상태로 서로의 의견을 말할 수 있게 되었다. 전화위복이랄까.

조용히 앉아 있던 진고영이 일어났다.

"저들 모두가 혁련유천이나 혈왕과 생각이 같지는 않을 것입니다. 그렇다면 결국은 혁련유천과 혈왕을 비롯해 수뇌들을 얼마나 빨리 제거하느냐가 모든 걸 결정할 겁니다. 저희들이 할 일은, 그걸 얼마나 효율적으로 행하느냐 일 듯합니다."

그 말은 결국, 많은 피를 보지 않고 싶다는 말. 유지화가 고개를 끄덕였다.

268

"진 공자의 말씀이 맞습니다. 설령 대규모의 싸움이 벌어져도 그러한 싸움은 대규모의 전력에 맡길 수밖에 없습니다. 결국은 소수의 싸움을 하되 얼마나 효율적으로 하느냐와 다른 세력과의 유기적인 관계를 얼마나 잘 맺고 이용하느냐에 달려 있습니다. 그 모든 것을 이곳, 철한장을 중심으로 계획을 짜고 이행할 생각입니다."

"흠. 그러기 위해선 한 가지 먼저 해야 할 일이 있네."

"말씀하시지요."

위경리가 눈살을 찌푸리며 말문을 열었다.

"우선은 강창선의 입을 열어야 하네. 그래야 대풍운보도 자유롭게 움직일 수 있고, 강호동도들에게도 이 일에 끼어들 수 있는 명분이 쥐어질 것이네. 아직은 더 많은 고수들의 힘이 필요한 게 현실이니까."

"옳으신 말씀입니다. 우선 저에게 한 가지 방법이 있습니다만, 위 선배의 허락이 필요합니다."

유지화의 말에 위경리의 눈이 번뜩였다. 방법이 있다니…….

"말해 보시게."

"…자칫하면 강창선이 죽을지도 모릅니다."

모두가 조용히 위경리만 쳐다봤다.

얼마의 시간이 지났을까, 위경리가 처연한 표정으로 무겁게 입을 열었다.

"강규산 형은 나에게 강창선의 처리를 맡겼네. 비록 후손이 없어 안타깝지만, 천하를 위해 그리해야 한다면 강 형을 저 세상서 만난다 해도 부끄럽지는 않을 듯싶군. 자네가 알아서 하게나."

조금은 허탈해 보이면서도 굳은 음성으로 말하는 위경리의 두 눈은 천장만을 바라보고 있었다. 그러자 진고영이 조용히 입을 열었다.

"일단은 그리하고 조금 쉬도록 합시다. 위 노형님도 좀 쉬시지요."

쉬려고 후원에 마련된 방에 들어와 위경리와 찻잔을 마주 놓고 있을 때, 염이상이 궁무진을 데리고 들어왔다.

"위 노선배님, 진 대형, 드릴 말씀이 있습니다."

"편히 앉아서 말하게. 서 있으면 올려다봐야잖아."

좌우간 말도 예쁘게 하지 못하는 위경리다.

염이상은 궁무진을 한 번 쳐다보더니 머뭇거리며 입을 열었다.

"저…… 궁 형님이 저희와 함께하고 싶어하십니다."

"응? 그럼, 그러려고 남아 있던 거 아니었어?"

"예? 하. 하. 그게…… 물론! 그렇죠! 예……."

위경리의 당연하지 않느냐는 물음에 염이상은 이마에 땀도 없으면서 공연히 이마를 훔쳤다.

그러자 별 실없는 놈 다 본다는 눈초리로 염이상을 흘겨본 위경리가 궁무진을 보며 던지듯이 물었다.

"그런데 말이지…… 뭣 때문에 백마보와 붙었는지 말해 주면 안 될까? 뭐, 말 안 해도 상관은 없는데, 기왕이면 서로를 알아야 가슴이 통하는 것이거든? 가슴이 말이지……."

위경리의 말 안 하면 안 된다는 듯 강하게 밀어붙이는 말에 궁무진의 차갑게 굳어 있던 눈빛이 격하게 흔들렸다.

하지만 그것도 잠시, 궁무진이 달라붙어 떨어질 것 같지 않던 입을 열었다.

"백마보주, 백연천의 아들을 죽였습니다."

위경리의 눈이 휘둥그레지고, 진고영의 눈에 기광이 스쳐 갔다.

철혈신마(鐵血神魔) 백연천의 아들을 죽였다면 충분히 쫓길 만한 이유가 된다. 한데…… 왜?

"놈이, 백가의 아들놈이…… 제… 딸을…… 죽였습니다……."

궁무진이 살기가 가득 찬 눈빛으로, 씹어 뱉듯 내뱉는 말에 위경리가 고개를 과장되게 끄덕였다.

"그거! 잘했네! 다른 놈은 몰라도 그런 놈은 죽여야 되지! 암!!"

2

대풍운보의 정문 앞에서는 때 아닌 난리가 났다.

웬 거대한 곰 한 마리가 나타나더니 대뜸 호공탁을 찾는 것이다.

호공탁이 누군가? 대풍운보 패력전(覇力殿)의 전주님이 아니신가? 그런데 저 곰 같은 놈이 마치 친구 찾듯이 찾는 것이다.

혹시나 해서 이름을 물어보니 방거산이란다.

정문 위사가 되면 해야 할 일이 있다. 그것은 수많은 강호고수들의 이름을 외어야 한다는 것. 한데 그 이름 중에 방거산은 없다. 그것이 문제가 됐다.

"글쎄! 호 어른은 지금 바쁘시다니까?"

"아! 나도 글쎄 바쁘다니까?"

도대체가 말이 안 통한다. 화가 난 정문 위사가 검집으로 방거산의 가슴을 톡톡 쳤다.

"자네 바쁜 건 내가 알 바 아니고……."

그러자 방거산의 얼굴이 붉게 달아올랐다. 마침내 순한 황소가 불곰이 되어버린 것이다.

위사의 검을 검집째 잡더니 비틀어 버렸다.

우두둑!

힘없이 부서져 버린 검을 바라보는 위사의 표정이 마치 자식을 잃은 것처럼 일그러진다.

"이게 얼마짜린데! 이런 곰 같은 놈이!!"

거기서 말아야 했다. 정문 위사 나성문은 화가 머리끝까지 솟구치자 주먹을 휘둘러 불곰의 가슴을 후려쳐 버렸다. 아니, 후려치려 했다.

콱! 우둑!

"아악!"

한데, 거꾸로 손이 잡히더니 부러져 버렸다. 그러자 나성문의 입이 크게 벌어지고, 비명을 지르더니 소리치기 시작한다.

"으아아!! 곰 같은 놈이 사람 잡는다!!"

그러자 여기저기서 사람들이 뛰어나왔다.

"어떤 놈이냐?"

"누가 감히 본 보를 우습게 본단 말이냐!!"

그렇지 않아도 백운보로 인해 몇 달간 기를 못 폈는데 별놈이 다 와서 난리를 피운다며 우르르 쫓아 나온 것이다.

방거산은 손에 잡혀 있던 나성문을 한쪽으로 던져 버리고 씩 웃었다.

오랜만에 재미난 일을 만났다는 표정이다. 덤벼드는 자들에게로 달려들어 가는 그의 몸이 가히 나르는 불곰이다.

퍽! 퍽! 쿵! 쿵!

주먹을 한 번 휘두를 때마다 나가떨어지는 건 달려들던 대풍운보의 무사들이다. 간혹 그들의 도검이 방거산의 몸에 적중될 만하면 방거산의 몸은 날쌘 제비가 된다.

순식간에 십여 명이 나가떨어져 버리자, 무사들은 그제야 심상치 않음을 알고 뒤로 물러서서 방거산을 노려봤다. 그리고 마침내 안쪽에서 제법 지위가 있는 자가 나왔다.

"멈춰라!!"

뒤로 물러서는 무사들이 아니라도 머리 하나는 더 큰 방거산을 못 볼 리 없는 서경단이었다.

"나는 대풍운보의 순찰향주 서경단이라 하오. 그대는 누군데 본 보의 정문에서 소란을 피우는 것이오?"

그러자 방거산이 눈을 크게 떴다.

"뭔 소란? 내가? 나는 사람을 찾으러 왔단 말이지. 그런데 저 사람이 바쁘다고 했거든? 그래서 그랬지, 나도 바쁘다고."

두서없는 방거산의 말에 서경단은 이마를 찌푸렸다. 상황을 보니 십여 명이 단숨에 당했다. 자신의 힘으론 감당할 수 없는 자다. 더구나 더 이상의 소란도 안 부리지 않는가.

"대체 누구를 찾으러 왔단 말이오?"

"호공탁이라고 하던데……."

"호공탁!! 호 어른 말씀이시오?"

이거 말이 이상하다. 단순한 무뢰배가 아니다. 더구나 저 덩치, 어쩌면……

"혹시 패력문에서 오셨소?"

'아차! 그렇다면 호 어른의 이름을 그리 부를 리가 없지.'

재빨리 말을 바꿨다.

"무슨 일로 그분을 찾아오셨단 말이오?"

그 말에, 이제야 말이 통한다는 눈으로 서경단을 쳐다본 방거산이 씨익, 웃었다.

"내 장인 될 양반이거든."

"……?"

서경단이 어이없는 얼굴로 말없이 쳐다만 보자 방거산이 이상하다는 듯 한마디를 추가했다.

"백리웅천 형이 그렇게 말하면 장인 될 사람이 좋아할 거라 했는데……."

순간, 서경단의 얼굴이 딱딱하니 굳어졌다. 그것은 냉혈무광 백리웅천의 이름이 그에게 주는 무게였다.

"자, 자, 잠깐만 기다리시오."

한마디만을 남긴 채 달려들어 가는 그의 신형은 가히 번개와 같았다.

호공탁은 난데없이 사위라고 나타난 사람의 이야기를 듣고 별 미친 놈 다 봤다는 듯 웃음을 터뜨렸다.

"푸하하! 그거참, 어떤 놈인지 데려와 봐라!"

"예! 전주!!"

부리나케 뛰쳐나가는 서경단을 바라본 호공탁이 피식, 웃음을 짓는다.

'어떤 미친놈이 호랑이 같은 내 딸을 욕심 낸단 말인가? 별 웃기지도 않는 놈이네. 죽으려면 뭔 짓을 못하나? 한데, 웅천이 무슨 생각으로……?

　그게 솔직한 호공탁의 마음이었다. 아무리 딸을 시집보내는 게 걱정이긴 하지만 자신도 무서워(?)하는 딸을 욕심 내는 놈이 있다니 웃음도 안 나오는 것이다.

　잠시 후, 서경단이 들어오고 뒤를 따라 쿵쿵거리며 누군가 들어온다.

　그러자 호공탁의 눈이 점점 가늘어지고, 마침내 안으로 들어온 방거산을 보는 순간, 패력전이 흔들릴 정도로 커다란 웃음이 터져 나오더니,

　"껄껄껄껄!! 어서 오게, 사위!"

　두 팔을 벌리며 앞으로 걸어간다.

　'이제야 내 딸이 임자를 만나는구나! 크하하하!!'

　"방거산이 장인께 인사드리오!!"

　"그래! 오느라 수고 많았네!"

　"별말씀을. 그런데 오는 동안 제대로 먹지를 못했는데, 밥 좀 없습니까?"

　"우하하하!! 왜 없겠나! 여봐라!! 내 사위에게 가장 맛있는 식사를 대접하도록 해라! 어서!!"

　"감사합니다, 장인어른! 역시 화통하십니다!"

　그야말로 어이없는, 그 사위에 그 장인, 딱! 찍어놓은 월병(月餠)이었다.

3

하루가 지나자 유지화가 혼자서 강창선을 만났다.

대체 무슨 방법이 있다는 걸까? 사람들은 궁금했지만 묻지는 않았다. 결코 정상적인 방법은 아닐 터, 차라리 묻지 않는 게 속이 편한 것이다.

그렇게 반나절이 지나자 유지화가 해쓱한 얼굴로, 옷에는 피가 묻은 채 방에서 나왔다. 그리고 두어 시진 정도 지난 신시가 되자 사람들을 회의장이라 할 수 있는 의령전으로 불렀다.

사람들은 궁금한 얼굴로 유지화의 얼굴만 쳐다봤다.

"궁금한 게 많으실 겁니다."

낮은 목소리로 말을 하던 유지화가 위경리를 보며 미안한 표정을 지었다.

"죄송합니다. 강창선의 체력이 워낙 약해져서 며칠이나 목숨을 부지할지 모르겠습니다."

"어쩔 수 없지……. 음……."

위경리의 신음 섞인 답에 유지화가 고개를 숙여 미안함을 표하고 입을 열었다.

"오전에 강창선을 만났습니다. 그리고 그에게 소생이 알고 있는 방법을 써봤습니다. 다행히 그게 통하여 많지는 않으나 일단 우리가 필요로 했던 말은 들을 수 있었습니다."

"으음! 그나마 다행이군!"

육정기의 눈이 크게 떠졌다. 불가능할 거라 생각했거늘, 강창선의 입을 열었다니……. 모두가 같은 생각이었다.

'얼마나 심하게 다뤘을까……'

그걸 본 유지화가 입가에 씁쓸한 미소를 지었다.

"고문 같은 건 아니었습니다."

그럼? 또 궁금해진다.

"제가 강창선의 입을 연 방법은……."

강창선의 방으로 들어간 유지화는 일단 강창선의 몸 상태를 살폈다. 기력은 없지만 금방 죽을 정도도 아니다. 어쩌면 가능할 것도 같다. 어차피 더 몸이 좋아질 상황도 아니니 더 두고 보는 것은 시간 낭비일 뿐이다.

일단 강창선의 몸에 내력을 주입해서 순간이나마 몸에 활기를 불어넣었다. 그리고 떠진 그의 눈을 바라보며 손을 머리에 얹었다.

머리에서 점점 하얀 기운이 아지랑이처럼 피어오르자, 유지화는 귀원선법(歸源仙法)에 따라 강창선의 마음과 자신의 의지를 하나로 만들어갔다. 그것은 동방의 선법이었고, 자신이 배운 모든 것의 귀결점이었다.

많은 내력이 소모될 것이다. 그나마 대항할 기력이 없기에 행할 수 있는 방법이기도 했다.

타인의 마음을 자신의 의지와 하나로 묶는다는 것이 얼마나 어렵고 힘든 것인지, 유지화는 삼십 년에 걸친 깨달음으로 잘 알고 있었다.

자칫하면 자신의 수명이 깎인다. 하지만 방법이 없으니 자신의 수명이 깎이는 한이 있어도 해보는 데까지는 해볼 수밖에.

얼마나 지났을까. 강창선의 마음에서 소리가 들리는 듯하다. 은은히 떨리는 소리는 마치, 혼이 우는 듯한 소리였다.

'죽여줘……. 제발 나를 죽여줘.'

'죽는 건 어렵지 않소. 하나 한은 풀어야 하지 않소? 말해 주시오. 말해 주시오.'

'죽여줘…… 제발…….'

마기가 사라진 강창선은 오직 죽고 싶은 마음뿐인 것이다.

'말을 해주시오. 그럼 당신을 편히 보내주겠소. 말해 주시오.'

'뭘…… 뭘……. 죽여줘…… 제발…….'

'천음신교의 무공을 어떻게 했는지 말해 주시오……. 그러면 편히 보내주겠소.'

'그… 그건…….'

'말해 주시오…….'

'백리… 백리웅전……. 혈왕… 뜻에 따라…… 크윽… 죽여달란 말이야…….'

'말을 해주시면 보내주겠소……. 당신의 마음을 알고 있소… 그 마음을 벗어나기 위해서라도 말해 주시오…….'

'끄으… 천은… 이간… 위해서…… 혈왕… 뜻에…… 끄어…….'

비 오듯 흐르는 땀이 장삼을 적시지만 유지화는 귀원선법을 풀지 않았다.

이젠 자신도 위험해졌다. 하지만 한두 가지가 남았다.

'나머지 천음신교의 유물은…….'

'꺼어억……. 제발… 죽여… 나머지…… 혈왕…….'

강창선의 눈에 핏발이 선다. 다급하다. 아직 다 알지 못한 게 많거늘, 그중 중요한 것은?

'혈왕과 천은산장의 관계는 무엇이오? 그것만 말하면 보내주겠소!

말해 주시오!!'

전신의 모든 힘을 짜내 물었다. 한데 기운이 흐트러지려 한다. 오오!! 조금만!! 제발!!

'그… 그… 그들… 혀, 형……. 끄으으어어……!'

쿵!

이런!! 맙소사!! 강창선이 쓰러져 버렸다!! 귀원선법의 기운을 거둘 시간도 없이…….

뒤로 넘어가는 강창선의 두 눈에서 핏물이 새어 나오고, 유지화는 한쪽이 쓰러지자 전신을 미친 듯이 질주하는 기운에 안색이 새파랗게 질려 버렸다. 우려하던 상황 중 최악이었다.

급급히 귀원선법의 구결을 되뇌며 기운을 안정시키려 하지만 쉽지가 않다. 질주하기 시작한 기운이 나갈 곳을 찾지 못하자 더욱더 미친 듯이 날뛰는 것이다.

"우욱!"

유지화의 입에서 한 모금 선혈이 토해졌다.

귀원선법을 포기해야 하는가?

자신의 삼십 년 적공이 한순간에 무너지는가?

목숨이라도 살리려면 어쩔 수 없단 말인가?

그렇게 유지화가 처참한 심정으로 갈등하고 있을 때였다!

"유 대협, 정신을 차리시고 제가 흘리는 기운을 받아들이십시오!"

한 소리 전음이 귓속에 울린다. 이 목소리는?

어차피 힘든 상황이다. 모험이라도 해야 할 판인 것이다.

유지화는 벽 쪽에서 따스하면서도 포근한 기운이 새어 나와 자신의 온몸을 감싸는 것을 느꼈다. 자신의 기운을 풀고 따스한 기운을 받아들이기 시작했다. 그러자…….

아!! 치달리던 기운이 주춤거린다!

포근한 기운이 주춤거린 기운과 어울리고 있다. 오! 잘하면…….

유지화는 그 기운과 자신의 기운을 합치는 데 전력을 기울였다. 정체를 알 수 없는 기운이 그리 이질적으로 느껴지지 않는 것이 이상하긴 했지만, 지금은 그게 중요한 게 아니었다.

얼마나 지났을까.

한 번 주춤거린 기운은 더 이상 날뛰지를 못하고 서서히 귀원선법에 따라 움직이기 시작한다. 그러더니 종내에는 본래의 길을 찾아가기 시작했다. 마침내 위험한 상황을 넘긴 것이다.

그렇게 한 시진 정도가 지났을까, 천천히 눈을 뜨고 벽을 바라보는 유지화의 얼굴에는 격정이 서려 있었다.

"고맙소, 진 공자. 진 공자께서 또 유 모의 목숨을 구해주셨구려."

"별말씀을. 다행히도 바로 옆에 있었고, 전에 한 번 유 대협의 기운을 접할 수 있었기에 가능했을 뿐입니다."

그제야 유지화는 왜 그 포근한 기운이 낯설지 않았는지를 알 수 있었다.

잠시 후 조용히 방을 나서는 유지화의 얼굴은 비록 창백하긴 했지만 모든 것이 제자리를 찾아간 편안한 표정이었다.

이야기를 하는 동안 사람들은 숨소리도 죽인 채 유지화만 바라보다, 이야기가 끝나자 그제야 참고 있던 숨을 내 쉬었다.

"제가 알고 있는 무공이 강창선의 마음속에 들어 있는 생각을 읽을 수 있는 무공이었기에 그의 생각을 읽었을 뿐입니다. 선법이라 불리는 법술 중 한 방법입니다. 하나 그 와중에 강창선의 기력이 약해져서 목숨을 부지하기가 어려워진 듯합니다."

유지화는 진고영과 관계된 자세한 내용은 이야기하지 않았지만, 사람들의 얼굴에선 감탄과 안도의 빛이 엇갈렸다.

말을 맺고 일행을 둘러보던 유지화의 눈이 진고영에게 멎었다.

"진 공자, 내 나중에 술 한잔 대접하고 싶소만."

자신의 전음에 조용히 웃는 진고영이, 유지화는 그렇게 믿음직스러울 수가 없었다.

'내 절대 포기하지 않을 것이오, 진 공자. 허허허……'

강창선이 했다는 말이 유지화의 입에서 흘러나오자 위경리를 비롯한 모든 사람들의 입이 경악으로 벌어졌다.

천음마령공과 얽힌 일이 천은산장과 대풍운보를 이간시키고, 더 나아가 강호를 혼란시킬 목적으로 혈왕이 벌인 일이라니…….

게다가 아직 천음신교의 유물이 혈왕에게 남아 있다 한다.

하지만 그것보다 더 사람들을 경악시킨 말은 마지막 말이었다.

"마지막 말을 정확히 듣지는 못했습니다만, 제 생각으론 그들이 형제일지 모른다는 것입니다."

"맙소사!!"

"그런……!"

경악으로 얼룩진 얼굴에는 믿을 수 없다는 표정마저 있었다.

"다시 말씀드리지만, 확실한 건 아닙니다."

"하지만 유 장주가 들었다는 말은 분명 형이라는 단어가 있다고 했네. 그것은 내가 생각해도 그들이 형제일 거라는 생각이 드네."

위경리의 말에는 분명 그럴 거라는 뜻조차 포함되어 있었다.

"저 역시 그런 생각이 듭니다."

백리웅천이 격앙된 음성으로 말을 이었다.

"이제 놈들이 뭘 원했는지 알 수 있을 듯합니다. 그리고 두 세력이 형제 간이라면 지금까지의 의문스러웠던 일 또한 설명이 됩니다."

"그렇지. 분명 한두 번은 부딪쳤을 놈들이 부딪치지 않고 지내왔다는 게 분명 이상한 일이었거든. 더구나 진 아우 말대로 혁련유천이 수라혈마기를 익히고 있다는 가정을 해보면 혈왕궁과는 어떤 식으로든 얽혀 있을 건 분명하고……."

위경리는 확신을 갖고 말하다 이마를 찌푸렸다.

"한데, 왜 혈왕궁이 천은산장과 대풍운보를 이간시키려 했을까? 형제라면, 더구나 강호에 욕심을 둔 놈들이라면 같이 힘을 합해야 할 텐데……."

"그래서 아직 확신을 할 수가 없다는 것입니다. 분명한 이유를 알기 전에 함부로 단정했다가는 오히려 역공을 당할 수 있으니까요."

유지화가 조심스럽게 말하자 그제야 격앙됐던 분위기가 가라앉았다.

그러자 조용히 앉아만 있던 진고영이 입을 열었다.

"어쩌면…… 그들 사이가 우리 생각보다 복잡할 수가 있습니다."

"복잡하다?"

"때로는 형제지간에도 원수가 될 수 있는 것이 사람 사는 세상이니까요. 그렇다면 천은산장의 힘이 자신보다 강하다 여긴 혈왕이 충분히 할 수 있는 일입니다. 큰 타격까지는 바라지 않아도 깎아내릴 수만 있다면 그들의 계획대로 되는 것이고, 그들이 바란 대로 대풍운보에 의해선 아니지만 저희들에게 천은산장은 큰 타격을 입었으니까요."

"으음⋯⋯. 그럼 여태까지 혈왕만 도와준 것이란 말인가?"

진고영의 말에 위경리가 침음성을 흘리자 유지화가 장내의 사람들을 둘러보았다. 이제 결론을 내려야 할 때가 된 것이다.

"그렇지는 않습니다. 어차피 둘 다 적이라 할 수 있으니까요. 하나, 당분간 모든 분들은 그들 두 사람 사이에 대해 다른 사람에게 말해선 안 됩니다. 조금 전에도 말했다시피 증거가 없으니 천은산장에선 자신들을 음해한다며 총공세를 펼칠 것이고, 아직 준비가 안 된 우리로선 어려움에 처할 수밖에 없습니다. 모두 명심해 주시길 부탁드리겠습니다."

"알겠습니다."

"알겠네."

"하면 천음마인의 짓이 혈왕궁이 꾸민 일이란 것은 말해도 상관없겠습니까?"

백리웅천의 질문에 유지화는 빙그레 웃었다.

"당연하지요. 그것은 하루라도 빨리 백리보주께 전해서 만천하에 공표하는 게 좋을 겁니다. 천은산장에서도 몰랐던 일이니 그들 역시 분해할 겁니다. 그리고 함부로 움직이지도 못할 것입니다. 혈왕궁이 무림련과 싸워도 말이지요."

"유 대협께 백리가를 대신해서 진심으로 감사를 드리는 바입니다."

포권을 취하며 깊게 허리 숙이는 백리웅천의 인사에 유지화는 고개를 흔들었다.

"그게 어찌 제가 인사받을 일입니까? 여러분 모두가 한 일인데."

한겨울 대별산에는 북풍에 실린 눈보라가 거세게 몰아쳐 왔다.

온통 세상이 하얗게 물들고 아름다운 눈꽃이 나무마다 맺혔건만, 사람들의 신경은 눈꽃을 구경할 정신이 아니었다.

남쪽에서 광풍이 불어온 것이다. 그들에게는 또 다른 명분이 될 수 있는 바람이었다.

그것은 천음마교에 대한 이야기였고 혈왕에 대한 이야기였다.

"그게 진정 사실입니까?"

삼십여 명이 앉아 있는 천무전에서 허광 진인의 커다란 목소리가 대전을 뒤흔들었다.

열화 진인다운 반응이었지만, 지켜보던 사람들은 못마땅한 표정으로 허광을 바라보았다. 지금 이곳에 모인 사람 중 허광보다 낮은 배분의 사람은 없었다. 오히려 반수 이상이 한 배분 더 높은 원로들이 모여 있는 것이다.

"험험…… 허광, 진정하고 앉게나."

소림의 지공 대사가 헛기침을 하며 말하자 허광은 더 이상 서서 소리 지를 수가 없었다. 어찌 되었든 자신보다 웃어른인 지공의 말은 그만한 무게가 있었던 것이다.

허광 진인이 불만 서린 표정으로 자리에 앉자 맞은편에 있던 청성의 태인자가 일어섰다.

"진정 혈왕이 천음신교의 유물을 발굴하고 그 잔재를 갖고 있다면 우리로선 더 이상 수수방관만 하고 있을 때가 아니외다. 이군사께선 무슨 복안이라도 있으시오?"

원로들의 노안이 모두 단상을 향했다. 그곳에는 화사한 눈꽃 같은 동방설리가 서 있었다.

그녀는 이제 과거 동방진이 지녔던 이군사의 자리를 확고하게 확보했다. 그녀가 여인이고 나이가 어리다는 이유로 부군사라는, 있지도 않았던 명칭을 만들어 무시할 때와는 천양지차의 상황이었다.

대군사 제갈환과 업무만 나눈 실질적인 군사가 된 것이다. 게다가 혈왕궁과의 일에 있어서는 제갈환조차 그녀의 영역을 침범할 수가 없었다.

그러던 차에 아침나절, 철한장에서 첩검단을 통해 밀영전에 급전이 전해졌다. 그것은 강창선의 입에서 나온 한 가지 이야기였다. 그로 인해 급히 무림련 원로회의가 소집된 것이다.

"오늘 아침에 전해진 소식에 따르면 분명 그렇습니다. 철검산장의 소식통을 통해 온 것이니만큼 믿을 만한 소식이라 생각됩니다."

철검산장의 이름이라면 이들에게 충분히 압박이 된다. 위경라나 진고영의 이름을 들먹여 봐야 또 트집을 잡고 늘어지는 이들이 있을 터.

"원로들께서 도와주신 덕분에 각파의 정예들로 이루어진 무검단 조직이 곧 완성될 수 있으리라 생각됩니다. 그리되면 먼저 혈왕궁의 세력 중 파악된 곳에 대한 세밀한 조사가 진행될 것이고, 그에 따라 적절한 대책을 수립할 계획이었습니다. 한데, 오늘의 일로 인해 약간의 수정이 불가피해졌습니다. 원로 분들의 많은 고견을 바라는 바입니다."

그녀의 말이 끝나자 너도나도 나서서 의견이 분분하다.

"무검단이 완성되면 놈들을 쓸어버리면 되지 무슨 딴말이 필요하겠소."

"어허! 그리 간단한 문제가 아니외다."

"일단 혈왕을 잡아야······."

"놈들의 수족을 자르는 게 먼저외다."

원로들의 수많은 의견을 듣는 그녀의 표정은 진지해 보인다. 하지만 그녀의 눈에는 아무런 진지함도 담겨 있지 않았다.

이미 앞으로의 진행은 밀영전의 밀사위들이 연구하고 있는 것이다. 원로들의 의견을 듣는 것은 그저 형식일 뿐.

아마도 원로회의에서 합의를 도출해 일을 진행하자면 일 년 내내 회의만 해야 할 것이란 게 그녀의 생각이었다. 또한 실제 그럴 가능성이 컸던 것이다.

자신은 원로들에게 의견을 개진할 기회를 줬고, 또한 자신이 행하는 일에 그들의 의견이 조금씩은 포함될 수밖에 없으니 그것으로 된 것이다.

동방설리를 옆에서 지켜보던 제갈환은 그녀의 뜻을 읽을 수 있었다. 하나 이미 활시위는 그녀가 잡고 있으니, 쏘아져 나가는 것도 그녀의 뜻에 의해서 일 터.

더구나 그것이, 결코 자신의 욕심만을 위함이 아니니 더욱더 끼어들 여지가 없게 되어버렸다는 걸 알 수 있었다.

'분명 무언가가 잘못되고 있거늘, 그것이 무언지 알 수가 없으니 답답하기만 하구나······.'

5

참으로 오랜만에 한가한 여유였다.

첩검단(諜劍團)과 풍이(風耳)의 정보망을 최대한 이용해서 천은산장과 혈왕궁의 동태를 살피고, 무림련과 대풍운보의 움직임을 주시하며 상황에 맞춰가기로 했다. 그러다 보니 오랜만에 휴식을 취할 시간이 생긴 것이다.

물론 움직이기 시작하면 쉴 시간도 제대로 없을 것이기에, 그사이 몸 상태를 최상의 상태로 만들기 위함이기도 했다.

결국은 폭풍을 대비한 휴식이라 할 수 있었다.

그리고 그중 몇몇은 숲 속에서 나름대로의 시간을 보내기도 했다.

두개산 계곡 안쪽은 어차피 입구가 철한장으로 막혀 있으니 일반인은 출입을 하지 못하고 철한장의 사람들만이 들어갈 수 있었다. 하나, 그나마도 철한장 사람들은 계곡 안으로 들어갈 일이 없었으니, 그곳은 그저 짐승들의 터전일 뿐이었다.

새소리, 바람 소리만이 스쳐 지나가는 곳. 사람들이 두 봉우리 사이에 있어 쌍봉곡이라 부르는 계곡에 언제부터인지 사람의 인기척이 들려오고 있었다.

"하앗!"

그것은 단절된 기합 소리였다.

"터어!"

단순한 기합 소리가 아닌 듯, 힘이 실린 기합 소리에 계곡의 새들이 노래를 멈추고 고개를 내밀었다.

빙글, 허공에서 돌던 신형에서 번개 같은 창날이 쏟아져 나오고, 나오는가 싶으면 사라져 버린다.

휘리릭! 땅을 내려서는가 싶으면 한바탕 휘저어진 회풍각에 먼지가 피어오르고, 그사이에서 또다시 번개가 폭출한다.

부르르 떨던 창대가 휘돌며 지나가는 바람을 가두어 버리자, 떨어지던 솔잎들이 가루가 되어 창 그림자에 갇혀 버렸다.

"타앗!"

다시 기합 소리와 함께 창이 힘있게 쭉 뻗자, 그림자에 갇혀 휘돌던 솔잎 가루들이 쏟아져 나가 일 장 너머에 있던 소나무에 박혀 들어갔다.

"후우!"

숨을 들이키며 창을 거둔 우형욱은 자신이 쏘아낸 솔잎 가루들이 박힌 소나무를 쳐다봤다.

손바닥 하나쯤 되는 공간이 움푹 패어 있었다. 그것은 회영창(回影槍)의 흔적이었다. 본래 익혔던 창법을 가다듬고, 진고영에게 조금씩 가르침받은 무결들을 그에 접목하면서 스스로의 창법을 만들어가고 있는 것이다. 그중 하나가 회영창, 우형욱이 익히고자 하는 열 가지 창법 중 하나였다.

하나, 아직 가야 할 길은 멀고도 멀었다. 비록 산서에 있을 때에 비하면 몇 배는 강해졌다 하지만, 자신의 계획은 그보다 더 멀리 있었던 것이다.

문득 우형욱은 주위를 돌아보았다.

'진 대형께서 어딜 가셨지? 좀 전에 계셨는데…….'

분명 계곡을 같이 들어왔고 좀 전까지도 보였다. 한데 어딜 갔기에…….

"뭐, 오시겠지. 안쪽으로 가셨나 본데 그곳은 절벽밖에 없는데? 에라, 모르겠다. 창이나 더 익혀야지."

다시 창을 앞으로 뻗고 창끝을 주시하는 우형욱의 눈이 빛을 발했다. 그러자 지나가던 바람은 행여나 다칠세라 옆으로 피해가고, 소나무는 또다시 창끝이 자신을 찌를까 봐 두려움에 떨고 있다.

겨울의 차가운 바람이 세차게 불어오자 새소리마저 사라진 계곡 안쪽의 앙상한 나뭇가지에는, 간간이 매달린 나뭇잎들만이 남아 있어 을씨년스럽기만 했다.

그나마 소나무가 많은 곳은 푸르기라도 한데, 백양나무 우거진 계곡 안쪽은 옷 벗은 나뭇가지만이 찬바람에 떨고 있는 것이다.

진고영은 오랜만의 여유를 계곡 안에서 보내고 있었다.

이렇게 느긋이 산책을 해보는 게 얼마 만인지 모르겠다. 강호에 나와 정신없이 돌아다녔고, 조금 쉴 만하면 그 또한 다른 일을 생각해야 했다.

하지만 지금은 때를 기다리는 시간, 그나마 마음의 여유가 생겼다. 지나간 시간을 되돌아볼 만큼의 여유가.

처음 하루는 이런 저런 상념이 떠올랐다. 하지만 이틀, 사흘이 지나자 더 이상 상념을 가질 것도 없어져 버렸다. 아니, 있어도 그저 흘러가는 대로 놔둘 뿐이니 남아 있을 것이 없는 것이다.

무심히 걷다 보니 저만치 앞에 이십 장 높이의 절벽이 보인다. 계곡의 가장 안쪽에 있다는 절벽이리라.

들어가는 곳을 제외하고는 가파른 절벽만이 삼면을 감싸고 있을 뿐이다. 아무도 없는 곳, 짐승조차 없는 곳, 지나가던 바람조차 산 능선을 타고 넘을 뿐 계곡의 안으로는 들어오지를 않는다.

마치 어머니의 품속과 같은 곳이다.

다시 한 번 사방을 둘러본 진고영은 아무런 기척도 느껴지지 않자 십여 장 넓이의 공터 한가운데로 걸어갔다. 그리고는 천천히 정(丁) 자로 발을 벌리고 서서 손을 가볍게 말아 쥐었다.

눈을 반개하고 주위의 모든 것을 잊어갔다. 그리고 대연일기공을 끌어올렸다.

순간, 멋모르고 들어온 한줄기 바람이 손아귀에 쥐어진다.

'바람아, 잠시 나와 놀아줘야겠다.'

손아귀를 빠져나가려 앙탈을 부리던 바람은 대연일기공이 담기자 순한 양처럼 누그러지더니, 쭉 뻗어나가 다섯 자 곤이 되었다.

은은한 미소를 띤 진고영의 손이 앞으로 뻗는다. 그러자 바람의 곤에 대기가 갈라진다.

그때부터 시작이었다.

원을 그려, 일원첩수(一圓疊輸). 원을 겹치고 겹쳐 실어내니,

뻗어서, 칠성귀혼(七晟鬼魂). 일곱 줄기의 빛이 귀신의 혼조차 소멸시킨다.

곤을 아홉 번 찔러, 낙일망휴(落日網休). 떨어지는 해를 그물에 가두어,

바람을 부르고, 관풍망일(貫風網日). 갇힌 태양을 바람으로 뚫어버렸다.

허공에 몸을 띄워, 전운단월(電雲斷月). 구름 속의 번개가 달을 가르고,

대기를 울리니, 관풍뇌동(關風雷動). 우뢰가 움직이니 바람의 빗장조차 막을 수 없구나.

내려치며, 낙성일격(落星一擊). 떨어지는 별을 일격에 부숴 버리고,

쓸어내고, 군마벽파(群馬霹破). 대지의 군마를 벼락으로 쓸어버리니,

고요히 서서, 관천조양(貫天朝陽). 나의 곤은 뇌전이 되어 하늘로 떠오르는 아침 해를 뚫어버렸다.

관천뇌곤의 전구식(前九式), 구전격(九電擊)을 바람의 곤으로 펼쳐 낸 진고영은 고요히 서서 반개한 채 대기의 아우성이 가라앉기를 기다렸다.

참으로 오랜만이었다. 이제는 초식이란 것이 필요없는 경지에 달했지만, 한 번씩 초식을 제대로 펼칠 때에는 돌아가신 조부님이 떠오른다. 한때 관천뇌곤은 조부님의 삶이었다. 그리고 이제는 나의 삶의 일부가 되어버린 것이다.

이어서 중 육식을 마저 펼쳐 보려 할 때였다.

어디선가 자신을 부르는 소리가 들린다. 우형욱이다.

더할까 멈출까. 잠시 망설이던 진고영은 씁쓸한 미소를 머금고 손에 쥐어진 바람을 자유롭게 놓아주었다.

점점 가까워지던 소리가 삼십여 장 안에서 들려오자 진고영은 계곡을 벗어나려 발걸음을 돌렸다.

그제야 그의 눈에 주위의 풍경이 들어왔다.

맙소사!

자신이 무아의 상태에서 펼쳐 낸 관천뇌곤으로 인해 군데군데 솟아 있던 바위가 사라지고, 말라서 죽어 있던 부러진 고목들도 가루가 되어 버렸는지 보이지 않는다.

아무런 생각 없이 펼친 관천뇌곤으로 어느 누군가의―그것이 짐승이든 무엇이든―삶의 터전을 앗아가 버린 것이다.

진고영의 몸이 부르르 떨렸다. 자신 역시 그저 다른 이와 다름이 아니었던가? 아무런 생각 없이 행한 일로 터전을 잃은 이에게 자신은 무엇이던가.

단순히 보면 아무것도 아닐 수 있지만, 미물이라 하여 어찌 고통을 느끼지 못할 것인가. 인간은 분노라도 할 수 있다지만, 저들은 그저 묵묵할 뿐이다.

오늘 내가 한 짓은 무엇이었나. 차라리 의식을 가지고 했다면 죄책감이라도 있었을 것을.

사람이 자신도 모르는 사이 대자연에 죄를 짓고도 알지를 못하는 것과 오늘 내가 행한 짓은 다를 바가 없구나.

이제야 내가 그다지 다르지 않다는 걸 깨닫다니, 나 역시도 알지 못하는 사이 다르다 여기는 마음이 있었나 보다.

참으로 우습기만 하구나. 비워야 할 마음의 항아리에 썩은 물이 가득 채워져 있는 것을 몰랐다니…….

그렇게 한참을 망연히 서 있을 때, 우형욱이 다가 왔다.

"진 대형, 유 대협께서 찾으십니다……. 진 대형?"

우형욱이 한 번 더 불렀을 때서야 진고영은 망연한 눈빛을 거두고 뒤돌아섰다.

"으음……. 갑시다."

신음을 흘리며 걸어가는 진고영의 모습에 우형욱은 고개를 갸우뚱했지만, 무엇 때문인지는 알 수가 없었다.

'무슨 일이지?'

의문을 담고 다섯 걸음이나 걸었을까, 우형욱은 문득 걸음을 멈추고 고개를 돌려 진고영이 있었던 곳을 바라보았다.

'이상하네? 저곳이 원래 저랬던가?'

의령전으로 들어가자 사람들이 모두 모여 있었다. 그리고 오랜만에 보는 반가운 얼굴도 있었으니, 천중일기 연부경이 와 있는 것이었다. 거기다 사인도 악대헌까지. 마침내 첩검단이 위경리의 부탁대로 그들을 찾아낸 것이다.

"연 노선배를 뵙겠습니다. 오랜만에 뵙는군요."

"허허허! 진 소협, 반갑네."

"진 공자, 오랜만입니다."

"악 대협께서도 별고없으셨습니까?"

"그게…… 나름대로 움직이며 길을 찾고 있는데 그게 쉽지가 않소. 연 선배께서 도와주시지 않았다면 죽을 뻔한 적도 있었으니……."

"고생이 많으셨군요."

"나야 뭐… 그건 그렇고 요즘 강호는 진 공자 이야기로 시끌시끌합니다. 하하하!"

악대헌은 흉터 진 얼굴로, 내 그럴 줄 알았다는 듯 환하게 웃었다. 아마 그를 아는 사람이 지금의 모습을 본다면 '절대 저 사람은 악대헌이 아니야' 라고 소리쳤을 것이다.

유지화는 어느 정도 장내의 분위기가 가라앉자 모두를 둘러봤다.

"무림련에 전해진 소식으로 무림련은 물론 전 강호가 술렁이고 있습니다. 이미 무림련에선 혈왕궁에 대항할 무림검정단을 조직하고 있다합니다. 일명 무검단(武劍團)이라 하더군요."

"흠. 무검단이라……. 크크크. 구파의 늙은이들이 똥줄이 탔군."

위경리의 키득거리는 웃음에 육정기가 전날의 일을 복수라도 하겠다는 듯 한마디 한다.

"거, 사람이 나이 먹으면 나잇값을 해야 하는데……. 말도 좀 가려서 하고 말이지……."

"너나 잘해!!"

철없는 두 사람을 쳐다보던 우형욱이 고개를 저으며 유지화를 독촉했다.

"유 대협께선 저분들 상관 말고 하던 이야기나 계속하시죠."

"예. 그럼…… 무검단의 구성원이 거의 대부분 대문파의 정예로 이루어지다 보니 각파 간의 신경전도 대단하다 합니다. 기왕이면 높은 자리에 자파의 고수를 앉히려고 하는 게 사람의 마음이니까요."

"그럼 무림대회라도 열어야겠군요."

사마정의 말에 유지화가 고개를 저었다.

"그건 아닙니다만, 각파에서 내세운 무검단원의 대표들이 한판 붙지 않을 수는 없을 겁니다."

"좌우간 구파의 늙은이들 하는 짓거리가 그렇지, 뭐."

"그럼으로써 분위기를 고조시키는 장점도 있지 않겠습니까?"

위경리가 비꼬듯 말하자 묵묵히 듣고만 있던 백리웅천이 한마디 했다. 일리가 있는 말이었다.

사람들이 고개를 끄덕이며 동조하자 유지화가 빙그레 웃었다.

"백리 공자의 말씀이 맞습니다. 아마 동방 군사도 그 점을 놓치지 않을 겁니다. 하지만 한 가지."

유지화가 말을 하다 말고 쳐다보자, 궁금함이 가득한 눈으로 모두가 유지화만 바라본다.

"어떻게 되든 상황은 동방 군사가 의도한 대로 되어갈 거라는 것입니다. 대규모 싸움이 진행될 것이고 많은 사람이 다칠 것입니다."

장내의 분위기가 무겁게 가라앉았다.

그렇다. 그들도 진고영에게 들어서 알고 있다, 동방설리가 원하는 것이 마도의 괴멸이라는 것을. 무엇이 옳은지는 각자의 판단이다. 하지만 이곳에 모인 사람들은 동방설리의 생각보다는 진고영의 생각을 지지하고 있었다.

무거움을 털기라도 하듯 유지화가 결론을 내렸다.

"결국 우리의 뜻대로 소수의 희생으로 마무리를 하느냐, 아니면 동방 군사의 뜻대로 해서 다수의 희생이 나느냐는 시간 싸움이 될 듯합니다."

"시간 싸움이라……. 그것참, 앞으로 꽤나 바빠지겠군."

미간을 찌푸리며 말하는 위경리의 말에 모두의 표정이 흐려졌다. 그것이 결코 쉽지 않다는 것을 알고 있는 것이다.

상대는 천하를 욕심 내는 자들, 자신들은 소수의 뜻을 세운 사람들. 누가 봐도 힘든 일이란 것은 자명한 일이었다.

그렇지 않아도 장내가 무거운 기운에 싸여 있어 답답한 가운데 진고영까지 어두운 얼굴을 하고 있자 위경리는 이상하다는 듯 우형욱을 바라보았다.

"뭔 일 있었냐? 왜 진 아우 표정이 저리 무겁다냐?"

"저도 잘…… 아침에만 해도 안 그랬는데, 조금 이상하죠?"

두 사람이 귓속말로 속삭이고 있을 때 유지화가 연부경을 보며 물었다.

"연 선배께선 최근 천은산장과 약간의 일이 있었다고 들었습니다. 무슨 일인지 알 수 있겠는지요?"

"음……. 알겠네."

연부경이 나지막하게 대답을 하더니 조용히 입을 열었다.

"사실 노부는 천은산장과 약간의 연이 있다 할 수 있네. 위 형이나 전에 낙양에서 만난 사람들은 조금 알고 있겠지만, 의제인 감 아우가 천은산장의 일을 봐준 적이 있었네. 나 역시 감 아우의 부탁으로 한 가지 일에 끼어든 적이 있었지. 하지만 중도에서 빠졌기에 그 일이 어떻게 됐는지는 정확히 알지 못하고 있었네. 그러다 여기, 악대헌이 와서야 그 일이 이상한 방향으로 흘렀고, 감 아우도 죽었다는 것을 알게 됐지."

잠시 말을 멈춘 연부경의 눈이 위경리를 향했다.

"아마 위 형이나 육 노제는 들어봤을 거네. 이십 년 전 형산에서 벌어진 기보 쟁탈전을 말이네."

"아! 봉황전(鳳凰殿)의 기보가 유출된 사건 말씀입니까?"

육정기가 생각난다는 듯 말하자 위경리가 의외라는 눈으로 육정기를 바라봤다.

"육가야, 너도 그 사건에 끼었었냐? 용하네, 아직도 살아 있는 게."

일그러진 얼굴로 위경리를 째려본 육정기가 상대도 하기 싫다는 듯 연부경 쪽으로 고개를 돌렸다.

"그 사건으로 수십 명의 고수들이 죽었는데도 기보의 행방은 오리무중이었지 않습니까?"

"음…… 다들 그렇게 알고 있었지. 하나 몇 사람은 알고 있었지. 하지만 말을 할 수는 없었을 거네."

"그럼, 천은산장이!"

무겁게 느껴지는 연무경의 말에 모두가 눈을 빛내며 그의 입만을 쳐다보았다. 이십 년간 비밀에 묻혔던 사건의 진실이 그의 입에서 나올 거라는 기대감을 품고.

"그 당시 사람들이 알기로는 천은산장은 움직이지 않은 걸로들 알고 있었지. 그로 인해서 천은산장은 욕심이 없다는, 진정 백도의 기둥이라는 소릴 들었으니 나름대로의 목적은 달성했다 할 수 있네. 하지만 사실은 조금 달랐네."

"그럼 천은산장도 고수들을 보냈었다는 겁니까?"

참지 못하겠는지 우형욱이 한마디 했다.

"물론 그들은 고수들을 보내지 않았네. 다만 다른 사람들을 끌어들였을 뿐이지. 그중 하나가 바로 나였으니까."

"아!"

사람들이 놀라움을 담고 연부경을 바라보았다. 천은산장의 명예 뒤에 있는 검은 그림자가 드러나고 있는 것이다.

"감 아우의 부탁으로 그들 일행에 합류했었지. 하나 형산에 가서 보니 너무 많은 사람이 죽어나가고, 게다가 정파라 이름하는 자들이 마도의 무리와 하등 다를 게 없이 행동하는 것이 못마땅해서 형산을 떠나버렸네. 나중에서야 감 아우에게 전말을 조금은 들을 수 있었지."

"혹, 그것이 혁련유천과의 약조라는 것과 관계가 있으신 겁니까?"

아무런 말 없이 침묵하고만 있던 진고영의 목소리가 조용히 울리자 연부경의 눈빛이 떨렸다.

"진 공자의 말이 맞네. 아무런 위해만 없다면 그 일에 대해서 입을 다물겠다고 했었지. 이제는 감 아우가 죽었으니 약조는 깨진 것이지만."

"혁련유천이 단지 연 형의 말만 믿고 약조를 했을 리는 없을 텐데……."

위경리의 말에 얼굴이 찌푸려진 연부경이 고개를 끄덕였다.

"그랬겠지요. 하나 내가 아는 것은 그저 그 일에 천은산장이 관련이 있다는 정도였고, 의제가 그 일에 끼어 있으니 저들로서는 나의 입을 막아봐야 그다지 이익도 없을 거라 판단을 했을 거요."

연부경의 말은 한 치의 틀림도 없었다.

"음……. 한데 감천기를 왜 죽였다고 보시는 거요?"

"그게 나도 궁금했소. 죽일 이유가 없었으니……. 그러다 한 가지 사실을 추측할 수 있었소. 그것은 감 아우가 다른 사람이 모르는 중요한 사실을 알고 있었거나, 그렇지 않다면 놈들의 뜻에 반하는 생각을 가졌을 거라는 것이었소. 해서 대헌과 힘을 모아 나름대로 그것에 대해 조사를 하던 중이었소."

"뭐 좀 알아내신 것이 있습니까?"

백리웅천이 눈빛을 빛내며 묻자 연부경의 눈빛이 가볍게 흔들렸다.

"감 아우가 살았던 곳을 가봤는데 집은 이미 잿더미가 돼서 사라졌더군. 다만…… 감 아우의 형인 감천웅을 만나려 했지만 찾을 수 없었네. 그래서 겨우 감 아우와 친했던 사람 하나를, 천은산장으로 들어가서 저들 몰래 만날 수 있었을 뿐이네. 만나고 나오다 들키는 바람에 하마터면 죽을 뻔했지."

천중일기 연부경이 단지 빠져나오려다 죽을 뻔했다니, 과연 천은산장이었다.

"복면을 해서 저들이 우리의 정체를 몰라 대처를 허술히 하는 바람에 다행히 빠져나오긴 했네만……."

사람들은 침중하니 굳은 연부경의 표정으로 저들이 얼마나 힘들게 빠져나왔는지를 짐작할 수 있을 뿐이었다.

"그런데 말입니다, 대체 봉황전의 기보라는 게 뭡니까?"

우형욱이 궁금해 미치겠는지 고개를 내밀고 묻는 두 눈이 초롱초롱 빛난다. 다른 사람도 궁금하기는 마찬가지였을 것이다. 봉황전에 대해서도 잘 모르고 있으니 그곳의 기보라는 게 뭔지는 더욱 모르고 있는 것이다.

"정확히 알려진 바는 없지만, 내가 알기로는 무슨 영약이라고 하던데……."

육정기의 말에 위경리가 고개를 끄덕였다.

"그건 나도 들어봤는데, 누구는 단순한 영약이 아니라 사람의 신체 능력을 극대화시키는 묘약이라고도 하더군. 봉황전이라는 곳이 원래 사라진 배화교의 후예들이 만든 곳이라고 했지 않은가. 그런 괴상한 것을 충분히 만들 수 있는 곳이지. 연 형께선 어찌 생각하시오?"

"위 형의 말씀이 사실에 가까운 것 같소. 감 아우의 친구 말을 빌리자면 봉황전의 기보로 고수를 키우고 있다는 소문이 천은산장 내에서 돌았다고 했소. 오래돼서 이제는 흐지부지 잊혀져 버렸지만, 한때는 그 계획에 참여하려는 자들이 암암리에 혁련유천을 찾아가 스스로 실험체가 되겠다고 했다 합디다. 하나, 그때 이후로 그 사람들을 볼 수 없게 되자 말들을 조심하고 쉬쉬하다 잊혀져 버린 것이지요."

고수가 되기 위해 스스로 실험체를 자원했다는 말에 사람들은 경악을 금할 수 없었다. 어찌 보면 그것이 또한 무인으로서의 욕망이었으리라.

그때, 무엇을 생각했는지 위경리가 눈을 크게 떴다.

"혹시? 그놈들이?!"

"누구 말이우?"

"누구긴 누구야, 귀왕하고 같이 왔던 놈들 말이지!"

"헉! 그렇네! 그놈들 좀 이상하긴 했죠?"

위경리와 육정기의 문답에 우형욱이 고개를 갸우뚱했다.

"하지만 그자들은 나이가 얼마 안 되는 것 같던데…… 잘해야 삼십대 정돈데, 설마……."

"그건 모르지요. 어린 나이서부터 그리 키웠을 수도 있으니까요."

"아! 그럴 수도 있겠네요!"

사마정과 우형욱의 말은 충분히 가능성이 있는 말이었다.

"그럼, 대체 몇 명이나……."

무서운 일이었다. 절정에 달한 고수를 인위적으로 만들다니. 그것도 그 수가 얼마나 될지 모르는 상황이 아닌가.

등줄기로 스멀스멀 한기가 치솟아오르는지 부르르 몸을 떠는 사람도 보인다. 그러자 연부경이 잠깐 숨을 가다듬고 다시 말을 이었다.

"이제 와 말이지만 기보 쟁탈전 와중에 대헌의 동생 가족이 억울하게 희생을 당했네. 감 아우에게 언뜻 들었기에 자세한 상황은 모르지만, 그 역시 천은산장과 관련된 것만은 분명한 듯했네."

한쪽에서 굳은 얼굴로 조용히 있던 악대헌이 살기마저 감도는 음성으로 씹듯이 입을 열었다.

"형산에서 멀지 않은 곳에 살던 동생 가족들은 느닷없이 찾아온 사람들을 반겼다가 난데없는 벼락을 맞은 것이오. 자신들의 정체를 감추기 위해서 십여 명의 사람들을 모두 죽이다니……. 나는 그놈들을 결단코 용서하지 않을 것이오!"

악대헌의 말에 의하면 동생의 오랜 친구가 몇 사람과 함께 찾아왔을 때, 마침 기보를 가지고 있던 자가 그 근처까지 도망 온 바람에 동생에게 자신들이 정파고 사파고를 가리지 않고 죽이는 걸 보이고 말았다 한다. 그러자 친구 일행의 수뇌로 보이는 자가 살인멸구를 지시했고, 그 바람에 동생의 가족이 몰살을 당하게 됐다는 것이다.

살겁이 일어났을 때 아궁이에 숨어 겨우 살아남은 사람이, 악대헌이 소식을 듣고 찾아오자 말해 주었다고 한다.

악대헌은 그 사실을 밝히기 위해 동분서주하던 중, 십수 년이 지나서야 연부경을 형산 근처에서 보았다는 말을, 당시 형산 사건에 참여했던 사람에게 듣고 무작정 연부경을 찾았다가 감천기에 대한 이야기를 듣게 된 것이었다.

하지만 감천기를 찾아갔을 때는 이미 죽어버렸기에 연부경의 뒤를 좇아 낙양까지 갔었고, 악대헌이 그 사건을 파헤치고 있다는 것을 안 천은산장이 악대헌을 처치하려다 연부경과 위경리 등에게 패퇴했던 것이다.

그렇게 이십 년 만에 사실을 알게 된 악대헌과 의제를 잃은 연부경이 손을 잡고 천은산장을 파헤치다, 들켜 쫓기면서 첩검단의 정보망에 걸려든 바람에 다행히 철한장까지 오게 된 것이었다.

긴 이야기가 끝나자 유지화가 연부경과 악대헌을 향해 고개를 숙였다.

"참으로 고생하셨습니다. 더구나 힘든 상황에서 저희를 도와주시겠다니, 그저 감사할 따름입니다."

"별말을. 어차피 천은산장은 우리에게도 적이네. 결코 남의 일이 아니란 것이지."

무거움에 눌려 있던 사람들의 눈에서 활력이 살아나기 시작했다.

어차피 천은산장과의 싸움이 순탄할 거라고는 생각하지 않았었다. 한데 궁무진이 끼어들고 연부경과 악대헌이 합류했다. 그것은 철한장의 모든 사람들에게 적지 않은 위안이 되었던 것이다.

게다가 천은산장의 정체 모를 고수들에 대해 어느 정도 정보까지 얻었으니……. 이제는 무조건 막막하지만은 않은 것이다.

결국 이날의 회의는 특별한 결론 없이 끝을 맺었다.

위경리와 육정기는 연부경 등과 술 한잔한다는 이유로 같이 어울리고, 사마정은 들어온 정보를 유지화와 검토하느라 의령전에 그대로 남았다.

그리고 궁무진은 염이상과, 백리웅천은 우형욱하고 심심한데 무공이나 익히자며 각자 흩어져 버렸다.

진고영과 같이 가자고 할까 했지만, 워낙 진고영의 표정이 무거워 보여 우형욱은 백리웅천을 택한 것이다.

방으로 들어온 진고영은 무거운 마음을 털어보려 했지만 그게 마음먹은 대로 되지 않아 답답했다.

차라리 바쁘게 움직이기라도 하면 조금 덜어지기라도 할 것 같은데 그럴 수 없다는 것이 더욱더 진고영의 가슴을 답답하게 했다.

고개를 젓고 찻물이 남았나 찻주전자를 찾으려 탁자를 쳐다봤을 때였다. 못 보던 보자기가 눈에 띄었다.

의아한 마음에 보자기를 풀어보니 한 벌의 장삼이 곱게 개어져 있었다.

짙은 감청색 천에 묵보다 더 검어 보이는 천으로 띠를 두른 옷이었다.

'누가 가져다 놓은 것이지?'

의문을 담고 장삼을 들어보았다. 어두운 색조이면서도 결코 어둡지 않게 보였다. 탁자에 다시 내려놓고 잠시 옷을 쳐다보던 진고영은 무슨 생각이 들었는지 자신이 입고 있는 하늘색 장삼을 벗고 탁자의 장삼을 집어 들었다. 그리고 천천히 경장 위에 걸쳐 보았다.

흑청색 장삼을 걸친 진고영의 표정에 가는 웃음이 걸렸다. 왠지 옷만 바꿨는데도 기분이 달라진 것이 느껴지는 것이다.

'그래, 내가 다른 사람과 같다는 것이 하등 이상할 것도 없구나. 다만, 나도 모르는 사이 나로 인해 피해를 보는 이들이 없도록 조심은 해야겠지…….'

지금까지의 고민이 아무것도 아니었다는 생각마저 든다. 나 역시 평범한 한 사람에 불과하거늘, 너무 깊게 한 고민이 오히려 마음속에 스스로를 옭아맸던가 보다.

진고영은 가벼워진 마음으로 창밖을 쳐다보았다. 바람은 차가워도 하늘은 쾌청하니 맑아, 답답했던 가슴에 끼었던 먹구름이 말끔히 씻겨 나가 버린 듯 상쾌해졌다.

그러자 한쪽에 있던 관천곤을 들어 장삼의 허리띠 사이에 꽂아보았다. 그러다 무슨 생각이 들었는지, 봇짐에서 도를 꺼내보았다.

거무튀튀해서 평범하게만 보이는 도, 자신이 직접 석 달에 걸쳐 만든 도였다. 아직 이름도 없는 도였지만, 진가철방의 마지막 유물이라 할 수 있는 물건이었다.

스르릉…….

천천히 도를 뽑아보았다. 자주 닦아주지는 않았지만, 도신에는 먼지 한 톨 붙어 있지 않았다.

도병까지 석 자 세 치, 도신의 길이만 두 자 다섯 치, 폭은 두 치에 불과하지만 제법 두꺼워 보인다. 백련정강에 한철을 섞고, 조부께서 애지중지 하셨던 묵령철(墨靈鐵)을 섞었다. 그래서인지 검은 광택이 은은하게 피어오르고 있었다.

잠시 도신을 바라보며 감회에 젖어 있던 진고영은 허리춤의 관천곤을 빼내더니 도를 끼워 넣었다. 짙은 감청색 장삼과 잘 어울리는 듯 보이자 입가에 가는 미소가 걸렸다.

하지만 그것도 순간이었다. 진고영의 표정이 굳어진다.

'도를 들게 되면 지금까지와는 다른 세상이 펼쳐지게 될 것이다.'

그러한 생각이 그의 마음을 짓누르고 있는 것이다. 도의 칼날에는 결코 자비가 없으니까.

오대산의 수련에서 거의 반 이상의 시간을 오직 구겁전도(九劫電刀) 아홉 초의 도식을 익히는 데 썼었다. 그래서 완성한 것이 일곱 초식, 나머지 두 초식은 그저 흉내만 낼 뿐이었다.

언제 완성될지는 아무도 모른다, 자신조차도.

도를 다시 빼낸 진고영이 한참을 들여다보다 고개를 저으며 봇짐에 찔러 넣었다.

'아직은……. 하지만 멀지는 않은 것 같구나…….'

『고영』 4권에서…